双葉文庫

ユダの季節

佐伯泰英

目次

主な登場人物

端上恭助……………………スペイン在住の闘牛写真家
端上貴子……………………恭助の妻
端上奈津子…………………恭助の娘
丹下龍明……………………在スペイン日本大使館二等書記官
マグダレイナ………………サラゴサの娼婦
ビクトル・ヘーニォ………サラゴサ県治安本部公安三課所属の警部
ドン・シモン・M・カバリェロ男爵……スペイン警察庁国家公安部長
マヌエル・ヒメネス警視……警察庁首都圏テロ対策最高責任者
パコ・カミノ………………スペイン闘牛界の人気役者のひとり。別名「貴公子」
ディエゴ・プエルタ………同右。別名「大剣士」
セバスチャン・パロモ・リナレス……同右。別名「白い鳩」
小磯信樹……………………スペイン美術史研究の留学生
イニァキ・オロベンシア……ETA内部の不満分子のリーダー。元獣医
バルセロナ伯ドン・ファン公……第一王位継承者ファン・カルロス王子の父
ホセ・マリーア・エスクリバー神父……秘密結社オプス・ディ創始者

ユダの季節

序章

一九三九年三月二十八日、フランコ軍がマドリードに入城して、スペイン市民戦争は終結した。

この日以来、スペインは小さな独裁者フランシスコ・フランコ・バーモンデの支配下に過ごしてきた。

一九四〇年代、死の時代があった。共和国側に与《くみ》した何十万人の人々が死の散歩からもどることはなかった。

五〇年代、飢えの時代があった。国際的な孤立から経済も社会も逼塞《ひっそく》し、人々は腹を空《す》かせてかろうじて生きていた。

六〇年代、回復の時代があった。外国人観光客がフランコの国を訪れ、人々はピレネーを越えて出稼ぎに行った。

七〇年代、光が見えた。新しい時代がそこまで来ていた。が、その前に混乱があった……。

スペイン市民戦争が共和国側の敗北に終わってから約半世紀後の一九八八年、ひとりの日本人がアンダルシアの小さな村の墓地の前でレンタカーを停《と》めた。麻の背広を着た男は、白いカーネーションの花束をもってオリーブの樹々《きぎ》の繁《しげ》る丘をゆっくりと登っていった。

真夏の昼下り、アンダルシアの村々は午睡《シエスタ》を貪《むさぼ》っている。乾ききった赤土の傾斜地に動くものは男だけだった。風がオリーブの葉を一揺らしし、また、ぱたりと止まった。

小高い片丘の頂きに白い塀が見えてきた。鉄格子のアーチの門には大きな錠が下りていたが男は驚いた様子もなく、ゲートの右下の木箱をさぐり、鍵《かぎ》を出した。

（昔と少しも変わってない）

男は胸の中でそう呟《つぶや》くと県都セビリャから四〇キロ余り、ポルトガル国境に寄った小村カントーハの墓地の門を潜《くぐ》った。

訪問者は門を閉ざし、鉄格子から手をのばすと錠をかけた。わざわざ炎暑の時刻をえらんだ理由と同じく、他人に煩《わずら》わされたくなかったからだ。

壁龕《へきがん》でかこまれた四角い墓地の中は、ほっそりした糸杉の並木道が十字に交差していた。だが、日陰を作るほどの木でもなかった。

男は墓地中央の、大小異なる土饅頭《どまんじゆう》のならぶ前で歩みを止め、枯れた蔓草《つるくさ》のからむ二つの十字架を見下ろした。そして、周りを眺め渡し、糸杉の根元にある水道に目をやった。

十五年前にはなかったものだ。男は蛇口をひねり、そこにあったプラスチックのバケツにちょろちょろと流れる水を溜《た》めた。花束をバケツに突っこみ、上着を脱いだ。土饅頭の上の立ち枯れた雑草をぬき、鉄の十字架にびっしりとからんだ蔦《つた》をのぞくと楕円形《だえんけい》のプレートが現われた。

大きな十字架には、

TAKAKO HASHIGAMI
1944. 5. 18 ～ 1973. 10. 17

とあった。小さい方には、

NATSUKO HASHIGAMI
1970. 7. 28 ～ 1973. 10. 17

と読めた。二つの十字架の間に鉄のリボンがからみ、

愛《いと》しき妻と娘の面影を永遠に忘れじ

という意味のスペイン語が刻まれてあった。男は水道の水をくんでくると粗末な十字架の前におかれた青銅製の立派な墓碑をていねいに洗った。土に埋まっていた文字が現われた。

新生スペインの礎《いしずえ》となった日本人女性
タカコとナツコ　安らかに眠れ
　　スペイン国王ファン・カルロス一世

男は墓碑と十字架の周りに白いカーネーションを飾った。

水道で汗と土に汚れた顔と手を洗う男の頭には白いものが固まって目立ち、亀裂《きれつ》のような皺《しわ》が額《ひたい》に深く走っていた。上着を着直した男は二つの十字架の前に頭を垂れた。

「貴子《たかこ》、奈津子《なつこ》、還《かえ》ってきた」

男はそう呟《つぶや》くと長い瞑目《めいもく》に入った。浅黒い顔に哀《かな》しみと追憶の表情が交互にあらわれ、意味不明な言葉が口をついた。

風も影もなかった。

妻と子を亡くした男の体に容赦ないアンダルシアの陽光が照りつけた。汗が額を、頬《ほお》を、うなじを伝い流れたが男は身じろぎひとつしなかった。

男は唐突に顔をあげ、目を見開いた。

「あれから十五年の歳月が流れた」

かすかな風が白い光をゆらした。

「そう、あれはフランコが病気に倒れた日に、はじまった……」

第一章　アンダルシアの日本人

1

一九七三年七月二十八日。

フランコ総統が静脈血栓のため入院、ファン・カルロス王子が臨時の国家元首に就任した。

この夜、アラゴン地方の主都サラゴサ一帯は寒暖計の針は三十三度をぴたりと差し、深更になっても一向に下がる気配を見せなかった。その上、風はそよとも吹かず、アラゴン砂漠の異名通りの暑苦しい熱帯夜となった。

サラゴサ郊外にあるアメリカ空軍基地の四〇〇〇メートル滑走路の北端から黒々とした巨人機B52ストラトフォートレスが一〇メガトン級の水爆四発を搭載し、南の夜空に舞い上がっていった。

地中海を、コルシカ島、アルジェ沖、ジブラルタル海峡と周回し、サラゴサにもどる通常パトロールである。

　B52爆撃機が飛び立つと基地内は最小限度の機能を残し、活動を停止した。飛行機がコルシカ島に一五〇キロと迫ったとき、基地の西外れの金網に四人の影が張りついた。

　白人と黒人、二人の警備兵が金網の内側を巡回してきた。

　鳥の啼《な》き声が短く、長く闇《やみ》にひびいた。

　白人兵が同僚に、梟《ふくろう》だ、と忍びやかな声で言った。黒人兵が器用に鳥の啼き声を真似《まね》て呼応した。闇から外国人訛《なまり》の英語が投げられた。

「電源は？」

「十分間だけ切った」

　四人は大型カッターで金網を切り裂き、素早く基地内に入りこんだ。背の高い白人兵が、武器庫の警備は病気騒ぎで三人だ、絶対に危害は加えないでくれよ、と言いながらM16ライフルを肩から外した。侵入者のひとりが後ろ手に手錠をかませながら、心配無用と笑った。がっちりした体格の黒人兵が、

「約束の金と女は大丈夫だろうな」

　と念を押すように訊《き》いた。

「いつものホテルにいつものように」

「強く殴らないでくれよな。今晩役に立たないんじゃあ、面白くない」

白人兵の頼みにやせた侵入者が答えた。

「病気に気をつけろ」

警備兵二人の背後にいつの間にか二人の侵入者が忍び寄っていた。無防備の後ろ手錠の二人の警備兵の首に腕が巻きつき、ナイフが夜の闇に白く躍《おど》った。警備兵は驚愕《きようがく》を顔にはりつかせたまま、地面に崩れ落ちた。

侵入者たちは死者のM16ライフル銃と、腰のホルスターからコルト軍用拳銃《けんじゆう》を抜きとると、一〇〇メートル内側に入った半地下濠《ちかごう》の武器庫に向かって足音もたてずに走っていった。

建物に這《は》いよると二人は肩に背負った細長い袋を下ろした。ばらばらになった鉄片、銃床、特殊鋼線などから、二挺《ちよう》のボウガンが組み立てられた。二手に別れた侵入者は、警備兵二名が立哨《りつしよう》する武器庫入口に接近した。建物の裏に回った男が歩調をゆるめ、散歩でもしているようにぶらぶらとアメリカ軍兵士に近づいていった。

「ジョーかい？」

「ジョー？　彼は死んだよ」

「冗談にしちゃあ、出来が悪い。おまえはだれだい？」

「梟《セニョール・フーホ》おじさん」

二人の警備兵が銃をかまえたのとボウガンの鉄矢が首筋に刺さったのが同時だった。

侵入者のひとりは警備兵詰所に入りこみ、不審な物音に立ち上がった軍曹の背中に細身のナイフを突きたてた。武器庫の鍵束《かぎたば》を奪い、頑丈なシャッターの電子ロックを解除した。

四人は息も乱さず五人のアメリカ兵を殺害すると武器庫内に侵入した。情報どおりフォードの中型軍用トラックが三台とフォークリフトが庫内の右側に駐車してあった。

彼らは再び分散した。梟《ブーホ》と名のった男は地下に鍵束をもって下りていった。防音設備をほどこした小部屋の前で足を止めると鍵束の中から四本のキーを選び出し、ロックをつぎつぎに解いていった。

黒く塗られた小さなジュラルミン・ボックスが小部屋に収納されたもののすべてだった。侵入者は二つのボックスを下げると一階にもどった。三人の仲間はすでに必要以上の武器弾薬をトラックの荷台に積み終えようとしていた。

ジュラルミン・ボックスは運転席におかれた。もう一台を武器庫中央の床におくと蓋《ふた》を開いた。濃緑色の四角い物体に信管らしき器具をセットした。

「梟《ブーホ》」

最後の弾薬箱をトラックに積みこんだ侵入者のひとりが、梟に向かって小さな物を投げた。男は改造された目覚し時計を片手で受けとった。

トラックのエンジンが始動し、特殊鋼で作られたシャッターが鋭いモーター音とともにに横へスライドしていった。

「梟《セニョール・ブーホ》おじさんからの贈物だ」

目覚し時計のベルが小型ボックスのすぐかたわらで騒がしく鳴りはじめた。

侵入者たちはトラックに飛びのった。

基地内のあちこちで明りが点灯される中、軍用トラックは猛スピードで走り抜けていく。兵舎から慌ててとびだしたアメリカ軍兵士がトラックの前に両手を広げ、立ち塞《ふさ》がった。

アクセルがさらに踏みこまれ、恐怖に立ち竦《すく》んだ兵士は、高々と撥《は》ねとばされた。

前方に正門ゲートが見えた。

鉄鋲《てつびょう》のうえこまれたタイヤ破砕鉄板を警備兵がゲート前に置いた。左側の侵入路には、まだ、置かれてない。

軍用トラックは左車線に移った。

二人の兵士が急いで障害物をセットしようとした。

トラックの助手席の窓からは口径の異常に太い銃身が突き出された。

轟音《ごうおん》。

盗んだばかりのグレネード・ランチャーから発射された擲弾《てきだん》は四〇メートルばかりとんで、鉄鋲をつけた鉄板にあたり、兵士らを引き裂きながら後方に転がした。

アメリカ軍兵士とスペイン人警備兵が猛走してくる軍用トラックに銃口を向けた。

そのとき、武器庫内で鳴っていたベルの音が止《や》んだ。すさまじい爆発音と震動が基地を揺るがした。

時速八〇キロにスピードを上げた軍用トラックの窓ガラスが罅割《ひび》れ、車体はぴょんと地上から数十センチも浮き上がり、夜空に走った閃光《せんこう》とともに、地表に叩《たた》きつけられた。

正面ゲートを死守しようとした警備兵たちは、引金に指をかけたまま、爆風に薙《な》ぎ倒された。

武器を満載した車は二人のアメリカ兵とひとりのスペイン人警備員を轢《ひ》き殺し、遮断機をへし折り、熱帯夜の闇に溶けこんだ。

一九七三年十月十七日。

太陽は地平線にかかり、赤く燃えた日輪がスペイン南部の村の白壁の家々を、芝居の舞台のような幻想的な雰囲気に演出していた。

光の中にはもはや真夏の勢いはない。黄昏《たそがれ》の風には爽《さわ》やかささえこめられている。

女は三歳の幼女をワーゲンの助手席にのせた。

「ちょっと行ってくるわ」

家の中に声をかけた。夫からの答えはない。運転席についた女は子供を座席に坐《すわ》らせた。だが、視界が塞《ふさ》がれるのを嫌がった子供は、女の手をふりきって立ち上がり、ダッシュボードに両手をついて、笑った。

「しょうがない子ね。しっかり摑《つか》まっているのよ」

「シィ、ママイータ」

母親の日本語に子供はアンダルシア方言のスペイン語で返事した。

買物かね、と通りがかりの黒衣の婦人が女にたずねた。

「そうなの。ピラス村まで行くけどなにか用事ある?」

女は四キロ先の、太陽が落ちていく村の名をあげ、聞いた。

「いや、ないね」

女はエンジンを始動させ、埃《ほこり》っぽい空地から隣村へと下る九十九《つづら》折《お》りの坂道にワーゲンをのり入れた。

夕暮れの散歩《パセオ》を愉《たの》しむ男女の群れが手をつなぎ、坂を上り下りしていた。それが、スペインの村々で恋を語る古典的な方法だった。妹や弟をひきつれた男女はまだ親たちから正式な婚約者《ノビオ・ノビア》として認められていない者たちだ。

恋人たちが坂を下るワーゲンに手を振った。ハンドルを握る女と助手席の子供もそれに応《こた》えている。

ゆるやかな坂道は最初の右廻《まわ》りのカーブに差しかかる。女はかるくブレーキを踏んだ。ペダルがわずかに反応をみせたあと、すうっと床にへばりついた。クラッチ・ペダルとギアを同時に操作してスピードを落とした。

カーブを曲がった。つぎの左カーブが見え、坂は傾斜を増した。ブレーキ・ペダルが床にへばりついたままだ。女は小刻みにペダルを踏みかえた。が、なんの効果もなかった。ハンドルを必死で切った。河から登ってきた散歩の男女が慌てて道路から畑にとび退《さ》がった。

女はハンド・ブレーキに手をかけた。

「ママイータ、怕《ケ・ミエド》いよ」

速度を増す車に怯《おび》えた子供がダッシュボードから転がり落ちるように座席に突っ伏し、母親にとりすがろうとした。女はハンド・ブレーキから一瞬手を放し、

「坐っているの！」

と助手席に押さえつけた。つぎのカーブがもう目前だ。両手でハンドルをまわした。

村人たちが口々《くちぐち》に、

「スピードを落とせ！」

「危ない！」

と叫んでいたが女には聞こえなかった。いまやつぎからつぎに襲いくるカーブをのり

きるので精一杯だった。

速度が一段と加速された。

子供が怕《こわ》いよ怕いよと哭《な》き出した。母親は村の守護神ロシオの聖母を思い浮かべ、

「助けてください、神さま」

と祈りながら右に左にハンドルを切った。

一直線の急坂と変わった。スピードがさらに上がった。

散歩する村人のすべてが口を大きく開き、喚《わめ》いていた。

女はハンドルから手をはなし、哭き叫ぶわが子を抱きしめたいと思った。

鉄橋がかかる河が見えた。坂道を下った車は、ほとんど直角に近く右カーブを描いて橋に曲がり込まなければならない。そこまで到達すれば、道は平らになる。

鉄橋の右欄干すれすれに車をつけ、せまい橋に入るのだ。

「神さま、どうか前方から車がきませんように……」

女は坂道の路肩ぎりぎりから内側にコースをとった。そのとき、男女のカップルが橋の陰から姿を見せ、暴走してくる車に立ち竦《すく》んだ。

女は絶望の悲鳴をあげながらハンドルを左に切り替えた。速度がつき過ぎていたワーゲンは、横滑りすると鉄橋の支柱に激突し、欄干をのりこえたところで一回転すると、河面《かわも》に転落していった。

一九七三年十月二十五日。

フランコ総統は静脈血栓平癒《へいゆ》。国家元首の地位はファン・カルロス王子からフランコ総統の下にもどされた。

饐《す》えた臭気から逃れるように、暗室のドアを押しあけ、深呼吸をした。その部屋にも湿っぽい土と植物のむれる臭《にお》いがこもっていた。

妻がその冬の保存食糧にと知り合いの農場から二袋買い求めたジャガイモが床いっぱいに広げてあった。

空室を利用した食糧貯蔵庫と食堂の間にたれたカーテンをたぐると別の異臭が鼻をついた。流しに汚れた食器や鍋《なべ》類が山のように積みあげられ、臭いを放っていた。

端上恭助《はしがみきょうすけ》は現像タンクを床におくと庭に通じる板扉の掛金を外した。観音開きのドアを押しひらく。

強い光が宿酔《ふつかよい》の恭助の目を射た。

終わった。すべてが終わった。四年余、イベリア半島を走り回り、闘牛を追って取材してきた。いま、三千七百五十八本目から三千七百六十二本目までの白黒フィルムの現像を終えた。

スペイン南部のアンダルシア地方はあと数日で十一月を迎えようとしていたが昼間の陽射《ひざ》しはまだまだ力強さをとどめ、夏の名残《なごり》を感じさせた。

恭助は目を細めると盥《たらい》の中にうごめくフィルムを見た。流水に洗われる様は冬眠中の蛇が春を待っているようで身をくねらせて絡み合っている。

ゴムホースをつかむと乱暴に現像タンクの穴に差しこんだ。タンクの底にのこった定着液が水道の水に押し出されてきた。チオ硫酸ナトリウムの、すっぱい臭いが恭助の鼻孔を襲い、透明な大気に拡散していった。

タンクの蓋《ふた》をとる。リールから四本のフィルムを次々に外し、娘の水浴用の盥に突っこむ。増感現像されたためコントラストの強い陰画が水中でのびやかにくねった。

ちらりと映像に目をやった。人間と動物が離合する連続写真が水流にふるえている。人物はホアニート・ゴメスという名の若い闘牛士。バルセロナの労働者街で生まれ育った彼を闘牛にかりたてたのは、コルドバの貧農出身の父親の異常ともいえる闘牛熱のせいだ。毎週日曜日、闘牛場で過ごすうちに、剣士を志すことになった。

牡牛《おうし》はイスレーロ牧場の癖牛だった。黒い背に白い斑点《はんてん》の散った牡牛の名は忘れたが、幼牛の頃から知っていた。

恭助の住む村からわずか西に一〇キロばかり寄った雑木林の牧場で生まれたのだ。牡牛がサラゴサのピラル闘牛祭の興行元に売り渡されるとき、恭助はその場に立ち会って見送った。

牧場での四年、牡牛は斑点が混じっているがゆえに、牧童たちから醜い《フェオ》、醜い《フェオ》と侮蔑《ぶべつ》されつづけてきたが、実戦ではなかなかの戦い巧者ぶりを発揮して、ホアニートを二度ほど右角で掬《すく》いあげ、見物人に悲鳴をあげさせた。

パパイート！

恭助は娘の声を聴いたと思った。庭を見渡した。白々とひろがる庭の向こうに、立ち枯れたヒマワリの畑が秋の陽を深閑とあびていた。

幻聴というやつだ。

妻の貴子と三歳の娘奈津子は、八日前、車の事故で死んだ。

恭助が一九七三年の最後の闘牛興行から帰村した翌日のことだ。

貴子の運転するワーゲンがカントーハ村の急峻《きゅうしゅん》な坂道で暴走し、橋を渡ってきた恋人たちをかろうじて避けると鉄橋に激突し、わずかばかり水をためた河面に転落した。

事故を目撃していた村人たちが河にとびこみ、貴子と奈津子を車内から引きだし、河岸に運びあげたが、すでに二人とも死亡していた。

知らせをうけた恭助は事故の現場に向かう途中、飲み仲間たちに抱きとめられた。

「キョウ、見るな。見ちゃあいかん！」

激突と転落の衝撃で無惨な姿と変わりはてた妻と娘を見せまいと、村の男たちが恭助を家に連れもどした。

その夜、セビリャで中南米交易史を研究する年上の友人三岡昇《みつおかのぼる》らが駆けつけてくれた。

翌日にはマドリードから、日本大使館二等書記官丹下龍明《たんげたつあき》も来てくれた。丹下は恭助と同郷で同じ高校の先輩でもあった。

奈津子がこの村で生まれたとき、出生届を大使館に届けた。偶然、書類を受けとった丹下が、君は私の後輩だね、と声をかけてくれた。それがきっかけで端上は丹下と交遊するようになった。

突然の家族の死に呆然《ぼうぜん》自失する端上を丹下が叱《しか》りつけ、訊いた。

「恭助、貴子さんと奈津ちゃんをどうする気だ？」

（どうする？）

「二人の遺体を日本に運ぶかと訊いているんだ。哀《かな》しむのは二人を見送ってからにしろ。奥さんと奈津ちゃんの始末をつけられるのは、おまえだけなんだぞ」

丹下の叱声《しっせい》に貴子の家庭を思い浮かべた。

恭助が貴子と知り合ったのは、都立図書館で借りた本を紛失したことがきっかけだ。面倒な手続きを、若い司書の女性がてきぱきとやってくれた。どこかさびしい翳《かげ》を漂わせた、その司書が貴子だった。恭助は礼にと食事に誘った。一度目は断られたが、二度目は応じてくれた。

貴子の両親と妹は東京大空襲の夜亡くなり、千葉の親類の家にあずけられていた貴子だけが生き残った。高校まで叔父《おじ》夫婦に育てられた貴子は都立図書館に職を得たあと、自立していた。

端上が貴子の育ての親の叔父夫婦にあったのは、結婚式の当日一度きりだ。貴子は叔父一家との交際を望んでいる風ではなかった。

二人が結婚生活をはじめて数年後、恭助にヨーロッパ取材のチャンスがおとずれた。その折、見物した闘牛の魅力に惹《ひ》きつけられた恭助は帰国するとスペインへの移住を貴子に相談した。

数年の予定のスペイン行きをいちばん喜んだのは貴子だったかもしれない。実際、貴子はアンダルシアの村の生活を恭助より楽しんでいた。

奈津子を産むときも村医者にかかり、村の女たちのように家で産んだ。

日本を知らない奈津子はもちろんのこと、貴子を土に帰すべき地は日本ではなくアンダルシアだ。それが貴子の望みだと思う、と恭助は丹下に告げた。

「よし、わかった。あとはまかせろ」

丹下は、村長のドン・フェルナンドらと相談し、葬式の手配から村の墓地に埋葬する手続きまでやってくれた。

村のサンマテオ教会のアルツウロ牧師が、

「タカコとナツコはカトリック信者ではなかった。でも私たちと一緒にロシオへの巡礼にも行ったこともある。教会でお別れのミサをしよう」

と申し出てくれた。

それが最善の葬送と恭助は承知した。

教会での最後のミサ、野辺の送り、村外れの小高い丘の上の墓地への埋葬……足腰の立たない老人と病人をのぞいて、村人全員が異郷の地で非業の死を遂げた日本人女性の母娘を悼《いた》んでくれた。

貴子と奈津子がいなくなって八日、長い歳月が流れていったような気がする。

いま、四年の成果を現像し終えた。あとは乾燥させるばかりだ。来春になれば一度帰国して、成果を世に問う心づもりだ、と貴子と話し合っていた。

恭助には闘牛写真展開催、写真集の出版とそれなりの夢があった。しかし、事件以後、恭助の体のどこかにぽっかり洞《うろ》があいたようで、闘牛に対する情熱もうすれて、積極的に動こうという気分になれなかった。

「キョウ！」

サボテンの垣根《かきね》の向こうを、野良《のら》帰りらしいアルフォンソがロバにまたがっていく。

「今夜、飲みにこんかね」

「ありがとう。陽《ひ》が落ちたらね」

それまで声をかけなかった村人までが恭助を気遣ってくれた。

日本に帰るか、このままスペインで暮らすか。そろそろ答えを出すべきだと思った。

埃をまきあげて、二人乗りしたスクーターが恭助の借家の庭に入りこんできた。

村人ではない。見知らぬ顔だ。

運転している若い男の頭髪は逆立ち、顔は土埃にまみれている。短い足の上に妊婦のような太鼓腹を突き出した後部座席の中年男は、不快そうに顔をしかめ、地上に降り立った。腰のベルトにちらりと自動拳銃の銃把がのぞいた。

恭助は直感的に刑事だと判断した。

「ひどい村だ、人間の住むところじゃあないな」

と悪態をついた男は、庭を見渡した。

貴子らの事故の調べは、村の国家警察《グアルディア・シビル》で決着がついていた。貴子の運転ミス、これが結論だった。ワーゲンのブレーキ故障だろうと、貴子の操作ミスだろうと恭助にとって、どうでもいいことだ。すでに棺の蓋は閉じられたのだ。

セビリャの警察が再調査をはじめたのか？

中年の男はズボンのポケットから皺《しわ》くちゃのハンカチを出し、額《ひたい》と首の汗と埃をごし拭《ふ》いた。庭に侵入して以来、まだ恭助とまともに視線を交えていない。叩き上げの刑事がよくつかう下手《へた》な演技だ、と恭助はますます自分の推測に確信をもった。庭の隅にある不細工な三角テントを顎《あご》で差した。

「ありゃあ、なんだい？」

「便所《セルビシオ》」

なんて生活だ、と呟《つぶや》くとハンカチを片手にからめ、鼻にあてて無遠慮に音をたてた。

「そうでもないよ、刑事さん。テントの中には穴が掘ってある。用を足すとスコップで土をかける。その穴がいっぱいになったらテントを少しずらす。土にうもれた汚物は太陽の光に殺菌されて、パサパサに乾き、土にもどる。理にかなった自然の法則さ」

男はゆっくりテントから恭助に視線を移してきた。丸い顔にくぼんだ眼窩《がんか》。濃い眉毛《まゆげ》から太く、白い毛がとびでている。

「奥さんと娘さんのこと、お悔やみ申しあげる」

「ありがとう、再調査ですか」

恭助は素《そ》っ気《け》なく礼を言い、訊いた。

いやと刑事は呟き、目で同僚を探した。そういえばもうひとりの男の姿はない。

わしらは交通事故には関心がなくてねと答え、また視線を外した。数瞬後、視線が返ってきたときには双眸《そうぼう》に油断のない輝きがあった。

「コイソが来てないかね？」

「コイソ？」

「ああ、知っているんだろう」

「サラゴサの小磯信樹《こいそのぶき》ならね。彼がどうかしましたか」

「質問するのは私のほうだ」

底意地の悪そうな目で中年の刑事がぴしゃりと言った。

初めて恭助は不安をおぼえた。これはフランコの警察、治安警察《コミッサリア・ポリシア》ではないか。

「来てないですよ」

恭助は慎重に答えた。

「最後に会ったのはいつのことだ」

「十日、いや正確には九日前の朝です」

「それ以来、会ってない？」

「シィ、セニョール」

「連絡もない？」

「ありません」

若い刑事が恭助の家の裏口から姿をあらわした。表から入って無断で屋内を捜索したってわけだ。

恭助は怒りを感じた。まだ、貴子と奈津子の持物さえ整理がつかない部屋の中などのぞかれたくない。

怒りを抑えた。相手はフランコの警察なのだ。〝死神〟とスペインの人々に恐れられる治安警察にさからえる人間などいない。

同僚に目をやっていた中年の刑事が恭助に視線をもどし、コイツが行方《ゆくえ》不明になった、と言った。

「小磯君が、いつのことです？」

「あんたと別れた直後らしい」

「彼は自由気ままな学生です。ふらりと旅に出たかもしれない」

刑事は恭助の反論に答えなかった。不審があるから訪ねてきたのだと強面《こわもて》が語っている。

恭助はサラゴサから戻った夜のことを思い出した。遊び疲れたか、奈津子は食事しながら半ば目をとざし、上体をゆらゆら動かしはじめた。貴子がフォークを手からとった。

「あ、そうだ。サラゴサで珍しい人に会ったよ」

「だれ？」

「小磯君さ。彼のアパートに泊めてもらった。バルセロナからサラゴサに引っ越したんだって」

えっ！

と驚いた貴子が絶句した。小首を傾《かし》げながら奈津子をベッドに寝かせつけにいった。

足早にもどってきた貴子が意外なことを口にした。

「私も会ったわ」

「いつのことだ？」

「五日前かな、マドリードでよ」

「そんなばかなことがあるか」

恭助が北部スペインの秋祭りの闘牛を追っかけている間、貴子と奈津子は、イベリア半島の中央部にあるマドリードに滞在していた。高校時代の親友島岡今日子《しまおかきょうこ》がスペインに遊びにきたので貴子が奈津子を連れ、首都近郊の名所を案内してまわっていた。

「それが奇妙な話なの……。今日子がね、スペインの思い出に闘牛を見物したいと言いだしたのよ、明日は帰国という日のことかな。しかし、闘牛はシーズン・オフを迎え、サラゴサしかやっていないでしょう。あなたの顔を見がてらサラゴサまで行こうかなんて話も出たんだけど、三〇〇キロもあるし、翌日の夕刻には飛行機にのらなきゃあならないでしょう。そこでね、私がラス・ベンタス闘牛場に案内していったの。闘牛博物館を見て、観客席から闘技場《アレーナ》を見る。すこしは雰囲気が察せられるのではないかと思ったの」

「そこで小磯君に会ったのか」

「うん。数人のスペイン人と一緒に真剣な様子で闘牛もやっていないコロセウムをながめていたの。私はそっと歩み寄って、小磯さん、元気、って声をかけたの。そしたら、その日本人がびっくりして、私は小磯なんて人間じゃありません、って抗弁するのよ。そして、スペイン人をそこにおいてそそくさと立ち去った」

「君は人違いしたんだよ。またコンタクトをつけ忘れていたんじゃあないか」

貴子はひどい近眼だった。そのうえ、早とちりする癖があった。数か月前も村の市場で隣家の主婦ホアナと出会い、ながながと話しこんできた。が、相手は靴屋のかみさんだった。この思い違いはしばらく村の評判になり、酒のサカナになった。

「ちゃんとつけていたわよ。だって、私は今日子のガイド役よ、バスの路線番号だってちゃんと確認し、闘牛場前で降りたくらいですもの」

「いや、人違いだ。君が小磯君に会ったという二日後に彼はぼくとサラゴサで再会したんだよ。君に会ったのなら会ったというだろう」

「そうかな。あの人物は、小磯さんに間違いないんだけどな……いや、やっぱりあなたの生命《いのち》の恩人よ」

貴子がきっぱりと言い切った。

端上恭助の一家と小磯信樹が出会ったのは北部スペインの城下町パンプロナだった。

一年三か月前の聖《サン》フェルミン大祭の昼下り。恭助が外国人の若者がごろごろと酔いつぶれて転がるカスティリオ広場を通りかかると日本人がげんなりした様子でやせたプラタナスの木の下に坐りこんでいた。旅行者かと思い、声をかけた。するとバルセロナ大学の文学部美術史科に留学中の大学院生という答えが返ってきた。その若者が小磯信樹だった。

「泊るところなんてないでしょう」

「いや、びっくりしました。いっそ野宿しようかと考えているところです」

ヘミングウェイの『日はまた昇る』の舞台としてあまりにも有名になりすぎたパンプロナの闘牛祭には、世界中から見物客が押しかけてくる。祭りの期間、一般の民家までがホテルの真似《まね》ごとをするが宿泊設備はそれでも足りない。

若い旅人など最初から広場や公園に野宿する覚悟で来るので、聖《サン》フェルミン大祭の八日間、ピレネー山麓《さんろく》の静かな古都は一大キャンプ場と化す。

恭助は町外れのアルガ河畔にはった大型テントを思い浮かべた。一人二人増えたところで寝られないことはない。それに貴子も話し相手ができて喜ぶかもしれない。

「よかったら、ぼくのテントにきませんか。広場でごろ寝するよりましですよ」

「あ、ぼく、小磯信樹です。ほんとにテントに泊めてもらっていいんですか？」

「かまいません。少々きゅうくつかもしれませんがね」

車に乗せ、テントサイトに連れていった。小磯は端上が家族連れだなんて想像もしていなかったらしい。車に向かって手を振り、よちよちと歩いてくる奈津子を見てあんぐりと口をあけた。

おたがいの紹介が済み、一息ついた小磯は洗濯ものが干された河原《かわら》を見やり、すいません石鹼《せっけん》貸してもらえませんか、と言った。

「どうぞ、河原にあるのを自由につかってください」

貴子が答えると、小磯信樹はリュックサックをかかえ、河原に下りていった。

小磯は祭り見物にきた人間としては、驚くほどの量の汚れものをリュックから出し、洗った。河原に整然と広げて干された衣類の中には、冬もののセーターや厚手の靴下まで混じっていた。

そのとき、小磯と貴子は顔を見合わせ、笑い合ったことを覚えている。

翌早朝、小磯を連れて、聖フェルミン大祭最大の行事、牡牛追い《エンシエロ》に出かけた。

エンシェロとは、かつて、この地ナバラが闘牛王国であったことを示す、決死の走り合いである。

このピレネー山麓の古都の大祭は七月七日から八日間にわたってくり広げられるが、なんといっても祭りの中心は闘牛である。エンシェロはその闘牛に先立つ行事ということになる。毎午後、催される闘牛に出場する牡牛六頭は、前夜、城壁の稜堡《りょうほ》の囲い場に移される。

朝八時、花火を合図に誘導用の去勢牛にかこまれた六頭の猛牛が闘牛場に向かって疾走をはじめる。

せまいサントドミンゴの坂道で数百人の走り手を蹴散《けち》らし、市庁舎の壁に沿って、直角に左折する。小さな広場を斜めに走り、メルカデス通りを東に向かう。ここでまた、九〇度右に方向を転じて、逃げ場のない、直線コース、エスタフェタ通りに入る。四〇〇メートル近い死の街路をうまく抜ければ、闘牛場の地下通路はすぐそこだ。

六頭の牡牛と一緒に数千人の若者たちが白い祭り着に真赤なベレー帽、ネッカチーフ、腰帯といったスタイルで死のレースを競う。

全長八二五メートル。

体重五〇〇キロの牡牛の頭上には鋭く尖《とが》った角が生え、そいつをふり立てふり立て、走り手たちを突き転がす。

コースと交差する道路は二重の柵《さく》で遮断され、一般の見物人は、家々のベランダや柵の後方から見物することになる。

この朝、恭助の撮影ポイントはメルカデス通りからエスタフェタ通りに曲がるカーブだった。恭助ら、闘牛カメラマンは内側の柵にとりつく許可証を持っていた。

小磯は恭助の後ろの、外側の柵にしがみついていた。内と外の柵の間には、二メートルほどの空間があり、警官たちがコースを睨《にら》んで身構えていた。

貴子と奈津子は二人を見下ろす雑貨屋のバルコニーに登らせてもらっていた。

走り手たちの緊張と見物人の期待が一気にふくれあがり、花火が出発を告げた。

若者たちが堰《せき》を切った奔流のように走り出した。中には恐怖にかられ、柵内に潜りこもうとする走り手もいる。

見物人から野次がとぶ。

「まだ、逃げるのにゃあ早いぞ!」

警官たちが柵内に入りこもうとする走り手を警棒で殴りつけ、足で蹴《け》とばし、コースに押しもどす。怯えた若者たちが大勢柵に飛びつくと柵が倒れ、牡牛がコース外に出て、見物客に突っかかり大惨事を巻きおこす。長いパンプロナの祭り史上、死亡事故が何度も起こっている。

「行け、走れ!」

警官は容赦なく、警棒をふるう。

「臆病者《おくびようもの》めが、それでもナバラの男か」

悲鳴、絶叫、歓声……牡牛の跫音《あしおと》がおそろしげにひびきわたった。

黒々とした牡牛が見えた。先頭の牡牛は右の角先に走り手をひとりぶら下げている。

ファインダーを通して、その若者が血の気を失っているのがわかった。恭助は走り手を突きのけて猛進してくる牡牛の先頭に焦点を合わせ、一秒間に三枚のペースでシャッターをきっていた。

突然、恭助の足にとりすがった者がいた。

両手でカメラを操作する恭助はバランスを崩し、叫ぶ間もなくコースに転がり落ちた。砂をまいた石畳に転がった恭助は十数メートル先に猛牛の一群が接近しているのを見た。恐怖に怯えた少年が恭助の背後にもぐりこもうとした。

(柵内に逃げこまなければ……)

少年と胸に下げたカメラ二台が邪魔して身動きがつかない。牡牛の顔が目前に迫り、荒い息づかいも聞こえた。

恭助は思わず目を瞑《つぶ》った。

その瞬間、少年の体が牡牛の走り来る前に転がりとんだ気配《けはい》がした。恭助は首筋をつかまれ、柵の中に引きずりこまれた。

その直後の光景は恭助自身の目で見た。

少年が牡牛の角に腹部を刺しつらぬかれ、ぐえっといった悲鳴をあげた。

貴子から事情を知らされたのは、だいぶ時間が過ぎてからだ。

「あの瞬間の小磯さんには驚かされたわ。柵の中に飛び下りるとあなたの体の上にしがみつく少年をコース内に蹴りとばしたの。そして、あなたを引っぱりこんだ。なにか背筋が凍るような小磯さんの行動だった」

恭助は少年を犠牲にして、助けられたことになる。小磯信樹の非情さと果敢な決断が恭助を救ったが、なんとも複雑な気持だった。

「小磯さんって、普段ぼうっとして、のんびりした感じでしょう。それがあの瞬間《とき》、一変したの。見ていて怕いくらいの行動だった」

貴子は何度も同じ意味の言葉を呟いた。

2

「なにか思いあたることでもあるのか」

物想《ものおも》いに沈む恭助に刑事が声をかけた。

「いや、なにも。女房と子供の事故のあと、ぼうっとすることがあるんです。すいません。ところで刑事さんの所属を教えてもらえますか?」

「フランシスコ・スアソ一等刑事。所属はセビリャ県治安本部公安三課だ」

「テロ対策が専門の部署ですね。小磯信樹はスペイン美術史研究の留学生ですよ。政治テロには関係ないと思うがなあ」

祭りが終わり、パンプロナの駅頭でおたがいの住所を交換して別れた。

その小磯と再会したのは十二日前のことだ。サラゴサのキャンプ場に拠点をもうけ、闘牛場に通っていた恭助の前に小磯が忽然《こつぜん》とあらわれた。四日間の闘牛を終え、駐車場に行くと日本人留学生が恭助の草臥《くたび》れたワーゲンに寄りかかっていた。

「小磯君」

「端上さん」

一年三か月の間に、小磯の挙動、顔貌《かおかたち》、なんとなく変わっているように思えた。体中から殺伐とした臭いが漂っているように思えた。が、笑顔を浮かべ、話し出した小磯は、奈津子とふざけ合っていた青年だった。

「あなたの姿がテレビの闘牛中継の画面に映ったんですよ。それでね、闘牛場にくれば絶対会えると思って……」

「君はバルセロナの大学ではなかったかい」

「数か月前、サラゴサに転校してきたんです。興味のある講座がひらかれたもんですから」

「正直言っておれはなにも知らん」

とスアソ刑事が頭をごしごし掻《か》いた。

「あんたが言うように外国人の学生が十日やそこいら姿を消したからって、なぜサラゴサの連中がやっきになって行方を追うのか、理由がわからん。しかし、上司に命ぜられれば、こんな辺鄙《へんぴ》な村まで調べに来ざるをえん。それが宮仕えの辛《つら》いところだ」

「このところわが家に出入りした日本人は六人です。大使館員、セビリャの友人たち、すべて葬儀に来てくれた者ばかりですよ。小磯はその中に入っておりません」

恭助はこの問題に決着をつけるべくきっぱりと言った。

「わかった。悪く思わんでくれ」

スアソ刑事は輪ゴムでとめた手帳から小さな紙片をとりだすと恭助に渡した。

「これでおれの仕事は終わりだ。あんたがそこに電話してくれればな」

紙切れにはこの男の手なのか、極小のタイプ印字のような字がならんでいた。

サラゴサ県治安本部公安三課
ビクトル・ヘーニォ警部
TEL　44・0111

フィルムを盥からつまみあげると先端にカール止めの重しをつけ、もう一方の端を天井から吊《つる》した金具でとめた。

水滴がぼたぼた床に落ちた。

スポンジを二つ折にし、フィルムの両面を軽くはさむと上から下にすっと這わせた。

金具からはずし、食糧貯蔵庫に差しわたした竿《さお》に移した。

四本のフィルムがかすかに揺れた。

サラゴサに電話するかどうか迷っていた。小磯信樹が十日ばかり家を空けたからといっておれとどんな関係がある。すべて世の中の動きに関《かか》わりをもつのがわずらわしかった。

盥の水を葡萄《ぶどう》の樹《き》の根もとに撒《ま》いた。居間と台所の窓を開け放ち、流しに重なる食器と鍋を洗った。

外の光が弱まったようだ。また、明け方まで飲みつづける夜がくる。

洗い終えた食器類を水切りに立てる。乾いたゴム手袋が、貴子の手のかたちのままに流しのタイルに転がっている。

(畜生!)

恭助は刑事のおいていったメモをテーブルからつかみ取ると家を出た。村の中心に向かってぐんぐん歩く。夕暮れ前のお喋《しゃべ》りにせいをだすかみさんたちがつぎつぎ声をかけてくれた。

「キョウ、元気かい」

「酒ばかり飲んでいちゃあ、体によくないよ。夕飯はうちにおいで」

恭助は短く応じながら役場前広場に入っていった。雑貨屋の主人と役場書記が立ち話していた。

「ナツコはどうした？」

慌て者の雑貨屋がうっかり恭助に尋ねて、役場書記に、

「馬鹿者《トント》が！」

と怒鳴《どな》られ、体を縮めて狼狽《ろうばい》した。村に生まれ育った日本人の娘はカントーハ村共有の子供のように可愛《かわい》がられてきた。

事故がおこったのはつい八日前のことだ。簡単に村人の脳裡《のうり》から奈津子の存在が消えてなくなるものでもない。

「セビリャの刑事がお前の家のことを役場に聞きに来たぞ」

あいまいに頷《うなず》き返すと役場書記の好奇心から逃れるように足を早めた。

裏通りに入ると後家のゼノビアの怒鳴り声が聞こえてきた。カントーハ村特定電話局長の声だ。

半開きのドアから室内に身を辷《すべ》りこませると待合室に五人も先客がいた。先日はどうも、と会葬の礼をだれとはなく述べ、頭を下げた。

古めかしいレシーバーを耳から外した電話局長が、少しは元気になったかい？　と慰めの言葉をかけてくれた。

「なんとかね、これを頼む」

旧式箱型の電話交換台の前にでーんと坐る交換手にメモを突き出した。大きな天眼鏡

をかざして電話番号を見た相手が、ここにつなぐのかね、と鼻の下にずりさげたメガネごしに訊いた。頷く恭助に、

「さっき、刑事があんたの家を訪ねていったって話はほんとだったんだね」

恭助の家にセビリャの私服が二人、訪問した出来ごとは、すでに村じゅうの評判になっているらしい。

「そうだ」

恭助は木のベンチの端に腰を下ろし、そこにあった新聞を広げた。特別、世間の動きを知りたかったわけではない。村人たちに妻や娘の思い出話をされるのが辛かっただけだ。

日本の皇太子ご夫妻、セビリャ訪問
来月十三日、日本の天皇ヒロヒトの第一位継承者アキヒト皇太子、ミチコ妃夫妻がアンダルシアの古都セビリャを訪問されることが正式に決定した……。

特定郵便局にベルが鳴りひびいた。長椅子《ながいす》の端に坐っていた黒衣の老婆《ろうば》がよろめき立ってブースに入ろうとするとゼノビアが叫んだ。

「おばあちゃん、あんたじゃあないよ。写真屋さんだよ」

「おれ?」

「ああ、あんた」

レシーバーの口を手で押さえた交換手は、電話を待つ村人たちに一言で納得《なっとく》させた。

「警察《おかみ》の用は特別だよ」

恭助はブースに入り、受話器をつかんだ。

「ハシガミかね?」

掠《かす》れた低い声がいきなり言った。

「ええ」

「私はビクトル・ヘーニォ。あんたは闘牛狂いの写真家だってな。つい先日も、ピラル祭の闘牛を取材するため、サラゴサに滞在していたという話だが」

「祭りの間、闘牛場にいましたよ。お目にかかったことありますか?」

「いや、私は闘牛ってのが嫌いだ」

サラゴサの警部が言った。これほどはっきり闘牛嫌いを表明するスペイン人も珍しい。

「面相の悪い刑事が二人も村にのりこんできたんで大騒ぎです」

九〇〇キロも離れた地から乾いた嗤《わら》いが流れてきた。

「小磯とはサラゴサで別れて以来会っていません」

「電話もないかね」

「うちには文明の利器がなにひとつないんです。電話どころかトイレもね」

恭助はサラゴサに電話をかけようと決心したときから、いくらフランコの警察といえども訊くことだけは訊いてやろうと思っていた。

「警部さん、日本人留学生が十日くらいアパートから姿を消したからといって、なぜ、治安関係のあなた方が動くのですか？」

「同じアパートに住むフランシスコ・トーニォって学生から捜索願いが出されたんでね」

どこか歯切れの悪い返事だ。

「だからといって公安三課が動くのは、奇妙だ」

「君はスペインの警察機構にくわしいね」

「私は闘牛写真家ですよ。許可証の関係で警察とは付合いが少なからずありますからね、一般的な知識ぐらいは……」

「君はコイソをどの程度知っているのだ？」

恭助はスアソ刑事に告げた話を繰りかえした。が、警部は、その程度の話では納得しなかった。何度もパンプロナの出会いとサラゴサの再会の話を恭助に繰りかえさせた。

「サラゴサでは奴《やつ》の方から接触してきたわけだな」

「ええ、警部さんの表現をかりれば、接触は彼からです。テレビの画面でぼくの姿を見たとかで」

「それが一年三か月ぶりのことだね。パンプロナで別れたあと、手紙とか、絵葉書とか、連絡があったかね?」

「いえ」

「連絡はない」

「ぼくもなんの便りもしていませんから」

「彼のアパートの部屋から日本語で書かれた文書がたくさん出てきた」

「えっ、小磯の部屋を捜索した」

恭助は背筋が凍《い》てつくような恐怖をおぼえた。スペイン市民戦争がフランコ将軍の国民軍の勝利に終わって三十四年が過ぎ去っていた。戦争が終わった日から、真の恐怖の時代がはじまったのだ。

勝利軍フランコ派の、敗者軍共和国派への殺戮《さつりく》処刑は一九四〇年代前半まで組織的におこなわれ、市民戦争の戦死者総数四十数万の、五〇パーセント以上にもあたる人々が、散歩《パセオ》と称する呼出しを受けて連れ去られ、家族の許《もと》にもどってくることはなかった。

一九五〇年代、飢えの時代を経て、スペインは高度経済成長期〈黄金の六〇年代〉を迎える。国際的孤立からも脱《ぬ》け出し、経済的な自信をえて、政治にも雪解けムードがあちこちで見られるようになっていた。

しかし、フランコの警察の目はいつも光っていた。それは外国人といえども免れえないことであったのか。

「警部さん、彼は美術史研究の留学生です。論文の下書きやなにかで書きためていたとしても、不思議はない。もし、不審なことがあれば、マドリードの日本大使館から書記官でも呼んだらどうですか」

「君はコイソのただひとりの日本人の友人らしい。彼の手帳には君の名前と住所しかひかえてない。君がサラゴサに来て、コイソの残した文書を整理してくれんかね」

ヘーニォ警部はまるで隣町に呼びだすように、九〇〇キロ離れたサラゴサへ出頭するように、と言った。

「ぼくが、なぜです？」

「君の人柄をわが同僚諸氏に訊いた。あんたは心から国技が好きな日本人らしい。村での評判も悪くない。私は君の好意にすがりたいのさ」

「警部《セニョール・インスペクトール》さん、なぜ、日本大使館に依頼しないんです」

「理由は二つある。サラゴサとしては、まだ明確にかたちを成していない事件で中央マドリードに借りを作りたくない。日本大使館に協力をあおぐとなるとスペイン警察庁を通さねばならんからね」

「スペイン特有の地方主義というやつですか」

「そうそう、アラゴンで起きた事件はアラゴンの手でってやつさ。いまひとつは君の国の皇太子ご夫妻がスペインを公式訪問なさる。国賓としてな。この時期、日本との関係を変な風に荒立てたくない。こちらは外交的配慮だ」

恭助は警部が正直に話してくれているのかどうか、判断がつきかねた。

「かたちを成していない事件と警部はおっしゃいましたね。いま少し、サラゴサがぼくの友人の行方にこだわる理由を教えてくれませんか」

受話器のかなたから溜息《ためいき》が聞こえた。恭助は黙して待った。数瞬、ためらう気配があって、決然と言った。

「そいつを話せば手伝ってくれるかね」

「一〇〇パーセント協力するとは保証しかねますが、サラゴサを訪ねるくらいならいいですよ」

口をついた言葉に恭助自身がびっくりした。なにか裏がある。思考より直感みたいなものが瞬間的に働いていた。

「いいだろう。話そう。君がサラゴサを去ったのが十月十六日の午前七時過ぎ……」

恭助は強い緊張におそわれた。警部は出発時刻まで調べあげている。

「その日の夕暮れ、サラゴサの町外れのサントドミンゴ教会でちょっとした銃撃戦があった。われわれが目をつけていたテロリストのひとりが神父服姿で教会をたずねた。教会にはすでに六人の司祭が集まっていた。ETAの集会だ」

ETAとは、バスクの祖国と自由《エウスカディ・タ・アスカタスナ》を意味する略語で、戦闘的な過激派組織だ。ピレネー山脈北部の両斜面、フランス側のラブール、バス・ナヴァール、スール三県とスペイン側のナバラ、アラバ、ギプスコア、ビスカヤ四県は、固有の言語、習慣、文化を有する地域である。

教育水準も高く、鉱産資源に富むこの地方は、分離独立の要求が強く、それを押さえつけようとするフランコ政府としばしば対立をくりかえしてきた。第二次世界大戦後のことだ。

独裁者の強権に弾圧されてきた学生たちは、『バスクの祖国と自由』、つまりETAを組織し、力には力で対抗するようになる。

「教会の宝物庫でのETAの男たちの集まりがはじまって十五分後、私は部下たちに突入を命じた。が、なんとも間ぬけな話だが警官のひとりが腹を下していてね、急に用を足したくなった。彼は教会裏手にある墓地の隅でしゃがみこんだところをETAの見張りに発見された。どちらが先に発砲したのか、いまとなってはわからん。至近距離で撃ち合った二名は死んだ。ともかく、それが銃撃戦の合図となってしまった。私たちはE

TAの武装メンバーを三名射殺した。が、残りの三名は闇にまぎれて逃走した。このうちのひとりは、どうも東洋人らしい風采《ふうさい》だと何人かの部下が証言するんだよ」

「で、その東洋人と失踪《しっそう》した小磯が同一人物だという証拠でもあるんですか」

「いや、ない。それにETAはバスク人のためのバスクを夢見る、戦闘的で閉鎖的な組織だ。バスク民族主義グループに外国人テロリストが参加しているなんて、バスクと境を接するアラゴン地方で公安畑ばかり歩いてきた私にも初耳のことだ。翌日、彼らが会議をもった宝物庫を綿密に調べなおした。するとテーブルの上に奇妙な文字が落書きされているのが見つかった。密談に熱中するあまり、無意識のうちにボールペンを動かしていた、そんなところだろう。そのことだけのためにマドリードの警察《やつら》に協力が頼めると思うかね」

じゃあ、私ならいいんですね、という言葉を喉《のど》の奥に飲みこんだ。

「どんな文字です?」

「そいつを君に読んでほしいのさ」

恭助は考えた。サラゴサを訪ねる訪ねないの選択ではない。カントーハ村からサラゴサまでの交通手段のことに思いをめぐらした。恭助の車は村の下を流れる河にみにくい姿をさらしている。

よし、セビリャに住む三岡昇を訪ね、会葬の礼をのべるとともに、車の借用を申しこもう。

サラゴサ行きは、小磯信樹のためというより自分自身のためだ。酒を飲み続け、眠れない夜を過ごすより体を動かしている方がいい。

「警部さん、明日の昼前までに署に顔を出しますよ」

「ありがたい」

「質問があります。小磯はスペイン警察のテロリスト・リストに載っていましたか」

「いや、完全にノーマークだ」

その夜、九〇〇余キロを走破した。南の町セビリャから首都への街道をたどりながら、小磯信樹とETAの関係を考えた。

が、考えれば考えるほど奇異、不自然と思わざるをえないとの結論に達した。

ETAについて、元大学教授の三岡から新しい知識をえた。それによると民族主義的色彩の強い小グループは、バスクの中心都市ビルバオの大学構内で生まれ、一九六〇年代初めから活発な行動を開始したという。

ETAの最終目標はバスクの独立だが、フランコ政権はことさらきびしい弾圧を加えた。

六七年、ETAは従来の民族主義路線から脱し、マルクス主義運動に方向を転じ、テロ活動を激化させていった。

七〇年末、警官を殺害した容疑でETAの活動家十六名がブルゴス軍事裁判にかけられ、六名が死刑の判決をうけた。このとき、バスクのみならず、スペイン全土、ヨーロッパ、アメリカに軍事裁判の判決に対する反対運動が広がり、あらためて独裁者フランコの存在を全世界は知ることになった。

サラゴサを主都とするアラゴン地方は地理的にバスクと接しており、フランコ政権をバックアップするアメリカの空軍基地があることもあって、しばしば、ETAがテロ活動をくりかえす舞台となった。

夜の徒然《つれづれ》に小磯信樹から聞かされた小磯自身の像を整理してみた。

城東《じょうとう》大学大学院文学修士科を中退して、一九六九年末、スペインに留学。専攻は近代スペイン美術史、とくにピカソの画業と人柄に強い関心を抱いていた。バルセロナ大学で二年学び、現在、サラゴサ大学大学院に籍を置いていた。

十日ほど前見た小磯のアパートの部屋は、美術関係の原書に埋まっていたが、どことなく留学生活に倦《う》みあきた様子もうかがえた。

内向的性格といえないまでも積極的に友人を作るタイプではなかった。恭助は小磯の口から友人の名を聞かされたという記憶がなかった。

パンプロナの岸辺で初めて小磯と会った奈津子は、まわらぬ舌で、

「あっ、梟《セニョール・ブーホ》おじさんに似てる」

と言った。

「なんだって、ぼくが梟《ブーホ》だって」

小磯が笑いかけた。奈津子は怯えたように後退《あとじさ》りすると母親の陰にかくれた。

「いや、うちの村にいる犬の名前なんだよ」

数か月前、どこからかまぎれこんできた灰白色の野良犬だ。昼間はどこにひそんでいるのか姿を見せなかった。が、夜になると闇から闇をつたって鶏をおそい、飢えを満たしていた。

さかんに卵を産む牝鶏《めんどり》を三羽も食われた雑貨屋のクウロは、散弾銃を用意して幾晩も徹夜したが、気配すら察することができなかった。しかし、クウロがあきらめた翌晩、四羽目が消えていた。

夜目が利き、生きた鶏を好み、狡猾《こうかつ》な野犬を、カントーハ村の人々は、畏怖《いふ》をこめて、セニョール・梟《ブーホ》とよぶようになった。

恭助と奈津子は、一度だけサッカー場のかたわらでのセニョール・梟《ブーホ》に出くわしたことがある。梟《ブーホ》は、跳躍の構えをみせると低声で唸《うな》った。恭助が一歩踏みこむとさっと夜の闇にまぎれた。

奈津子は、なぜか小磯信樹に村の野犬を重ね合わせたようだ。

「犬の名前に梟《ブーホ》ね。想像力豊かな飼主だ」

小磯は、梟《ブーホ》を飼犬と勘違いしていた。恭助も訂正しにくくなった。

奈津子は、二日目になってようやく小磯になれた。彼もまたキャンプ地に咲くクローバーをつみ、花飾りをつくって、奈津子にくれたりした。

アンダルシアに生まれ育ち、日本語の喋《しゃべ》れない娘は、小磯のことを梟おじさん《セニョール・ブーホ》とよぶようになっていた。

恭助と小磯が真剣に討議した話題といえば闘牛と絵画の二つしかない。小磯は恭助と出会うまで闘牛を見物したことがなかった。恭助が牡牛《おうし》追いのコースに転がり落ちる事件のあった午後、小磯は初めて闘牛を見た。

その夜、ワインを飲みながら、小磯は顔を紅潮させて語った。

「端上さん、ゴヤが、ピカソが、闘牛におぼれたことがようやく理解できましたよ。いや、闘牛には色彩が、造形が、音楽が、詩想が、啓示が、いっぱいつまっている。ありゃあ、すごい芸術ですよ、いや、他の芸術を刺激する魂ですよ。とくに、〈真実の瞬間《オラ・デ・ラ・ベルダー》〉という死の前の静寂がたまらなくいい。それまで昂奮《こうふん》し、オーレ！ と叫んでいた観客は、剣士と牡牛の対決の寸前、数瞬沈黙するでしょう。闘牛場から潮がひくように音が消える。何万人もの群衆が酒に酔い、祭りにうかれているのに、あの間だけは静まる。まったく信じられなかったな」

「闘牛がスペイン人の信仰といわれるゆえんですよ、死こそ〈真実の瞬間〉と考えるがゆえに沈黙する」

「いったんキャンバスから色が消えてなくなる。モノトーンの世界が広がっている。時間が止まる。生と死に両雄は分かたれる。再び色が、音が、何十倍ものはげしさでもどってくる」

あのパンプロナの三日間、恭助の知っている闘牛の知識を小磯に伝えた。彼はそのとき、国技を自分の専門分野の美術史にあらわれた闘牛と関連づけて理解し、吸収しようと熱心に、恭助の長広舌につきあってくれた。

そんな小磯が、一年三か月ぶりにサラゴサで再会をはたしたとき、ものなれた様子で夜の娼婦《しょうふ》街に恭助を案内していった。

トラブルがおこったのは、なぜか女たちの姿が見えない酒場をはしごして飲み歩いているときだ。

素人《しろうと》っぽい娘が小磯の姿を凝視し、いきなり摑《つか》みかかった。一瞬、虚をつかれ立ち竦《すく》んだ小磯は、すぐさま反撃に転じた。嗤笑《ししょう》を浮かべた双眸《そうぼう》を向けると素早い動きで女の攻撃を封じ、危害をくわえようとした。

恭助は必死の思いで二人の間に割って入り、逃げろ、表通りで会おう、と叫んでいた。

再会した小磯は、いや、一度金のことでもめましてね、と恭助に弁解した。小磯は、スペイン生活に慣れ、遊びの味もおぼえたのかもしれない。若い男性が一度は通過する青春の気負いといったものではないか。

セビリャを出発して十一時間後、アラゴン地方の主都サラゴサの東端を重く流れるエブロ河畔にワーゲンを止め、水面からうすく吐きだされる朝霧をながめながら、ＥＴＡのテロリストとスペイン美術史研究の留学生小磯信樹とはそぐわないと、一夜思い迷った自問へ、答えを出した。

十七世紀に建設されたピラル大寺院のネギ坊主のような塔に、朝の光があたって輝いた。

人口六十万の古都は、マドリードとバルセロナというスペインの二大都市の中間にあって、文化的には、バルセロナの、政治的にはマドリードの影響を強くうける土地柄だ。

河面の霧に目をもどしたとき、小磯失踪の原因をルームメイトのフランシスコ・トーニォに訊いてみようかと思った。

レリダ近郊の農場主の次男フランシスコは、度の強い近視眼用の眼鏡《めがね》をかけた物理学専攻の学生だ。恭助がアパートに居候している間、何度か顔を合わせ、知らない仲ではなかった。

なにより小磯の捜索願いを警察に出したのは、フランシスコだった。それに治安警察を訪ねるには、時間が早すぎる。恭助はサイド・ブレーキをゆるめると、車をロレント街に向けた。

3

長く、短く、長く。

見知ったアパートのインターフォンを押した。フランシスコがわずかな酒に酔い、ふざけていたリズム。だれも応ずる気配はない。ドア・ノブに手をかけるとふわりと開いた。

ほの暗い室内に向かって叫ぶ。

「フランシスコ、恭助だよ」

人の動く気配がした。入口の壁に手を這わせ、スイッチをひねった。すぐ右手が彼の部屋だ。

ドアが半開きになっていた。

恭助が覗《のぞ》くと電気スタンドが倒れ、本が床に散乱していた。椅子も転がって、ベッドも乱れて、シーツがだらしなく垂れていた。

男子学生三人が共同でかりたアパートの台所だ、生活の臭いがなにもなかった。冷蔵庫の中は十日ほど前と同じく、飲みかけの牛乳に固くなったチーズくらいのものだろう。

通路をはさんで台所に向き合うドアをあけた。

小磯信樹の部屋だ。

明りを入れた。足の踏み場もないほどの混乱が目に入った。数百冊におよぶ書物はすべて本棚から引き出され、ラジオが床に転がり、ベッドのマットレスまで切りきざまれていた。

治安警察の捜査の跡なのか。恭助は電話で話したビクトル・ヘーニォに不快感をおぼえた。

呻《うめ》き声がした。動きを止めて耳を澄ました。声は消えたが張りつめた緊張を感じた。なにかが起こっていた。

恭助は移動を再開した。居間のドアを押す。三日間、世話になったソファ、そして、コーヒー・カップのおかれたテーブル。

「フランシスコ」

人間の気配がぴりぴりと伝わってくる。アルバレスという名の学生の部屋からだ。

恭助がこのアパートに滞在していた頃、兄の結婚式とかで実家に帰っていて、会う機会がなかった。

再び、呻き声がした。だれかがアルバレスの部屋にいる。忍びやかに動く気配を感じた。それもひとりではない。恭助ははっきりと異変を知覚した。壁に身を寄せ、腕をのばしてドア・ノブをひねり、開けた。

闇の中に閃光《せんこう》が走った。乾いた銃声が大きくひびいた。

恭助は、尻《しり》もちをついた恰好《かっこう》で叫ぼうとしたが声にならなかった。なにかしなければ、大変なことになる。

サイドボードへ這い寄り、木彫りのドン・キホーテの像を掴み、ベランダ側の窓ガラスに投げつけた。

「警察《ポリシア》だ、警察《ポリシア》だ！」

ガラスの割れる音に恭助の喉がゆるんだ。大声で叫びつづけた。アルバレスの部屋は、ひっそりと静まりかえっていた。レミントンのタイプライターを抱えると壁を伝い、闇にひそむ人影に放《ほう》り投げた。そして、また、ポリシア！　を連呼した。

部屋の内部でもガラスの割れる音がした。押し殺した声が短く言い交わした。

階下の住人だろう、ガラス戸をあけ、おい、なにがあったんだ！　と訊いてきた。

「ポリシアだ、ポリシア！」

危険な臭いが急速にひいていく。

恭助は床に体を這わせると、真っ暗な部屋をのぞいた。

一瞬、窓にあった人影が宙に消えた。それでも、恭助は行動を起こさなかった。いや、体が震えて、動くことができなかった。口の中で数字を数えた。二十までスペイン語で数えると落ち着きがもどってきた。

手を差しのべ、スイッチをひねった。

全裸の女がベッドの支柱に縛りつけられ、ぐったりしていた。

(なんてこった!)

頭が胸の前にたれ、長い黒髪が床に乱れ散っていた。血と硝煙《しょうえん》と汚物の臭いが部屋中に充満していた。

恭助は勇気をふるってベランダに走った。ロープが一本、屋上から垂れ下がって、揺れていた。が、人影はなかった。

恐る恐る、女のもとに寄っていった。

「大丈夫か」

アルバレスの机の上にハサミがあった。恭助は女の両手の縛《いまし》めを切った。体がくたくたと床に崩れ落ちた。口腔《こうこう》内に突っこまれた下着を引きだした。女が喘《あえ》ぐように肩で息をし、弱々しい呼吸をくりかえした。

「コイツ……」

と言った。スペイン人とは異なるイントネーション。恭助は女を抱えあげると顔にへばりついていた髪をかきあげた。

「みず、水がほしい……」

女は日本語で言った。陽焼《ひや》けし、血塗《ちまみ》れの顔は確かに同胞のものだった。落ち着け、落ち着けと自分に言い聞かせながら、女の傷を調べた。胸と下腹部に銃創をうけて、流れ出る血はたちまち恭助の衣服をぬらした。素人目《しろうとめ》にも助かるとは思えない傷と出血だ。

「待っていろよ」

洗面所に走った。台所よりわずかに近い、そんなことが脳裡をよぎった。水道の蛇口をひねり、プラスチックのグラスに水を入れながら、何気なしにバスルームを見た。

未来のノーベル物理学賞候補が眼球をとびださせて死んでいた。

吐気がこみあげて、徹夜ドライブで食べたサンドイッチとコーヒーを洗面台の中に吐いた。

くそっ！　なにかが狂っている。

吐いたものを水で流し、顔を洗った。女が水を待っているのだ。しっかりしろ！　と言い聞かせ、水をグラスに入れ直し、アルバレスの部屋に走りもどった。

「おい、水だ」

恭助は女を抱き起こすとグラスを口にあてた。のどをかすかに鳴らして、水を飲んだ女は、ひとしきりむせた。わずかな間に、女の顔が暗紫色に変わっている。目を瞑《つむ》り、呼吸をととのえていた女が口を開いた。

「ピレネーのファブリカ・デ・オルバイセタ……村の……」

生がどんどん逃げ去っていくのが見える。恭助は女の頰《ほお》を軽く叩いた。

「オルチに……指輪を」

女が左手を上げげた。中指にスカラベ（カブトムシ）を彫った指輪をしていた。

「これだね」

女はうなずくと手を尻の下にやった。血塗れの文庫本が一冊。

「指輪と本をどうするんだ？」

「と、どけて」

「ピレネーにだね」

恭助は女の耳もとで大声をあげた。女は、目をかすかにしばたたいた。そして、ゆっくり閉じようとした。

「君は小磯信樹を知っているのか？」

小磯の名前に反応したのか、目が大きく開かれた。

「伝えて……小磯はゆ……」

女は目を開いたまま、死んだ。

恭助は瞼《まぶた》をとじてやった。指輪を中指から抜きとろうとした。が、しっかりはまりこんだリングは、なかなか外れなかった。

古代エジプトではスカラベは〈死〉と〈復活〉と〈不死〉を象徴すると伝えられてきた。名も知らぬ日本女性は少なくとも〈死〉を保証された。〈不死〉がならなかった以上、あとは〈復活〉がなるかどうかだ。

指輪がようやく外れた。おそらく〈復活〉は、スカラベの指輪と、血塗れの文庫本、レオン・パジェスの『日本切支丹《きりしたん》宗門史』上巻を、ピレネーのファブリカ・デ・オルバイセタ村のオルチなる人物にとどけたとき、なるのだろう。

指輪をはずされた中指の白いあとが人間の儚さと女心の哀れを物語っているようだ。

二つの遺品をポケットにしまったとき、大勢の足音が部屋の中に乱入してきた。

恭助はあわてて、武器を探した。杖《つえ》が目に入った。パンプロナの夜店で、小磯がくじの景品に手に入れたものだ。杖を手にとると、また、

「警察《ポリシア》、警察《ポリシア》だ！」

と大声をあげて、騒いだ。が、恭助の目に映ったのは、先ほどの男たちではなかった。

マリエッタ短機関銃をかざした灰色の制服の巨漢たち、治安警察だった。

「手をあげろ《マノ・アリバ》！」

力が抜けた。

怒声と靴音。

恭助は杖を床に捨て、事情を説明しようとした。

「手を上げるんだ!」

「両手を首のうしろで組め!」

恭助は手を高々とあげ、首の後方で組みながら最悪の事態におちいったことを悟った。治安警察がテロリストの仲間だと追う日本人の部屋に血塗れの死体が二つ。そして、これまた、血塗れで呆然としている日本人。

「せ、説明させてください」

ようやく言葉が口をついた。

「おれは闘牛の写真家だ。怪しいもんじゃあない」

大男の警官が牛の革を張った警棒をふりかざして、近づいてきた。こいつで殴られると外傷より内出血の方がひどい。場合によっては内臓がずたずたに破壊される。

「待ってくれ、ビクトル・ヘーニョ警部を呼んでくれ」

恭助は目を瞑り、喚き散らした。

「退がりな」

渋い声がした。警官の気配が遠のいた。目をあけると武装警官をかきわけて、痩身《そうしん》の中年男があらわれた。

赤毛、高く細い鼻梁《びりょう》、鋭い眼光。茶のズボンの線はナイフの刃先のように、ぴいんとアイロンがあてられていた。

口の端には、吸いさしの葉巻。

恭助を上から下に、また上にと睨《ね》めまわす。目が合うとにたりと嗤《わら》った。

短機関銃を突きつける警官隊を口にくわえた葉巻の動きひとつで退がらせると、

「セニョール・ハシガミ、会見の場は、わが公安三課ではなかったかね」

と言った。きざな男だが救いの神だ。

「ビクトル警部、時間が早かったもんで、フランシスコに挨拶《あいさつ》に寄ったんですよ。失踪直前の様子も聞きたかったし」

「それで彼と会えたのかね」

「ええ、話はできませんでしたが」

「話ができなかった？」

「バスルームで死んでいます」

「まずい。非常にまずいな。われわれが入ってきたとき、君は撃ち殺されても文句の言えん状況だった」

「警部《セニョール・インスペクトール》さん、ぼくは善意の日本人ですよ。サラゴサの警察に協力するため、わざわざアンダルシアの村から徹夜ドライブしてきた間抜けな闘牛写真家ですよ」

「確かに間抜けな人物だ。全裸の女の死体の前で血塗れで立っているのだからね。事情を手短に話してもらおうか」

恭助は、女が死に際に残した言葉と二つの遺品のことをのぞいて、正直に話した。

「つまり、君はこの女性がだれだか知らんというわけだな」

「はい。おそらく日本女性とは思いますが」

「なぜ、そう思う？」

「水、水と日本語で言いましたから。私は洗面所に水をくみに行って、フランシスコが死んでいるのを見つけたんです」

「女が言い残したのは、水、水の二言だけだな」

鋭い目で恭助を睨んだ。恭助も警部の目を睨み返すと、

「ええ、そこへあなた方がなだれこんできた」

それから二時間余り、ロレント街十四番地6Dのマンションの部屋でサラゴサ大学生フランシスコ・トーニォと氏名不詳の日本女性の検死がおこなわれた。

恭助はその間、居間のソファに坐らされ、警官の監視下におかれていた。鑑識捜査が進むにつれ、警察の、恭助に対する態度が変わってきた。

不運な物理学徒の推定死亡時刻は午前四時頃、死因は絞殺。喉頭《こうとう》隆起部の出っぱりを親指と人差し指の二本で強く圧迫するという残忍な殺し方だった。

日本女性はさらにひどい扱いをうけていた。体中に殴打されたあざの跡があり、乳首や局部に電気コードを押しつけられた火傷《やけど》が見られた。拷問は大学生が殺された前後から、恭助がアパートを訪れた午前九時過ぎまで五時間にわたって続けられたと推測できた。

どこから来たのか、あるいはどこに住んでいるのか？　女性の持物はジーンズ、ポロシャツ、セーター、下着、靴、という着衣と履物以外、発見されなかった。

ビクトルは、恭助の体の硝煙反応を検査させた。

「警部、疑いが晴れましたか？」

「念のためだ。午前四時、君はどこにいたね？」

「セビリャの町を出発したのが夜の八時前、まだ、マドリードには到着していませんでしたよ。セビリャとサラゴサの間が何キロあるか、警部はご存じでしょう」

「まあ、一応、その話を信用しておこう」

「警部、手の血を洗い落としてもいいですか」

恭助はビクトルの許可をうけると洗面所で手と顔を洗った。

どうやら恭助の知る小磯信樹は彼の一面にすぎなかったらしい。フランシスコは、小磯の知られてはならない面に気づいたがゆえに殺されたのかもしれない。しかし、あの女性は最後に、なにを言い残したかったのか。

「伝えて……小磯はゆ……」

と言って事切れた。

二人の遺体がタンカにのせられ、運び出されていく。新しい葉巻をくわえた警部がマッチを三本束にして火をつけ、一服ふかした。

「君の奥さんとお嬢さんは最近亡くなったんだってな。セビリャのスアソ刑事が電話で報告してきたよ、お悔やみ申しあげる」

警部の顔には、哀しみの感情があった。意外な思いで頭を下げた。

「奥さんは車の運転があまり上手《じょうず》ではなかったのかね、あるいは、初心者か」

「どちらでもありません。十年運転してきたベテランです。慎重なドライバーでした」

「運転ミスが事故の原因だと聞いたが、十年も運転している人の事故としては珍しい」

「坂道でスピードが上がり過ぎ、気が動転したんでしょう。夕暮れの散歩時間で、坂道にはたくさん人がいたから、怪我《けが》させたくない一心でブレーキを踏むのも忘れた」

考えたくないことだった。話題を変えた。

「あの女性とフランシスコを殺した犯人の心当りはあるんですか」

「ないこともない」

警部は葉巻を二服吸った。

「学生の喉仏《のどぼとけ》を見たかね、二本の指で圧迫死させている。ＥＴＡのテロリストのひとりにホセ・カントってトラックの運転手がいる。こいつの仕業《しわざ》だ」

警部は、フランシスコの死因を知ったときから犯人がわかっていたのだ。

「まあ、あんたを調べたのは、定法通りの手続きってやつさ。気を悪くせんでくれ」

地中海に向かって流れるスペイン一の大河エブロが鈍くねっていた。ピレネーからの山颪《やまおろし》が河面《かわも》に細波《さざなみ》をたて、河原の枯草を揺すった。

市民戦争の激戦地、サントドミンゴ教会は、エブロの流れを見下ろす小高い丘の上に、廃屋のように建っていた。

「だれも住んでないのですか?」

助手席の恭助はくすんだ教会を見ながら、警部にたずねた。

「祭礼や葬式のあるときだけ、サラゴサの本教会から司祭が出張してくる。歴史は古いんだがね」

教会の破れた壁のかたわらに、警官が立っていた。

「墓地にはイタリア兵も埋葬されているはずだ」

イタリア兵とは市民戦争の折、フランコ軍を応援したイタリア旅団の兵士のことだろう。この辺は、エブロ河攻防戦がはげしく戦われた地だった。

三十四年から三十七年前、スペインを二つの陣営に引き裂いた内乱の痕跡《こんせき》は、いまも半島のあちこちに残っていた。

ビクトルの運転するスペイン製の乗用車セアットは、石門を潜ると教会のファサード前で停車した。警戒に立っていた警官が鍵をもって小走りにやってきた。

「警部、だれひとり来やしませんよ。寂しいったらありゃあしない」

なんでこんな現場を保存させるのかと、不満げな顔つきだ。

「口がきけるだけでも運がいいと思いな。町じゃあ、二人も殺されたぞ」

「ETAですか」

「ああ」

鈍重そうな若い警官の顔に不安とも怯えともつかない翳《かげ》が走った。風采《ふうさい》や言葉の訛《なま》りからみて、南部アンダルシアの出身だろう。

「あけてくれ」

上司の命に厚板に鉄鋲《てつびょう》を打ちこんだ潜戸《くぐりど》を開いた警官は、ちょっと待ってください、と暗闇の教会内に姿を消した。数瞬後、ばちん、と音がしたかと思うと、堂内から明りがもれてきた。

恭助は警部につづいて、教会に入った。寒々とした冷気が石造りの堂内を支配していた。ヒーターで温まっていた体から熱が逃げていく。

主祭壇を見上げると、まがまがしいばかりに血に塗《まみ》れたキリスト像が恭助を見下ろしていた。いつものことだが血塗れの殉教者は、恭助にいい知れぬ畏怖《いふ》を感じさせた。

警部は特別の感慨もないのか、ほの暗い堂内を歩いていく。が、主祭壇の横に来たとき、突然、歩みを止めた。

「ほほう、気がつかなかったな」

治安警部の目は石柱の陰におかれたオルガンを見ていた。楽器に歩み寄ると蓋をひらいた。鍵盤《けんばん》をかるく触った。湿った音が堂内にひびいた。

「音は悪くない」

独りごとを呟いたビクトルの両手が鍵盤の上に踊った。

バッハの「パルティータ、ロ短調」がサントドミンゴ教会に流れた。が、調べは、始まったとき同様、唐突に終わった。

蓋をしたビクトルは照れたように笑った。

「おれの親父《おやじ》は村の教会のオルガン弾きでな。おれも子供のころには、親父のようにオルガニストになろうと思ったもんさ。それがどういうわけか、刑事になった」

「どこの出身ですか？」

「パブロ・カザルスの生まれたベンドリール近くの寒村生まれだ」

地中海に面したタラゴナ県の片田舎《かたいなか》のオルガン弾きの息子は、なにごともなかったように歩き出した。

宝物ひとつない宝物庫は、ちょうど主祭壇の裏手にあった。せいぜい人間ひとりが通り抜けられるくらいの切込みが石壁にぽっかり口をあけている。

警部が入口のスイッチをひねると洞穴のような宝物庫から血の臭いが漂ってきた。

「ETAの奴ら、この狭い入口を有効につかって応戦しやがった」

よく見ると左右の石の壁は何発もの銃弾にうがたれ、黒い染みのようなものがこびりついていた。殺されたETAの連中の血だろうか。

「逃げ道はどこにもないように思えますがね」

「それがある。こっちに入ってくれ。宝物庫は見てのとおり、二つの部屋からなっている。ここと奥の部屋を結ぶ、せまい通路にな、地下通路へ下りる隠し階段がある。これだ」

ビクトル警部の指差したらせん階段の入口は、人間が横になってすり抜けられる程度の幅しかなかった。

「こいつが墓地へと通じているんだ。ここから三人が逃げやがった」

宝物庫奥の院は半円形の部屋で天井に小さな切込み窓が三つあった。

調度品といえばオリーブの古木で作られた長方形のテーブルと椅子が六脚あるばかりだ。

「あの机の角に奇妙な文字が重なってあるんだ」

と顎《あご》で差した警部は、宝物庫の外で待つ警官に大声で、懐中電灯を持ってこい、と命じた。

恭助は黒々と年代を重ねたテーブルの表面に目を近づけた。が、警部のいう文字は見えなかった。

警官からライトを受けとったビクトルが恭助の斜め上方から光を照射した。

「姿勢を低くして、透かすようにして見てくれ」

恭助は腰を落とした。光がテーブルの表面に反射して、眩《まぶ》しいばかりだ。

「ライトの高さを変えてくれませんか」

オリーブの木肌があらわれた。ボールペンの字が浮かびあがってきた。幾十となく、強い筆致の文字が二種類書かれてあった。

恭助は息を飲んだ。

「なんて書いてある?」

「………」

「読めんのか」

「貴子、奈津子」

「タカコとナツコ?」

「ぼくの妻と娘の名前です」

「なんだって!」

「ここに坐っていた人物は間違いなく日本人です。おそらく小磯信樹。しかし、どうして」

重苦しい沈黙がつづいた。恭助は考えをまとめようとしたがだめだった。警部が懐中電灯を消した。

「君の奥さんの名前と娘さんの名前を書きつけた。なぜだ?」

それがわからなかった。

「コイソと君の家族は、パンプロナで出会って、数日、同じテントで暮らした。あとにも先にも、それ一回きりだな」

「ええ、昨年のことです、それ以上の交際は」

と言いかけて思い出した。

「いや、ちょっと待って下さい」

「どうした?」

サラゴサから帰った夜、貴子が恭助に告げた奇妙な話の一部始終を警部に語った。

「確かに奇怪な話だ。待てよ」

警部は手帳を出すとボールペンでメモしながらしばらく考えていた。

「見てくれ」

手帳を恭助の前に広げた。

十月十一日、タカコとナツコ、コイソらしき人物と邂逅《かいこう》、場所はマドリードのラス・ベンタス闘牛場。

十月十三日、ハシガミとコイソが再会、場所はサラゴサ闘牛場駐車場。

十月十六日早朝、ハシガミ、サラゴサを出発。

同夕刻、ETAグループがサントドミンゴ教会で集会、警官隊と銃撃戦を展開し、三名死亡。この集まりの折、コイソは無意識裡《り》にタカコとナツコの名前を書き残す。

同夜、ハシガミ、セビリャの村に帰る。タカコよりコイソに会った話を聞かされる。

同夜、コイソ下宿にもどらず行方《ゆくえ》を絶《た》つ。

十月十七日夕刻、セビリャ県カントーハ村にて、タカコとナツコ死亡。

「……とこうなる。ハシガミ、君の奥さんが見たというコイソらしき人物には、連れがあったといったな」

「ええ、予期せぬ人物でした。ぼくは妻がまた人違いをしたと信じこんでいたものですから、つい聞き流してしまって」

「予期せぬ人物ね」

「ええ、有名な人の名前を口にしたように思うのですが」

頭の中に厚い靄《もや》がかかっていた。思い出そうとすればするほど、おぼろな輪郭すら消えていく。

「奥さんが話しかけた相手がコイツだとするならば、すべて符節が合う。コイツは見られてはならないところを君の奥さんに見られてしまった。二日後、彼の方から君に接触してきた。その時、君は奥さんが高校時代の友人と旅行していると話したのではないかね？」

話したような気もするし、話さないような気もする。

「君がサラゴサを離れた日の夕暮れ、ＥＴＡはここで集会をもち、われわれと銃撃戦をやる羽目になった。そのとき、われわれはＥＴＡの組織に東洋人らしき人物が参加していることを知った。コイツは早急に痕跡を消す必要が生じた」

「まさか」

「いや、君の奥さんとお嬢さんの事故の原因を再調査する必要がある」

ビクトル警部はきっぱりと言い切ると、立ち上がった。

恭助は思わぬ展開に呆然《ぼうぜん》と椅子に坐りこんでいた。

第二章　ETA（バスクの祖国と自由）

1

十月二十七日。

石油価格引き上げ《オイル・ショック》による経済危機を解決するため、バレーラ・イ・イリモ蔵相は、緊急経済政策を発表。

非合法政党スペイン社会労働党大会がマドリードで開かれ、フェリペ・ゴンサレスを書記長に選出。

若き日の独裁者が端上恭助《はしがみきようすけ》を睨《にら》んでいた。肌の張り、頭髪の量、眼光の鋭さから判断して二十年も前に撮影された写真と想像された。カラーの画面が褪色《たいしょく》したせいか、写真のフランコ氏も実物と同じく老いていったようにも思えた。いかなる権力者も不老不死は不可能だということを示す写真がサラゴサ県治安本部公安三課取調室の唯一の飾りだった。あとはスティール製の机、椅子《いす》、金属製の電気スタンド、コンクリートの壁の古ぼけた時計、そして、鉄格子と金網つきの窓といった寒々しい佇《たたず》まいだった。恭助は独裁者に背を向け、作業に没頭しようとした。が、頭の中では、自問自答を繰りかえし、作業は遅々《ちち》として進まなかった。

ほんとうに小磯《こいそ》は妻と娘の死に関《かか》わりをもっているのか？

そんな馬鹿《ばか》なことがあるものか、小磯は牡牛《おうし》の角先から恭助を救い出してくれたほどの人物ではないかという声と、では、なぜ、貴子《たかこ》と奈津子《なつこ》の名前など書き残したんだという声とが鬩《せめ》ぎ合いをしていた。

一日前の恭助なら自信をもって否定したろう。が、フランシスコと日本人女性の死を間近に見ていた。

机の上の小磯の研究ノート、メモ、手紙の山に目をもどす。

これらの記録が妻と子の死の真因を教えてくれるかもしれない、と分類作業を再開した。

二十八冊の研究ノート。大学の講義ノートは除いた。残ったのは十一冊の近代スペイン美術に関する断片的な私論。ピカソに関する分析、思い入れが大半を占めていた。ノートの日付は一九七〇年一月から一九七二年の六月初めまで。以後、研究はぴたりと止《や》んでいる。

日記。研究ノートより一月早く、一九六九年十二月から書きはじめられている。

スペイン滞在日記というべき散文は、バルセロナの町に到着した日の初々《ういうい》しい印象記から書きおこされている。

港町の佇まい、市場の賑《にぎ》わい、ピカソ一家が住んだ下町の様子、旧市街の酒場で飲んだ赤ワインの味、鉄板焼きのイワシの美味《おい》しさ、下宿先の家族の一口メモ、大学で出会った女子学生の可愛《かわい》らしさ、初めて購入したピカソの研究書――Josep Palau I Fabre『Picasso en Cataluña』、ランブラス散歩道の花屋と、買い求めた日用雑貨の品質から値段まで克明に細かい字で記述していた。

一日もかかさなかったスペイン滞在日記も研究論文を中断したと同じ時期、一九七二年六月五日付で唐突に終わりを告げ、思い出したように、端上との出会いとパンプロナで過ごした三日間が簡単に記録されている。小磯信樹《のぶき》の日記の最後の記述はこうだ。


七月十一日。

初めての山行、疲労困憊《こんぱい》してパンプロナに辿《たど》りつく。お祭り騒ぎのカスティリオ広場で闘牛写真家の端上恭助に声をかけられ、彼のテントに誘われる。なんと彼は奥さん、子供連れで闘牛を追っかけているのだ！

闘牛、これまで見る機会がなかった。

なぜだろう、ピカソもゴヤも、スペインの芸術家たちは、闘牛から霊感を授《さず》けられる。

闘牛の魅力とはなんなのか？

牡牛追《エンシエロ》いで走りくる黒々とした牡牛たちを見たときの衝撃は忘れようがない。若者を角先に軽々とひっかけて突進してくる、神々《こうごう》しいまでの力強さ、その眼前に端上が転落したのを見たとき、自然に体が動いて、彼を柵《さく》の内に引っぱりこんでいた。

午後の闘牛。

端上から〈真実の瞬間　HORA DE LA VERDAD〉という言葉を教えられる。

まさにあれは〈真実の瞬間〉だ。生から死へ移ろう静寂の一瞬、なにものにも代えがたい感動をおぼえた。

私は、梟おじさん《セニョール・ブーホ》になった！

小磯は聖《サン》フェルミン大祭を見物するために、パンプロナにきたのではなかった。冬物のセーター、厚手の靴下など、あの汚れものは山行で着た衣類だった。

日本から届いた封書は全部で三十二通。

小磯はスペイに到着して以来、ほぼ一月おきに熊本県菊池《きくち》郡小磯トミからの手紙を受けとっている。母親からと思われる書信は、一九七二年一月を最後に、東京都下東村《ひがしむら》山《やま》市在住の上村繁子《うえむらしげこ》のエアログラムに変わる。

恭助らは小磯との出会いの年に母親が亡くなったことを聞かされていた。小磯が日本について語った数少ないことのひとつだ。そのとき、貴子が、お葬式には帰られましたの？　とたずねると小磯は寂しそうに笑い、日本に帰れない事情がありましてね、と答えたものだ。あのとき、恭助も貴子も経済的理由で帰国できないのだと理解した。母親が亡くなり姉がその役目をはたすようになった。

二人から来た手紙が日本からの書信のすべてだ。小磯が処分したのか、友人、知人だれひとりとして小磯に手紙を書き送らなかったのか。

ギリシャのアテネから一通、差出人の名前はなし。安っぽいエアログラムの消印は、一九七二年五月二十九日。レター用紙の真中に一行、

1969・10・21　新宿《しんじゆく》

とあった。他に新聞の切抜きが同封されてあった。

過激派Mグループ幹部撲殺される

十一月二十四日午前七時四十五分ごろ、東京都練馬《ねりま》区の路上で覆面、アノラック姿の三人の男たちが鉄パイプで出勤途中の同区関町《せきまち》東×—×豊荘一〇二号に住む品川《しながわ》郵便局勤務遠山亮《とおやまあきら》（29）さんに殴りかかり、乱打して逃走した。

目撃者の話では、遠山さんに、日和見《ひよりみ》！　などと叫びながら襲いかかったという。遠山さんは、頭部陥没の重傷を負い、救急車で病院に運ばれる途中、死亡した。警視庁の調べによると遠山さんは左翼過激派Mグループの指導者とみられ、対立するセクトの襲撃事件と推定して、捜査を進めている。

この手紙が小磯信樹の留学生活を一変させたようだ。そして、一九六九年十月二十一日、新宿の事件（？）と、十一月二十四日の撲殺事件に小磯はなんらかの役割をはたしたと、考えるべきではないか。

ビクトルが疲れた表情に昂奮《こうふん》をただよわせて取調室に入ってきた。手にしたコーヒーを恭助に渡すと言った。

「君とコイソが再会した日の闘牛のビデオをテレビ局で見せてもらったよ。君はあの日、一瞬たりとも画面に登場していない」

「…………」

「奴《やつ》が接近してきたのは好意からではない。目的があってのことだ」

「目的？」

「ラス・ベンタスで奥さんに声をかけられたコイソは、その場から逃げ出した。が、大変危険なことに気がついた。村で調べたが、奥さんはまだ帰っていない。そこで闘牛写真家のいそうな場所で君に会うことにした。いつ君の奥さんが村にもどるかを知るためにね、君の奥さんと娘さんは奴に殺されたんだ。いま、カントーハ村の国家警察から連絡が入った。おれが依頼していたことの返事だ。ブレーキ・オイルのタンクが鋭利な刃物でずたずたに破壊されていた。オイルの抜けたブレーキはいくら踏んでも作動しない。君の奥さんは急峻《きゅうしゅん》な坂道を壊れたブレーキを何度も踏みつけながら下っていったんだ……」

「止《や》めてくれ！」

体中がおこりに見舞われ、ふるえた。悪寒《おかん》が走る。頭の中に奈津子の笑顔が、貴子の愁い顔が、浮かんでは消えた。

小磯への怒りはまだわいてこなかった。パンプロナの昼下りの広場に、困惑したように坐《すわ》りこんでいた姿が思い出された。

「ブレーキ・オイルのタンクを故意に破壊した人物がコイソと決まったわけではない。だが、状況は彼の犯行であることを示唆《しさ》している。ともかくタンクをサラゴサに送ってもらうことにしたよ。うちの鑑識でくわしく調べてもらう。そうすれば新しい事実がでてくるかもしれない」

恭助は警部の言葉が耳に入らなかった。

急峻な九十九折《つづらお》りの坂道がながながとつづく。スピードを増しながら暴走していく車。左右の路肩には夕暮れの散歩を楽しむ村人……ハンドルを握る貴子はその瞬間、なにを考えていたのか。

村人に怪我《けが》をさせたくない、泣き喚《わめ》く奈津子を助けたい……つぎつぎ襲いかかるカーブの中央を走ることだけを祈るように考えていたに相違ない。が、最後の鉄橋へのカーブを曲がりきれなかった。

「ハシガミ、村の警官は君に謝っておいてくれと何度も電話で言っていたぞ。奥さんの運転ミスときめつけてしまったことを悔いているんだ」

事故の原因がこれまでどおり運転ミスだったら、恭助の気持はどんなにか楽だったろう。

「君がパンプロナで出会い、テントに誘った男は悪党だよ、殺人者だ。その男がなにかもっと恐ろしいことを企《たくら》んでいる。その現場を偶然、君の奥さんに目撃された。奴と一緒にいたという人物のことを思い出してくれ、コイツを追いつめる大きな鍵《かぎ》になる……」

恭助の頭は、濃く、厚い霧がかかったままだ。それにこれは事件の切札だ。もし、小磯の手にかかって妻と子が殺されたとするならば指輪と本とともに、有効な武器となるだろう。これは妻と子を殺された者が唯一行使できる権利だ。復讐《ふくしゆう》という二文字を頭にきざみながら首を振った。

「あんたは体の奥底にその名前を記憶している。そのうちいやでも這《は》い出てくる」

ビクトルは脅《おど》すような口調《くちょう》で断言した。

「なにか手がかりがつかめたか」

「それらしきものはあった」

恭助は頭の中から妻子の像を追いはらうと日本語の新聞の切抜きを翻訳して伝えた。

「小磯はこの撲殺事件前後にスペインに留学してきている。そして、二年半後、アテネからこの新聞記事が一九六九年十月二十一日、新宿、という一行のメモと一緒に送られてきている。この手紙は彼にショックを与えた。それまでこつこつと書きためてきたスペイン美術の研究も、日記も、アテネ発信の手紙をうけとった直後から中断された。小磯は、十月二十一日の新宿の一件か、十一月二十四日の撲殺事件の関係者だろう」

「あるいは両方に関わり、後ろ暗いことをやったか。ともかく留学という逃亡生活をスペインで送っていたがとうとうしっぽをつかまれた。ある人物か、ある組織がアテネからコイソを脅して、ＥＴＡとの仲介役に仕立てようとした」

「とも考えられるが推測の域は出ませんね」

警部はちらりと腕時計に視線を落とした。

「サラゴサ大学まで付き合ってくれないか」

「サラゴサ大学？」

「コイソのルームメイトの学生と名無しの日本女性の解剖が終わったところだ」

恭助は迷った。

ビクトル・ヘーニォという警部には好感を抱いていた。

闘牛嫌いでバッハのパルティータをなんなく弾きこなす気障《きざ》な中年男。が、フランコ独裁体制の尖兵《せんぺい》の治安警官であることも確かだ。このまま、ずるずると警察機構の中に取りこまれていくような気がする。

しかし、もし小磯が妻と子を殺したとするならば、奴の息の根はこの手で止めてやりたい。いまは警部と行動をともにすることだ。情報を集め、小磯の犯行が明確になったとき、ひとり行動をおこせばいい。

「ご一緒しましょう」


暮れなずむ街を人々が背を丸めて歩いていく。十月も末のことだ。イベリア半島内陸部のアラゴンの冬はピレネー颪《おろし》とともに始まっていた。ビクトル警部の運転するセアットは通りを外れると門を潜《くぐ》った。大学は市の南西部の林の中に荒涼と沈んでいた。外気温が一段と下がったようだ。行手に建物が見えてきた。赤十字マークと救急車出入口の文字が闇《やみ》に浮かんでいる。

セアットは救急車の停車位置にぴたりと止まった。寒そうに首を竦《すく》めていたセーター姿の若い男が近づいてきた。

「警部、解剖は三十分前に終わりました。教授は部屋で待っているそうです」

頷《うなず》いたビクトルは、部下らしい若者に車を駐車場にまわしておくように命じた。

自動ドアを入ると天井の高い、清潔な廊下が一直線にのびていた。病院特有の薬品の臭《にお》いと青白い照明。ビクトルは手術室へ通じる廊下にちらりと視線を投げ、右に曲がった。別世界が眼前に見えた。陰気な通路がうねうねと続いている。まるで排水溝にでもまぎれこんだようだ。床はつぎはぎだらけで、唐突に階段が五、六段あったり、幅もせばまったり、広くなったりした。天井にはガス管、下水管と何本ものパイプが走って、大学病院とも思えない。

迷路を右に曲がり、左に折れた。奥に進むにつれ廊下の明りが暗くなっていく。恭助がいいかげんうんざりしたころ、ビクトルは立ち止まり、飴色《あめいろ》に光るドアをノックした。

金属のネームプレイトに、アントニオ・ガニベー教授とあった。ノックに応《こた》えたものか、室内からうっといった呻《うめ》き声が聞こえた。警部がドアをあけると何百年も時が逆流したような、年代がかった空間がほの暗い明りの下に拡《ひろ》がっていた。

大きな革製のソファにぽつねんと白髪の老人がうずもれて、ブランデーを飲んでい

た。ガラスのテーブルの上にスペインの最高級ブランデー〝アルバ公爵〟がのってい
た。
「ビクトル、君が担当か」
顎髭《あごひげ》も真っ白な老人がほろ酔いにうるんだ目を二人に向けた。
恭助はどこかで会った人物だと思った。
「そうなんです、プロフェソール。またお世話になりますよ」
「何年ぶりかね」
「一年半です。この前はエブロ河岸に浮かんだサッカー選手の変死体を担《かつ》ぎこみまし
た」
「おお、そうだった。テロの犠牲者というんであんたらも色めきたった。ところが解剖
してみると痴情のもつれで女房に毒殺された事件じゃったな。飲むか、グラスはサイド
ボードの中だ」
ビクトルはグラスを二個取り出すとソファに坐った。
「プロフェソール、あなたとならこの日本人は話が合いますよ。闘牛写真家のセニョー
ル・ハシガミです」
訝《いぶか》し気に教授が恭助を見た。
「はて、どこかで」

「そうなんです、プロフェソール。我々はつい先日もサラゴサ闘牛場の円周通路《カイエホン》でご一緒しましたよ。ピラル闘牛祭の間ね」

恭助はサラゴサ闘牛場手術室の主任外科医でもある、サラゴサ大学医学部の名物教授に手を差し出した。

「おお、わしも思い出した。あんたじゃあ、闘牛場をうろついている外国人の写真家は」

「二人はすでに知り合いでしたか、それは好都合」

警部は〝アルバ公爵〟の壜《びん》をつかむとブランデー・グラスにたっぷり注ぎこんだ。そして、ポケットから葉巻ケースを出し、教授に一本勧め、自分も銜《くわ》えた。ブランデーと葉巻、これで準備はととのった。

最初の煙と香りを吐きだした教授は、解剖の結果を話しはじめた。

「男はね、絞殺死、いや、正確にいうと窒息死だ。腹部に数か所殴られたあと、右大腿《だいたい》部《ぶ》に蹴《け》られた打撲のあとがあったが、死因は窒息じゃよ。ETAのテロリストどものひとりに、二本指で圧迫死させる力持ちがいたなあ」

「ホセ・カントってトラックの運転手です」

「そいつの仕業《しわざ》だね、これまで私が扱った二つの遺体の斑紋《はんもん》ときわめて類似している。死亡時刻は午前四時より十五分ほど前」

老教授はブランデーを啜《すす》った。さらに葉巻をゆったりとふかした。

ドアがあき、先ほどの刑事が入ってきた。ホセも飲むかね、と教授がたずねたが、若い刑事は首をふり、上司からいちばん遠い椅子に腰を下ろした。

「問題は女性だ。死因は銃創による出血多量。七・六五ミリ弾が三発。右胸部と左胸部に各一発、残りの弾丸《たま》は下腹部にあたり骨盤でとまっていた。どれも上方から射角をつけて撃ちこまれている。左胸部のものは右心室をかすめるように通過している。撃たれたあと、そう長くは生きていなかったろう」

「おっしゃる通りです。彼女の心臓が動いていたのは銃声がした後、ものの数分でしたよ」

「なに、君は現場にいたのか」

教授の目が好奇心に煌《きら》めいた。

「ええ、彼女が射殺された、すぐ隣の部屋にいたんです。壁の陰に体を隠し、手をのばしてドアを開いたんで、教授のお世話にならなくてすみました」

ガニベー教授がくっくっくと笑った。

「そいつは残念。君は名物教授の遺体解剖七百九十二体目になりそこなった」

また、ひとしきり笑うと葉巻を吸った。警部も教授にあわせて、ゆったりかまえている。

アントニオ・ガニベーのペースがあり、それをビクトルらは承知しているのだ。

「あの女性は空腹のまま死んだ。胃の内部に十分消化された鶏肉、米、ニンジン、ジャガイモ、サーモン、レタスなどが残っていた」

「パエリアでも食べたのかな」

ホセがスペインの名物料理の名をあげた。恭助は思い出していた。彼女の体からはスペインの臭いがしなかった。どこか外国からやって来た、そんな感じだった。

「飛行機の機内食か、国際列車内の定食じゃあないでしょうか」

「あんたの推測の方があたっているかもしれん。機内食か、列車の定食ね。ところで、あの女性は何者かね？」

教授が警部に顔を向けた。

「それが日本人らしいという以外、なにも判明していません。身につけていたのは衣類だけですし、すべてメーカーのマークは切りとってあります」

「ほうっ、おもしろいね。肉体的には健康そのものだった。この数か月から一年の間、ある種のトレーニングをうけていた。腕も足も実にしっかりして、陽《ひ》に焼けている。かなり過酷な土地で訓練をうけていたものと推測される。足の甲など靴底のように固い。髪は陽に焼けて、艶《つや》がない。日本では女性にも厳しい軍事教練を課すのかね？」

「いえ。日本は男も女も兵役の義務はないんです。憲法上は軍隊すら保持してはいけないことになっている」

「ほっ、理想的な国家と見えるね」

皮肉っぽい老教授の嘆息を治安対策の専門家が断ちきった。

「五時間にもおよぶ拷問に耐えぬく強固な意志、過酷な地での軍事訓練、身につけている衣類のマークまで切りとる用心深さ、こう考えてくると彼女は普通《なみ》の女性じゃあない。国際的なテロ組織のメンバー、こう考えるのが自然じゃあないですか。昨年、テルアビブ空港で事件をおこした日本のテロ・グループはなんといったかね？」

「日本赤軍ですか。彼らはパレスチナに潜伏中と言われていますね。ほんの三か月前も日航機ハイジャックをアラブ人グループと企て大金を政府からせしめたと噂《うわさ》されています」

「つまり、そんなグループの一員の可能性がある」

「ふうん、それで納得《なっとく》がいく」

アントニオ教授が言った。

「なにか？」

警部の問に、アントニオ教授はがさごそとポケットを探り、ビニールにくるまれた小さな包みをテーブルの上に置いた。ビクトルはとぼけた教授の顔を眺め、強化ガラスの上におかれた包みに目を転じた。

「真っ裸の遺体のはずですが」

若い刑事が首をかしげた。教授はブランデーを美味しそうに啜り、警部は包みをほどく作業にかかった。うすっぺらな、メタルの鍵が出てきた。

「膣の中に隠されていた」

ホセが思わず口笛を吹いて、ビクトルの刺殺するような視線の攻撃をうけた。

「すいません、警部」

指輪と本を同胞に託した女性も、さすがに秘部にかくした鍵のことまでは、いえなかったか。

「なんの鍵かね？」

鍵の表面に〝27〟と刻印されてあった。スペインでは見かけないタイプの鍵だったが、日本や他《ほか》のヨーロッパ諸国ではごくありふれた鍵だった。

「ロッカーの鍵ですよ」

「ロッカー？」

恭助の言葉にビクトルが首を傾《かし》げた。

「ええ、駅や空港などにあるコイン・ロッカーの鍵に似てます」

「警部」

ホセが勢いこんだ。

「サラゴサ駅に最近、有料のトランク・ルームが設置されたそうですよ。なんでもこの町初めてとか」

「教授、ブランデーをご馳走《ちそう》さま」

警部が蒼惶《そうこう》と立ち上がると教授が言った。

「相変わらずだな。解剖所見は明日までに書類にしておくよ」

2

サラゴサのエル・ポルティリオ中央駅には、夜行列車が二本到着したところで喧騒《けんそう》をきわめていた。

大声をあげて孫を迎える老婦人、兵役にもどる男と抱き合う女、構内のどこかに無料のねぐらがないかと探すリュックの若者、物乞《ものご》いする子供、手押し車を横柄に押し歩く赤帽、鉄輪をハンマーで叩《たた》く機関士助手……ちょっぴり賑やかで、どこかわびしい夜の駅頭。

ビクトルを先頭に人混《ご》みを掻《か》きわけ、プラットホームの一郭にある手荷物預り所の前に立った。老係員がカナダ人らしい旅行者のリュックをあずかる手続きに没頭していた。

「コイン・ロッカーはどこにある?」

ホセが尋ねた。

頑迷で自負心の強いアラゴン人の老係員は、ホセの権柄《けんぺい》ずくの物言いに反発したか、あるいは自分たちの職種をおびやかすコイン・ロッカーの出現に嫉妬《しっと》したか、ホセを無視した。

ビクトルが老係員の鼻先に鍵をぶら下げた。腹立たしげに視線を上げた老係員の顔に恐怖が走った。

「セニョーレス、気がつきませんで」

震え声で老係員が弁解した。

「ロッカーのある場所を教えてくれ」

ビクトルがおだやかに訊《き》いた。

「へい、この裏手なんで」

手荷物預り所脇《わき》の、せまい通路を差した。

サラゴサ初というコイン・ロッカーは、暗く、わびしい駅舎の外れにあり、納骨堂のような佇まいであった。これでは利用したくても探すのが一苦労だろう。縦四段横八列、合計三十二個のロッカーの大半には、鍵がぶら下がっていた。

「ホセ、27だ」

日本女性の膣に隠されていた鍵がホセの手に渡った。彼は鍵穴に無雑作に鍵を差し

た。黙然と部下の手つきを見ていた警部が、

「待った!」

と大声をあげ、ドアを開きかけたホセの背に体当りをくらわせると、ロッカーに押しつけた。ホセははげしい勢いで額《ひたい》をロッカーにぶつけた。

「なにをするんですか!」

押しつけられた姿勢で抗議するホセの額から血が流れ出した。手をふっているところをみると、指先でもドアの間にはさみこんだのかもしれない。怒りくるう部下を無視した警部は、低い声で言った。

「そっとドアから離れろ、死にたくなかったらな」

ホセが呆然《ぼうぜん》とビクトルを見る。上司の口調《くちょう》の中にただならぬ気配を察したらしい。

「ハシガミ、この部屋から出てろ」

事態が理解できないまま、恭助は部屋の出入口まで後退した。ビクトルは鍵を慎重な手つきでひねると扉をわずかに開いた。指先をロッカーの隙間《すきま》に突っこみ、下から上へなにかを探るように移動させていたが、あった! と小声で呟《つぶや》いた。

「ホセ、ナイフがあったら貸せ」

ホセはポケットから小型の十徳《じっとく》ナイフを出し、刃をたてて上司に渡した。

「いいか、不用意に動くな。このドアがこれ以上一ミリだって動かないようにかっちり

押さえていろ」

ホセの額から血と一緒に汗が吹き出すのが恭助にも見えた。

両手が自由になった警部は、ナイフの切先《きっさき》をドアの間から差しこみ、左手をそえると動かした。

ビクトルの緊張した背から力がふわっとぬけた。それでもすぐには扉はあけられなかった。何度も手探りした末、ようやくドアが全開された。恭助が歩み寄って覗《のぞ》くとオレンジ色のリュックから釣糸《テグス》がたれているのが見えた。

ビクトルは静かに荷物をコイン・ロッカーから引き出し、床に置いた。釣糸の先端はリュックのサブ・ポケットの中に消えている。警部は蓋《ふた》をあけ、黒いビニールでくるまれた四角い物体を出した。

「ブービートラップだ。不用意に開けてみろ、一キロはあろうかというプラスチック爆弾が破裂して、おれたち三人は細切《こまぎれ》の肉になっていたぞ」

ビクトルはなれた手つきで信管をぬいた。

「昨年だったか、インターポールからテロの対策手引きといった報告書が各国の治安担当の警察官あてに送られてきた。そいつをおれも読んだがね、ハンブルク空港でこの手のブービートラップ・プラスチック爆弾にひっかかった西ドイツの警官が二人死んだそうだ。そのことが報告されてあったがすっかり忘れていた」

ホセがなんとも複雑な吐息をついた。

「このブービートラップは警察官暗殺が第一の目的じゃあない。荷物を第三者に渡さないことが最大の眼目だ。となるとわれわれは宝の山を掘りあてたってことじゃあないかな」

ビクトル・ヘーニォ警部は、虚無的な嗤いを頬《ほお》にうかべた。

まさに宝の山をビクトル警部はさぐりあてたのだ。

烏山美智子《からすやまみちこ》名義の旅券。発給地は京都。発行年月日は、昭和四十六年五月三日。パスポート・ナンバーは、E04２519
烏山の本籍地は、京都。生年月日は、昭和二十一年九月十三日。身長一五八センチ。

渡航目的は、NOT SPECIFIED。つまり、観光というわけだ。

彼女が観光の足跡をのこしてきた地は、アテネ、ローマ、バルセロナの三か所。入出国のスタンプがくっきりと押してあった。

プラスチック爆弾一・二キロ、信管、アルミ箔《はく》に何重にもくるまれた32口径コルト自動拳銃《けんじゆう》、予備クリップ二個。

キルティング・コートをふくむ冬支度の衣類、すべてマークは切りとられていた。

化粧品、洗面具の入ったポーチ、イタリアで購入されたものばかりで、まだ一、二度しか使われた形跡がなかった。

アリタリア航空の片道チケット。アテネ発ローマ経由バルセロナ行き。アテネ―ローマ間使用済、ローマ―バルセロナ間未使用。

汽車の切符二枚。

国際列車ローマ発トリノ、マルセーユ、ペルピニャン経由、バルセロナ行き、使用済。

スペイン国内列車、バルセロナ発サラゴサ行き、使用済。

現金。ドル紙幣一〇〇ドル、五〇ドルの古びた札ばかり、一五万ドル。スペイン紙幣と硬貨で三二二五ペセタ、一万二〇〇〇イタリア・リラ。ギリシヤの貨幣で一二〇ドラクマ。

「腹をすかせて死んだ女にしては金持だな」

ビクトル警部の第一声だった。

「彼女は伝書使《クリーエ》だな」

「クリーエ？」

「ある地点から別の地点に闘争資金を運ぶ係だ。一五万ドルもの大金がアテネからローマを経由してバルセロナに入り、サラゴサに流れてきた。おそらくコイソらに渡る資金だろう。ということは日本の過激派がETAと手を結んだということか」

警部は訝しげに眉《まゆ》をひそめた。

「となると彼女はだれに殺されたんですか？　ETAへの資金を運んできた女性をETAが殺したということですか？」

「くそっ、わからん！　おれの膝下《ひざもと》でなにかがおころうとしているのに」

「警部」

葉巻の吸口を咬《か》みつぶしたビクトルが苛立《いらだ》たしげに恭助を見た。

「マドリードの日本大使館に通知する時期がきているのではありませんか」

「そうだな。明朝早く、事件を報告しよう。身許《みもと》調査を頼まなくちゃあ捜査が進まん」

「ひょっとしたら今晩でも可能かもしれませんよ。ぼくの友人が書記官をしていましてね」

「何時だと思っているんだ」

公安三課の取調室の時計は、午後十一時四十七分になったところだ。

「皇太子ご夫妻が来西されるでしょう、大使館はその準備に忙殺されているはずです。いまも働いていますよ」

「わかった、電話してみてくれ。正式な依頼は明朝、サラゴサ県治安本部から日本大使館にお願いする。いまは、非公式の、いわば友人同士の話にしてくれないか」

恭助がマドリードの日本大使館の番号を回しはじめると、ビクトルがホセに食べ物と飲み物を探してこいと命じた。そういえば、朝からまともに食事をしていなかった。

二等書記官丹下《たんげ》龍明《たつあき》は恭助の予測どおり、大使館にいた。深夜の電話が同郷の後輩とわかると少しは落ち着いたかと、恭助を気遣ってくれた。

「丹下さん、あの節はなにからなにまでお世話になりました。一度、お礼に伺おうと思っているのですが」

「私の方も君とゆっくり酒でも飲んで話がしたい。が、なにしろ皇太子ご夫妻の件でな、家に帰る暇もないくらいなんだ」

「丹下さんたちを煩《わずらわ》す事件がおこりました」

「恭助、なにをやらかしたんだ！」

丹下は悲鳴をあげた。

「ぼくが面倒をおこしたわけではありません。でも、妻と娘の事故とは大いに関係あります」

「貴子さんと奈津ちゃんの死に？」

「ええ、日西両国にとっての厄介ごとです。いま、サラゴサ県治安本部から電話をしています。今朝、サラゴサで日本人女性が射殺されました」

「なに！　日本人が殺された。説明してくれ、それが君とどんな関係にあるんだ」

昨日、セビリャの村に刑事が訪ねてきた発端《ほったん》から、長い長い経緯《いきさつ》を推測を交えながら話していった。

丹下はメモをとりながら話を聴いているのか、ときおり紙にボールペンの先がこすれる音が流れてきた。

話が終わった。

丹下はしばしの沈黙ののち、呻《うめ》いた。

「なんと貴子さんと奈津ちゃんは殺された、そのうえ、日本の過激派がETAと連合したなんて。いちばん事がおこってほしくないときにまた……恭助、用件を聞こう。こんな時刻に電話してきたのにはそれなりの理由があるんだろう」

丹下は衝撃から素早く立ち直った。

「鳥山美智子の身許を知りたいそうです。サラゴサの警察が」

「旅券番号をおしえてくれ」

「京都発給のE04251９です」

「E？　おかしいな。Eは外務省直接発給を示すものだ。それが京都とは……偽造旅券だな」

丹下はいぶかしげに独白した。

「よし、鳥山の件は承知した。他になんだ？」

「小磯信樹について身許調査をしてくれませんか」

小磯信樹ねえ、と呟く丹下の口調の裏には、前から知っている様子がうかがえた。

「恭助、この件は上司に相談しなけりゃあならぬ。少し時間をくれんか、今晩中に連絡する」

「では、サラゴサ県治安公安三課のビクトル・ヘーニォ警部のところで待機しています」

「よしわかった」

ホセが固いパンに生ハムをはさんだボカジィジォとビールの小壜を運んできた。

「ビクトル、殺された女性の旅券は偽造の可能性が強いそうだ。京都発給の旅券にEがつくことはない。のちほどはっきりした返事はもらえると思いますが」

「ありがたい。朝、依頼するより八時間以上は得したことになる。まず腹ごしらえだ」

この前、食事をしたのはいつだったか、ドライブ中に食べたサンドイッチは小磯のアパートの洗面所で吐いていた。食欲はまるでなかった。体はくたくたに疲れていたが頭はさえざえとしていた。ビール壜をつかむと生温かい液体をラッパ飲みした。

「キョウスケ」

警部が端上をファースト・ネームで呼んだ。恭助もまた、いつの間にかビクトルと呼びかけていた。二人が会ってわずか十数時間しかたっていない。親しみを感じ合う時の経過はないにもかかわらず、何年も前から知っているような錯覚を感じていた。

おそらくそれは貴子と奈津子が小磯信樹に殺されたかもしれないと推理したあとの、ビクトル・ヘーニォの態度がそうさせたのだ。態度にも言葉にもあらわさなかったが、警部は闘牛写真家に心から同情して、いたわりの目を向けているように思えた。

「少し胃に食物をつめろ」

食べたくはなかったがビールと一緒に喉《のど》の奥に流しこんだ。

電話のベルが鳴った。

ホセがパンの端をくず籠《かご》に放《ほう》ると受話器をとった。一言二言話した刑事が恭助に渡した。

「恭助、調べのついたことを知らせる。鳥山の旅券は偽造だ。ベイルート附近の地下工場で作られたものだ。テルアビブ事件の岡本公三《おかもとこうぞう》のもっていた旅券がE041358、奥平剛士《おくだいらたけし》がE038625、日航機乗っ取り犯H・ミヤザワの番号がE038507。そして、鳥山と称する女性のナンバーがE042519。同じ地下工場で偽造された一連のものと考えるのが妥当だろう」

「ということは日本赤軍関係者ですかね、彼女は？」

「メンバーか、シンパだろうな。恭助、これまでのところ公表されていないが、今夏おこった日航機のハイジャッカーたちに五〇〇万ドルが支払われている。テロリストたちは、古い紙幣を要求したので、番号をひかえる時間的余裕がなかった。しかし、警察庁が開発した特殊な薬剤を塗布してある。別の薬をかけるとうすいピンクに浮きあがって見えるらしい。射殺された女性のパスポートとドル紙幣を数枚、大使館に貸してもらえないかと担当官に訊いてくれないか」

「ちょっと待ってください」

恭助はそれまでの会話と丹下の内々の依頼をビクトルに告げた。

「わかった、早急に送る」

警部はただちに了解した。

「丹下さん、サラゴサは承知しました」

「ありがとう。最後にもうひとつ、小磯信樹には逮捕歴があった」

先ほど丹下が言い淀《よど》んだ理由だろう。

「一九六九年十月二十一日、国際反戦デーですね」

「そうだ。その夜、新宿で機動隊に石を投げているところを逮捕されている。三週間後、釈放された小磯は活動を止《や》め、スペインに留学してきている。普通、逮捕歴のある者には、簡単に旅券の発給はされないものだが……」

「小磯は警察で転向を誓い、なにか取引をした」

「想像でものを言うな。私はそうは言っていない。恭助、私たちがなぜこう早く小磯についての情報をお前に知らせられるかを話しておこう。旅券が発給され、留学先が決まった段階で法務省から外務省へ、要注意人物として知らせが入った。さらに本省からマドリード大使館に連絡がきた。だから私たちはこの三年、小磯信樹の動静については少なからず注意をはらってきた」

「彼は丹下さんたちの注意をひく行動をとりましたか？」

「いや。しかし、私にはなぜバルセロナからサラゴサへ大学を変えたのか理解できん。美術史の研究にしても、ピカソについても田舎町《いなか》サラゴサより画家自身が住んでいたバルセロナのほうが情報が入手し易《やす》いし、教授陣もすぐれている」

「全く同感です」

「奴をどうする気だ？」

「ぼくにはまだ一〇〇パーセント、小磯がぼくの家族を殺したと信じられないんです。まず、真相を知りたい」

「小磯の犯行が確かめられたら、どうする気だ？」

「…………」

「恭助、復讐なんてばかなことを考えるんじゃあないぞ。すべては警察にまかせろ、ぼくも、サラゴサに行くことになると思うがそのとき話し合おう」

二度目の電話が切れた。

自制をうながす丹下の言葉ではっきりした。

そう、小磯が貴子と奈津子を殺した犯人なら彼も二人と同じ道をたどるだけだ。

復讐は、夫であり父親であったおれがやる、と心に誓った。

しかし、いまは個人の感情を忘れるときだ。丹下からもたらされた情報の後半部をビクトルに告げ知らせた。

「やはり、あの女性は過激派だったか」

自らを納得させるように呟いた警部は、日本赤軍とやらについて教えてくれないかと恭助を見た。

「ぼくは学生時代、ノンポリ学生でね、さほどくわしくありませんよ。新聞とか、雑誌で知りえた断片的な情報です」

「それでいい。正直に告白するとな、日本赤軍どころか日本についてもよく知らんのだ。この腕時計を作った島国って以外にはな」

ビクトルは腕まくりすると時計を見せ、苦笑した。

「たしか、四年程前のことです、共産主義革命を夢見て共闘したはずの左派グループが理論上の争いかなんかで分裂した。一派はアラブにのがれ、アラブ赤軍を結成する。日本にのこった組織も一枚岩ではなかった。ゆるやかな革命路線を継続していこうとする一派と一気に武装決起をいそぐグループに分かれて対立した。これを関東と関西の内部権力闘争と見る人々もいました。この日本に残った連合赤軍は、〈都市の中での内乱〉

をかかげて活動するのだが、一般市民から共感を得たのはほんの一時でしてね、都市ゲリラ戦の激化とともに市民感情から遊離して孤立していきます……ここまでわかりますか」

「ETAの離合集散を聞いているようだよ」

ブラック・コーヒーを苦々しく飲んだ警部が吐きすてた。

「ETAには彼らの活動を受け入れてくれるバスク地方という社会的背景がある。そのうえ、あの方がこの国では頑張っていますからね」

恭助は独裁者の写真に目をやった。ビクトルがにたりと嗤い、

「おれだからいいが、めったなことを口走るもんじゃあない」

と先をうながした。

「国内で行動する過激派内で連合赤軍事件とよぶ陰惨なリンチ事件がおこる。軍事教練の過程で仲間たちをつぎつぎに殺していく事件です。そして、妙義山《みょうぎさん》という山に追いつめられ、警官隊と派手な銃撃戦を展開して連合赤軍は一挙に潰滅《かいめつ》する。一方、アラブにのがれた一派は、全世界同時革命と称して、海外でのテロを開始した」

「その輝かしき戦果が昨年五月のテルアビブ空港乱射事件というわけかね」

「ということでしょうね。さらに今年の七月、日本赤軍と改称したアラブ赤軍は、アラブ・ゲリラと組んで日航機ハイジャックを試みる。パリ発のジャンボ機がアムステルダ

ム空港離陸直後にのっとられた」

「思い出したぞ。ドバイ、ダマスカスとさ迷った末、リビアのベンガジ空港で爆破された事件だ」

「ええ、それです。日本の新聞などは奇妙なハイジャッカーたちと書きたてました。テロリスト側からなんの要求もなかったからです。でも、丹下書記官の話では五〇〇万ドルがひそかに支払われていたというのです」

「ペセタ換算で三億と六〇〇〇万か。その金の一部がスペインに流れてきて、ETAに渡ろうとした。いや、渡ったものもあるかもしれない」

　ビクトル警部が嘆息した。

3

濃い、湿った闇。

恭助の前方に夜がどっしりとあった。不安にかられ、後をふり返った。遠く明りが見える。いままで飲んでいた酒場《バル》の光だ。

嬌声《きようせい》が夜の無言を破った。おざなりの艶《つや》めいた声は低く、短く、数度くりかえされた。男の呻《うめ》き声も重なった。すると、終わったわね、と仕事の終わりを告げる娼婦《しようふ》の声がした。男がぼそぼそと呪詛《じゆそ》するように訴えた。

「終わったんでしょ、体をどけてよ」

容赦ない声。闇の中で息を殺したまま、男女の揉《も》み合いがはじまった。

恭助は動くに動けない羽目におちいった。

顔でも殴りつけたか、娼婦の悲鳴がした。

「恥知らず《シン・ベルクエンサ》！」

「売女《プータ》」

「泥棒《ラドロン》！」

短い、憎しみのこもった言葉の応酬。争いは執拗《しつよう》に続いた。白っぽい服がよろけるように立った。

厚い雲の隙間《すきま》から淡い光が差した。月光で立ち上がったのが男だと知れた。ズボンはまだ足下に下げられたままだ。そんな姿で男と娼婦は葦《あし》であんだイビサ島特産のカゴをとりあっていた。欲望を満たした男は娼婦の金を強奪しようとしていた。娼婦はしっかりとカゴの紐《ひも》を握りしめている。

「放してよ、これあたいのだよ」

地声、まだ幼い響きが残っていた。それは恭助の村の女たちが喋《しゃべ》る口調と似ていた。

男が娼婦を蹴《け》った。ズボンが足にからんでうまくあたらなかった。それでも娼婦は地面に崩れて、うっと息をつまらせた。男は素早くカゴを探り、娼婦の財布を掴《つか》んだ。カゴは娼婦に投げつける。娼婦は必死で男の足にすがった。

男は後方に飛び退《さ》がった。

「悪い料簡《りょうけん》だよ、財布はおいていくんだ」

恭助の声に男が仰天して振り向いた。肉体労働でもやっているのか、がっちりした体格の男だ。男は恭助ひとりと見るとすぐに動揺から立ちなおった。

「じゃまするな、痴話ゲンカだ」

「とも思えんな」

男はズボンをたくしあげようとしゃがんだ。娼婦が、私の金を返してよと、とりすがった。男は娼婦を蹴倒すといきなり恭助に殴りかかった。ズボンがじゃまになったのか、もったりしたパンチだ。

恭助は一歩踏みこむと相手の脇腹《わきばら》に強烈な足蹴りをくれた。男は他愛もなく娼婦の前に転がった。娼婦が飛びかかり財布をとりもどした。

村の青年たちとサッカーボールの蹴り合いをしていたことが思わぬところで役に立った。

「行けよ」

恭助の声に男は地面を這《は》いずり、闇にまぎれて消えた。娼婦はひとしきり、男の背に向かって罵声《ばせい》をあびせかけていたが、急に声をあげて泣き出した。娼婦の悪態をきくのはこれで二度目だ。

地面に坐りこんで泣く娼婦の下半身はあらわに剝《む》きだされたままだ。

恭助は二人が敷いていた毛布をつかむと、

「大事なところが感冒《かぜ》をひくぞ」

と差し出した。

娼婦はようやく我に返ったらしい。大慌てで身づくろいをした。恥ずかしさを隠すためか、傲然《ごうぜん》と立ちあがり、恭助から毛布を奪いとると闇の中でばたばた振って、泥を落とした。毛布の角と角をきちょうめんに折り合わせたたんだ。

四年余りの闘牛取材行のついでに、あらゆる街の遊里で酒場で飲んできた。しかし、オリーブの樹《き》の陰で体を売る娼婦を見たのは初めてだった。この娼婦はサラゴサでも高級娼婦にランクされ、五ツ星のホテルの酒場で客を待つ娼婦のはずだ。

やっと気持を鎮めたのか、煙草《たばこ》をくわえた。わざとらしいはすっぱな言い方で、

「商売やっている最中は、寒さなんか感じないのにね」

と言った。

ライターの火がともり、幼い顔が浮かんだ。ぽっちゃりした小さな顔、目鼻だちが涼やかな美女だ。乱暴な言葉と幼さを残した顔つきはまるでそぐわない。確かに恭助が探し求める女性だった。娼婦も恭助を観察している。恭助と女は二週間ほど前、数瞬擦れ

違った。それだけの関係だった。

「スペイン人じゃあないの」

「うん。あんたを探しにきたんだ。まさか、こんな風に出会うなんて予想もしなかった」

酒場《バル》のバーテンに、裏のオリーブ畑を探してみな、会えるかもしれん、と教えられたとき、半信半疑だった。

「会ったことある？」

娼婦が小首を傾《かし》げ、恭助は頷《うなず》いた。

「お客さんなら、覚えているんだけどな」

「客じゃあないよ。酒場《バル》にもどらないか」

娼婦は足下の暗闇をさぐり、サンダルを履いた。一七八センチの恭助より一〇センチほど低い。スペイン女にしては長身だ。

「どこで会ったの、私たち？」

「あんたと出会うときは、いつも大騒ぎさ」

「大騒ぎ？」

娼婦は歩みを止め、月明りで恭助の顔をまじまじと見詰めた。

「フィリピン人？」

「いや、日本人だ」

娼婦の顔に憎しみが走り、叫んだ。

「あいつの知合い？」

「ああ」

「助けてもらうんじゃあなかったわ。私、恩なんて感じないからね」

娼婦は恭助を置き去りにするとどんどん酒場の明りに向かって歩いていった。

「奴はいま警察に追われている」

娼婦の足がゆるんだ。背を恭助に向けたまま、吐き出した。

「当然よ。あいつはさっきの男なんかよりも十倍も百倍も卑劣なやつよ、人間のクズ」

「その理由が知りたい」

「なぜ？」

娼婦がふり返った。

「妻と娘が殺されたからだ」

「まさか」

と絶句した娼婦の体が震えた。しばらく恭助の言葉の真偽を確かめるように睨《にら》んでいたが、私たち話し合う必要がありそうね、と言った。

「君の名前を教えてくれ」

「マグダレイナ」

風にのって娼婦の嬌声が流れてきた。

「おれは恭助、村の人たちはキョウとよぶ」

「村？」

「セビリャ県の小さな村に住んでいる」

「どこ？　名前を教えて」

「カントーハ」

「そんなばかな、あんたがカントーハの人だなんて」

「カントーハ村を知っているのか？」

九〇〇キロも離れた、小さな村だ。

「私はアスコルリアルの村に生まれたの」

唖然《あぜん》として娼婦の顔を見た。恭助がこの数年朝な夕な眺め下ろしてきた隣村の名だ。

アスコルリアルは、マントン・デ・マニラとよばれるカラフルなショールの生産地として知られる工芸の村でもある。

「私の父は、小さな靴屋をやっているわ。靴屋のマノロといえば、だれでも知っている」

「おれはあんたの親父《おやじ》さんにブーツの修理をたのんだことがある。ひょろりとした頑固者だ」

　娼婦のころころした笑い声が夜風に散った。

「村に帰ったら訪ねてよ、マグダレイナに会ったといえば喜ぶわ」

　と名乗った娘は不意に口を噤《つぐ》んだ。慌てた様子で言い足した。

「でも、私の仕事のことは言わないでね。家族はサラゴサのハム工場で働いていると思っているのよ」

「わかった、約束する」

　マグダレイナは安堵《あんど》の吐息をつくと、

「奥さんと子供があいつに殺されたって、ほんとなの？」

　と訊き返してきた。

「ああ」

「どうしてまた」

「他人に知られてはならない彼らの集まりを女房が偶然見てしまった」

「あの男、何者なの？」

「過激派の一員らしい」

「過激派？　あの変態男はＥＴＡだったのか」

　二人は恭助が先ほどまでいた街道筋の酒場までもどってきていた。客を待つ娼婦たちが二人をちらりと見た。無言の挨拶《あいさつ》が女同士でかわされた。酒場の中には脂粉と煙草と酒と欲望がからみついて居坐《いすわ》っていた。

「なにを飲む」

「アニス」

恭助は娘を窓際の席に坐らせるとチンチョン産のアニス酒と氷と水を注文した。

明りの下で対面してみると、娘には、生粋のスペイン娘にはない翳《かげ》があった。黒い瞳《ひとみ》の奥から謎《なぞ》めいたエキゾチシズムが漂ってくる。

「おばあちゃんがヒタナなの」

娘は恭助の心の中を読んだように、ロマの血が流れていることを告白した。

「子供のころ、よくヒタナ、ヒタナって」

バーテンが注文の品を運んできた。

恭助は氷をたっぷり入れてアニス酒を三分の一ほど注ぎ、娘の前においた。二人はしばらく黙したまま、酒を啜った。一杯目を飲み終えたとき、恭助は、話を再開した。

「君は二週間ほど前、やっと出くわした。ぼくもその場にいた。君はいきなりハンドバッグをふりかざして小磯に殴りかかった。変態！　って罵《ののし》りながらね。その理由が知りたい」

恭助が小磯と再会した夜、彼は旧市街の散歩に恭助を誘い出した。

小磯は慣れた様子で表通りから裏街へ入っていった。甃《いしだたみ》の路地が縦横に交差する歓楽街には、さびしげにネオンが瞬《また》いていた。情欲を刺激する原色の看板のかかった店の中には、男ばかりで娼婦たちの姿はなかった。

「娼婦の間に病気がはやっていましてね」

どこで仕入れた知識か、小磯は恭助に説明し、一軒の酒場のドアを押した。

店の奥から素人《しろうと》っぽい装いの娘が出てきた。小磯を見るといきなり、

「変態！」

と叫びながら殴りかかった。殴打と罵り声は数回繰りかえされた。殴りかかられた小磯は呆然《ぼうぜん》としていたが反撃に出た。それは恭助が見たことのない小磯の形相《ぎょうそう》だった。娘の細い首をねじ切りかねない勢いで躍りかかった。

恭助は争いの間に割って入り、逃げろ、表通りで会おう、と命じた。

あとも見ずに走り去る小磯の背に、娘が、

「変態！　殺してやる」

と叫んだ。

二人は大通りで落ち合った。

「いや、えらい目にあった。あんな場所に出没する娼婦じゃあないはずだが……彼女はね、米軍のパイロットを相手にする高級コールガールなんですよ。一度、払いのことで

もめましてね」

恭助はあの夜のことを克明に思い出していた。

午前二時近くサラゴサ県治安本部を出た。どこかホテルを探さねばと中庭に駐車していたワーゲンのドアを開けた。その瞬間、二週間前の夜の騒ぎがふと脳裡《のうり》に過《よ》ぎった。

（あれは娼婦と客の金銭上のトラブルが原因の騒ぎだったんだろうか）

どこか釈然としない思いが胸の中にわだかまっていた。四十時間近く眠っていなかったが、このままホテルのベッドに転がりこんでも眠れそうにない。目を瞑《つむ》れば貴子の笑顔が、奈津子の泣き顔が思い出されてくる。どうせ、アルコールの力をかりなければ、眠ることはできないのだ。

あの旧市街の酒場を訪ね、娘を探そうと思った。

飲屋街を尋ね歩いた末、娼婦たちが町外れの数軒の酒場にたむろして商売をしていることを突きとめた。

「小磯と金のことでもめたんだって」

「お金？　あいつがそう言ったの」

「ちがうのかい」

娘は首をふるとグラスをテーブルにおいた。思い迷う風情《ふぜい》で視線を夜の街道に投げていたが、きっと恭助を見た。

「あの男と会ったのは、夏前のことよ。私はラミロ・プリメイロ・ホテルの酒場にいたの」

若い娘は少し自慢げにサラゴサ一の高級ホテルの名をあげた。夜鷹《よたか》同然の姿を目撃された恥ずかしさが娘に虚勢をはらせたのかもしれない。

「時刻は十一時をまわっていたかな」

やせた男がカウンターにつき、ビールを頼んだ。米軍さんじゃあないなと、マグダレイナは、男を観察した。

紺の背広を着て、靴もきれいにみがきあげられていた。娘は日本人のビジネスマンだとふんだ。仲間たちがサラゴサ郊外に日本の家電メーカーの工場ができたと話しているのを聞いていたからだ。

「シャンペンでもどう？」

男が怖《お》ず怖《お》ずとマグダレイナに声をかけてきた。上手《じょうず》なスペイン語だが声がふるえているように思えた。娘は、この日本人、初めて娼婦を買うのだなと思った。

男とマグダレイナはカタロニア産のスパークリング・ワインで乾杯した。

「いつもここにいるのかい」

「ええ、たいていはね」

「客は外国人ばかりかい」

初心《うぶ》な男にしては大胆なことを尋ねた。

「アメリカ人のパイロットとか、ドイツ人の観光客が相手よ」

「今晩、かりきれないかい」

おどおどした誘いにマグダレイナは相手を正視した。

「このホテルに泊まっているの？」

「ああ、スイートにね」

「二〇〇ドル」

法外な値段を口にした。

「いいよ。部屋に移ってパーティをやらないか」

男は言葉通りスイート・ルームに泊まっていた。久しぶりの上客だ。

男は娘のためにルーム・サービスで料理をとってやり、シャンパンを何本もとりよせた。酔っぱらった二人がベッドに移り、裸になったとき、男が変わった。

「ママ、オナニーをしてくれよ」

哀願するように若い娘にしなだれかかった男の体は筋肉質でがっちりしていた。着やせするタイプだろう。

「いやよ」

「な、ママ、金は約束の倍はらうよ」

男は五〇ドル札を八枚、サイドテーブルに置いた。マグダレイナの羞恥心《しゅうちしん》をシャンパンの酔いが殺《そ》いでいた。そして、金の誘惑に負けた。

マグダレイナはぬめっと光る男の目を意識しながら手をつかいだした。しばらくすると恥部に冷たいものが押しつけられた。

「なにをするのよ、約束がちがうわ！」

マグダレイナは、電動式の玩具《おもちゃ》をはらいのけた。男は、一摑《ひとつか》みのドル紙幣をサイドテーブルに積みあげた。娘は毒食わば皿までの、心境で受け入れた。

バイブレーターが娘の秘部の中でもぞもぞと動きはじめたとき、マグダレイナは、呻《うめ》き、悶《もだ》えてみせた。

「ママ、ママ……」

男の口をつくのはこの二文字だ。ママと甘えながら玩具をつかう男は、いっさい娘の肌に触れようとはしなかった。

マグダレイナは醒《さ》め、男は昂奮《こうふん》していた。

突然、マグダレイナの子宮の奥に温かいものが走った。彼女は反射的に電動玩具を引きぬいた。

「なによ、これ！」

「害はないよ、ママ。気持がよくなる媚薬《くすり》だよ」

男がにたにた嗤《わら》った。

痒《かゆ》みともなんともつかない刺激が下腹部をかけめぐり、子宮が燃えた。腰がぬけ、視界がゆがんだ。マグダレイナはベッドの中を転げまわった。

頭が、胸が、あそこが、何万匹もの蟻に攻められていた。

だれかが視《み》ていた。観察する冷静な目を感じながら意識を失った。


「麻薬、かな」

「コカインだと思う。気がついたら朝だったわ。サイドテーブルのお金もなくなり、あいつも姿を消していた」

マグダレイナはアニスをゆっくり飲んだ。グラスはすぐにテーブルにもどされなかった。手の中でもてあそびながら、また話を再開した。

「何日か過ぎたかしら、トイレに行くとおかしいの。最初はまさかと信じられなかった。が、日を追うにつれ、不快感が増してきた。それまで一度だって病気にかかったことがなかった私がよ」

「彼とは特定できないんじゃないか。仕事したのは奴だけじゃあないんだろう」

その通りよ、と娘は腹立たしげに吐き出した。

「何人かの客と寝たわ、それが私の商売ですもの。でもね、どんな相手にもコンドームをつけてもらうことにしているの。ベトナム帰りのパイロットの中には東南アジアに蔓《まん》延《えん》する強い病気なんかもっている人がいるでしょう。私、いやよ。でも、あのとき、玩具《おもちゃ》だと思って受け入れたの。そして、得体の知れない薬を注射された……」

小磯信樹とはいったい何者なのだ？

ピカソを敬愛するスペイン美術の研究生、ＥＴＡのメンバー、恭助の家族を殺した卑劣漢、マザー・コンプレックスの変態男。

「それから十日も過ぎたころよ、米軍キャンプの中に性病が流行しはじめたの。最初は、私たち、笑い話にしていたわ、それが悲劇の始まりだってだれも気づかなかった。サラゴサのすべてのホテル、酒場から私たちは締め出された。連れ込みホテルも閉鎖された。私たちは完全に稼ぎをたたれたの。私は病気の治療に専念することにした。早めに気づいたことと商売を休んだことで私はすぐに完治したわ。でもね、仲間の中には、いまも病気で苦しんでいる者が少なくない。いつだったかな、仲間のエンカルニータが電話してきた、病気が大流行した原因はね、若い日本人が玩具をつかって病原菌をふりまいたせいだって。奴は私の仲間たち十数人に同じことをしたのよ、それまでスペインでは見かけられなかった新しいタイプの淋疾菌《りんしっきん》を移してまわった」

「……………」

「さっき見たでしょう。サラゴサの娼婦たちはいまもってホテルを利用できないのよ。

唯一、郊外の酒場《バル》が警察のお目こぼしになっているの。でも、病気が流行していたんでは、金持の客は寄りつかないわね。強盗まがいの最悪の客ばかり」

「とてもすぐには信じられない話だ。信樹がね、淋疾菌をふりまいた」

「ノブキだかなんだか知らないが、それがあんたの友だちよ」

第三章　娼婦マグダレイナ

1

十月二十八日。

国家元首に復帰したフランコ総統は、病床にあった間、自由化路線を唱え、ポスト・フランコに向かって行動をおこした情報観光相ら三名の閣僚の罷免を発表した。


目が醒《さ》めた。見知らぬ部屋のベッドに端上恭助《はしがみきようすけ》は寝ていた。頭が少しうずいたがそう悪い気分ではない。

歌声が流れているのに気づいた。セビリャナスとよばれる南部スペインの民謡だ。

（そうか）

マグダレイナのアパートに泊まったことを思い出した。

夜明け前、アパートにもどるマグタレイナを車で送っていくことにした。

ピレネーの山の端から白々した朝が忍びよっていた。凍《い》てつくような寒気が道路、畑、家並にからみついていた。

「村はどんな様子？」

「忙しい季節は終わったよ。葡萄《ぶどう》つみ、オリーブの実採り、すべて野良《のら》作業は終わって、娘たちはオリーブ工場やワイン醸造場で働いている」

「オリーブ採りか。あの仕事は根気がいるのよ。オリーブ漬けにする実はね、一粒一粒手でつまみとるの。朝が早い仕事でね、私、弱かったな、ベッドから離れるのが」

「そう、夜が明けないうちにトラックが家々をまわり、女たちをかり集める。村の役場前広場では、揚げもの屋がチューロを揚げている。女たちはトラックを止めさせて、揚げ立てのチューロ・パンを頬《ほお》ばり、カフェ・コン・レチェを飲んで、腹ごしらえをする」

「するとトラックの運転手が意地悪く叫ぶのよ。いつまで油売ってんだ。お天道《てんと》さまが顔出すぞってね」

二人は顔を見合わせ、笑った。笑い終わったあと、なぜかもの哀《がな》しい気分におそわれた。

キョウ、とマグダレイナが恭助を愛称で呼んだ。

「面倒に巻き込まれている事情を話してくれない？」

「ETAがからむ話だ。知らないほうがいい」

「私は被害者のひとりよ。仲間はいまもって職をうばわれ、病気に苦しんでいるわ。知る権利があると思わない」

マグダレイナは頑迷に主張した。恭助は迷った。事情を知れば、危険な目におちいる予感がした。そうでなくても彼女は、小磯《こいそ》の素顔の一部を知る、数少ない人間のひとりなのだ。しかし、恭助はだれかと悩みを共有したいという衝動にかられていた。誘惑に負けたというよりひとりになりたくない一心で喋《しゃべ》った。

村に刑事が訪ねてきたことからマグダレイナを探そうとした動機まですべて話した。

若い娘は頬に幾筋もの涙を伝い流した。

「ナツコはわずか三つだったの、それがあのカントーハの急坂をブレーキの壊れた車で走らされたなんて」

夜は完全に明けきっていた。

「どこに泊まるの、これから」

マグダレイナが唐突に訊《き》いた。いまごろからホテル代一泊分を払って数時間仮眠するのもアホくさい。ワーゲンのトランクには寝袋も炊事用具も積んである。

「車で寝るよ」

行手にサンパウロ教会の塔が見えた。すでに街は活動を再開しようとしていた。

「あの角を右に曲がって」

車を一方通行路に入れた。

「私のアパートに泊まっていかない？」

フランコの社会体制下で女住いのアパートに男が泊まるのは、いささか面倒なことだった。どの建物にも管理人がいて、昼夜出入りを監視していた。

「こういう朝って無性に寂しいの。でも、誤解しないでね。私、商売で誘っているんじゃあないわ」

「わかっているよ。ただ、君に迷惑がかかるんじゃあないかと思ってね」

「キョウは故郷《くに》の人よ。だれにも文句は言わせない」

寝室の壁にロシオの聖母像。ドレッサーの上にはベレンとよばれるキリスト生誕の日を再現した人形が飾られてあった。

歌声は控え目に続いていた。恭助はベッドに半身をおこすと手拍子《パルマ》を入れた。歌が止《や》んだ。

寝室の入口に娘のシルエットが立った。燃えるような赤のブラウスとフレアー・スカート。黒い髪は背に長くたれて輝いていた。

パルマを変調させた。

影が踊り出した。しなやかに手足が躍動する。恭助は手拍子をだんだん早く刻んだ。

娘の動きも目まぐるしいほどに速度を速め、パルマの高鳴りとともに小気味よく、ぴたりと決まって終わった。息をはずませマグダレイナが恭助のかたわらに飛びこんできた。娘の体から石鹸《せっけん》の匂《にお》いがほのかに香ってきた。

「信じるわ、あなたがカントーハ村の住人だってことをよ。パルマを、ああ正確に叩《たた》ける人はそういないもの」

やわらかなブラウスを通してマグダレイナの心臓の鼓動が伝わってきた。娘はざらついた恭助の不精髭《ぶしょうひげ》を指先でなでた。

「君もこのベッドに寝たのか？」

「覚えてないの？」

「残念ながらなにひとつ、シャワーを浴びてベッドに横になったところまでしか記憶していない。久しぶりに熟睡させてもらった」

「残念？」

「ああ」

いたずらっぽい笑いを浮かべる娘のうなじからコケティッシュな色気が匂ってきた。

「抱いて」

欲望は絶えてなかった。マグダレイナの要求に、恭助は両の手で頬をはさむと唇を合わせた。女の舌が怖《お》ず怖《お》ずと恭助の口の中に忍びこんできた。身悶《みもだ》えしながら体をあずけた。

恭助は手でマグダレイナの髪をもてあそんだ。娘が顔をはなし、哀しげに言った。

「病気は心配しないで」

小磯が感染させた淋疾菌《りんしつきん》を心配する娘の心情がいじらしかった。それが恭助の体に火をつけた。忘れた、すべてを忘れた。

ブラウスを脱がせた。小さく尖《とが》ったような乳房があらわれた。スカートをはぎとる。恭助が荒々しくマグダレイナの体を抱くと、彼女は呻《うめ》き、すがりついてきた。手の爪が恭助の背に立てられた。身をよじったマグダレイナが、ほしいの、ほしいの、と同じ言葉をくりかえしはじめた。

めくるめく時はどれほどつづいたか、呪詛《じゅそ》の言葉が、いいわ、いいわ、と変わった。恭助は、マグダレイナの肉体におのれの体を同化させた。その瞬間、白い光が網膜をとびちがった。

軽い寝息をたて、マグダレイナは眠った。成熟した女の顔が消え、幼い顔があらわれた。胸に置かれた娘の腕を外すと恭助はベッドを下り、居間に行った。

若い女のひとり暮しのはなやいだ匂いが部屋のあちこちに感じられる。アラゴン地方のきびしく、陰鬱《いんうつ》な風土に抗するように、明澄なアンダルシアの色彩で飾りつけられてあった。

ガスコンロの上にコーヒーポット、触ってみると冷えかけている。食卓の端にコーヒーミルと豆が用意されてあった。一人分の豆をミルに入れ、ゆっくり挽《ひ》いた。冷蔵庫から牛乳を出し、片手鍋《なべ》にたっぷり注ぐ。ガスを弱火にして温めた。沸騰しかける寸前、挽き割った豆を放《ほう》りこむ。吹きこぼれそうになった牛乳がいったん沈む。また勢いを盛りかえしたところで火を止めた。あとはコーヒーの滓《かす》が沈殿《ちんでん》するのを待てばいい。ガラス戸棚の中に大ぶりのコーヒーマグを見つけた。

茶色の液体をそっと注ぐ。

村の魚屋のレグリばあちゃんに習ったカントーハ風カフェの淹《い》れ方だ。いい加減さがたまらなく気に入っている。

カップをもっと居間に移動した。昔から見知った家にいるような落ち着いた気分だった。

コーヒーを一口飲んだ。電話。反射的にサイドボードの置時計を見た。

正午の十二時十五分。

寝室のマグダレイナを起こそうかとも考えた。が、動かなかった。必要ならまたかけてくるだろう。ベルは執拗《しつよう》に鳴りつづけた。受話器を摑《つか》んだ。

「端上さん」

いくつもの顔をもつ男の声がした。

「小磯……」

すぐには言葉がつづかなかった。恭助の慌てぶりを楽しむような嗤《わら》いが聞こえた。

「フランコの犬にいつから成り下がったんです」

尾行されていたのか、恭助の体に戦慄が走った。

「フランコの犬にでもなんにでもなる。妻と子の仇《かたき》を討つためならな」

「仇？　貴子《たかこ》さんと奈津《なつ》ちゃんがどうかしたんですか」

「とぼけるな」

「わかりませんね。闘牛のシーズンはすでに終わったというのになんでサラゴサにもどってきたのです」

「それをおれに説明させる気か」

「ええ」

小磯は端上がどこまで事件を知っているか探りを入れているのだ。

「おまえは十月十一日、ラス・ベンタス闘牛場で貴子に会った」

息を飲む音がした。

「見られては危ない集まりを貴子に見られた。その場をとりつくろい逃げだしたものの身を危うくすることに後で気づいた。村を調べたがいない。そこで闘牛の開催地を調べた。闘牛写真家が興味をもつ祭りは、おまえが移り住んだサラゴサのピラル祭しかない。テレビ画面におれが映っていたとかなんとか、もっともらしい口実を考え、おれに会った。そして、貴子と奈津子が日本からきた友人と旅していることをおれの口から知った」

小磯は沈黙していた。

「おれがサラゴサを去った日、おまえらは、サントドミンゴ教会の宝物庫で集会をもったな」

端上の耳に舌うちが聞こえた。

「小磯、おまえは話に夢中になり、机の上に始末するべき人物、おれの妻と子の名前を幾十となく書きつけたことをおぼえちゃあいまい。警察隊が踏みこみ銃撃戦となった。おまえはほうほうの体《てい》でのがれた。捜査官が日本文字を見つけた。また、おまえが書き残したおれの氏名と住所から、おれがサラゴサに呼び出された」

「それで端上さんがアパートにあらわれたのか」

小磯はようやく納得《なっとく》したように言った。

「あの現場におまえもいた？　するとフランシスコと日本女性を殺したのは小磯、おまえか」

嗤い声がした。

端上は話をもどした。

「おれの村にあらわれたおまえは、ワーゲンのブレーキ・オイルのタンクを壊した。おれの一家全員の殺害を計画してのことだろう。が、おれはあの日、一日中、現像をしていた。貴子と奈津子が犠牲になった。小磯、お前は見られていたんだよ、パン屋の親父《おやじ》にな」

鎌《かま》をかけた。

畜生……と己を罵《ののし》る声がした。

やはり小磯信樹が貴子と奈津子を殺した犯人だった。

「小磯、パンプロナで助けられた恩は帳消しだ。なんの罪もない女を二人殺したんだからな。貴子と奈津子が恐怖に顔をひきつらせ、目を見ひらいて鉄橋に激突するのを、おまえは、どこから見物していた」

「オリーブ畑の中にある廃屋の二階からですよ。でも、貴子さんがすでに端上さんに話していたとはな、おれも無駄なことをしたもんだ」

殺人者は平然とうそぶいた。

「おれはいつから尾《つ》けられていたんだ？」

「深夜、警察を出たところからですよ。まさか、あの娼婦《ブータ》に会いにいくとはね」

端上は反撃を開始した。

「おい、烏山美智子《からすやまみちこ》はすぐに死ななかったぞ。おまえらが何時間も拷問し、口を割らせようとした荷物はおれの手にある」

「荷物ってなんです？」

「とぼけるな。一五万ドルの現金だよ」

恭助は冷静に冷静にと自分に言い聞かせた。昼間の恭助の行動を知らない小磯を釣《つ》り出すのだ。貴子と奈津子の死をやつの体で贖《あがな》ってもらうために誘《おび》き出すのだ。

「端上さん、ほんとにあなたがもっているんでしょうね。警察が押収したのではありませんか」

「この荷物だけは警察に渡せん。お前を殺すための大事なエサだ」

湿った笑い声を小磯はたてた。

「いいでしょう、誘い出されましょう。しかし、ひとりで来るんでしょうね。警官が待ちうけている場所にのこのこ出かけていくのは、お断りですよ」

「お前こそ、ひとりで来れまい。乳離れもしていないマザコン野郎だからな」

「娼婦《ブータ》が言ったんですね」

「お前らが何人で来ようと、おれはお前の首をこの手で締める」

「ふっふっふ、勇ましいことで」

小磯は含み笑いをすると、時刻と場所を指定した。

「明朝六時、ピラル大寺院の主祭壇前。端上さんとぼくだけの一対一の会見です」

電話が切れた。

マグダレイナが寝室のドアのところに立っていた。

「あれが日本語」

「そうだ」

「だれ？」

「小磯だ」

「奴《やつ》って、ま、まさか。あなたがここにいるなんてだれも知らないはずよ」

「ぼくが昨日の朝、小磯のアパートを訪ねたことは話したね。ぼくは声をかけてドアをあけた。そのとき、テロリストたちは、アテネからきた日本女性を責め、持参してきた一五万ドルの隠し場所を吐かせようとしていた。その殺人者のひとりが小磯だった。ぼくの声を聞いた彼は、警察によばれてサラゴサにもどってきたことを察した。やつらはいったん町からのがれた。が、夜になって警察署を出るぼくを発見、尾行をはじめた。君に会いに行ったときも尾けられていたことになる……」

再びベルが鳴った。

マグダレイナが体を大きくびくつかせると恐怖のにじんだ目で騒がしく鳴る電話を見た。

「おれが出よう」

「いや、私が出る」

娘は勇気を奮いおこすように胸を張り、深呼吸をすると受話器をつかんだ。短い返事が数回繰り返され、受話器が恭助に渡された。

「あいつか」

マグダレイナは首をふった。受話器を耳にあてた。

「お楽しみのところすまんね」

皮肉っぽい笑いが恭助の耳に広がった。

「ビクトルか」

「悪いな」

「まったくだ。小磯のつぎには警察ときた。ぼくの動静はサラゴサの新聞に載っているとでもいうのかい」

「なに！　コイソが電話してきたって」

ビクトル・ヘーニョ警部はいきり立った。

「うん、昨夜、やつらは警察を見張っていたらしい。フランコの犬などに協力するなって脅《おど》しの電話さ。小磯は、ぼくの妻と子を殺したことを認めたよ」

「そうか、そうだったか」

「ところで、あんたらもぼくに尾行をつけているのかい？」

「二組の尾行がつくほど、闘牛写真家は重要人物かね」

警部は皮肉っぽい口調《くちょう》で言った。

「おれがあんたの居場所を知ったのは偶然だ。先ほど署の中庭であんたの車を見かけた、それで……」

「ばかな、ぼくの車はこのアパート前の路上に駐車してある」

「もうない。あそこは一方通行のバス通路だ、全面駐車禁止だ。近くの眼鏡《めがね》屋の主人が通報してくれたんで交通課の連中が牽引《けんいん》してきたってわけだ。車内が荒らされている。おれは早速、あの一帯を調べさせた。明方、若い娼婦が日本人を連れこんだことが判《わか》った」

「さすがにフランコ総統の支配する国だ」

「マグダレイナ嬢とは以前からの知り合いか」

「ああ、彼女がアンダルシアの村で生まれたときからね」

マグダレイナは会話の内容を察したらしく、顔に笑みを浮かべると台所に去っていった。

「セニョール・タンゲがサラゴサに来る。夕方の六時だ、君も来てくれ」

「承知した」

昼食の支度でもしているのか、台所からリズミカルな包丁の音がひびいてきた。

「ビクトル、情報がある。今年の夏、サラゴサの米軍キャンプで性病が流行したのを知っているか」

「ああ、新しいタイプの淋疾菌が猖獗《しょうけつ》をきわめた事件だな。アメリカさんばかりでなく、スペインの軍隊も防衛能力が一時的に半減した。なげかわしいことに、わが同僚諸氏の間にも、被害が続出したそうだ」

恭助は久しぶりに笑い声をあげた。ビクトルは苛立《いらだ》たしげに話の先を催促した。

「小磯が病原菌を撒《ま》いたんだ」

「なんだって！」

マグダレイナの体験は秘したまま、性病が蔓延《まんえん》した経緯《いきさつ》を述べた。

「待て、待ってくれ」

警部は電話の向こうでしばし沈黙した。

「やっぱりETAの仕業《しわざ》だったか」

ひとつ疑問が氷解したって感じでビクトルが呻いた。

「くそ暑い熱帯夜がつづいていた七月の終わり、米軍キャンプの武器庫がおそわれた。病気がいちばん猛威をふるっていた時期だ。強奪された武器弾薬はトラック一台分にものぼるらしい。手引きしたアメリカ兵二名をはじめ、多数の人間が殺害された。やつらはな、逃走するとき、武器庫に新型の爆薬をセットしていった。すさまじい爆発だったよ。サラゴサの町から火焔《かえん》が見えたほどのな」

「つまり小磯らは淋疾菌を撒いて、米軍基地の警備力低下をはかった」

「いまの段階では言い切れん。が、少なくとも米軍基地が襲撃されたとき、通常の三分の一の警備能力に落ちていたらしい。何百人もの人間を殺傷することのできる武器が危険な連中の手に渡ったというのに、アメリカ軍は強奪された武器がどんな種類でどれほどの数にのぼるのか、スペイン側に通報しようともしない」

「盗まれた大量の武器とハイジャックで得た五〇〇万ドルもの資金が結びついたら」

恭助もビクトルも戦慄《せんりつ》した。

「えらいことだ。アメリカ軍に強硬に申しこむ。ETAに渡った武器の克明なリストを入手しなければならん」

ビクトルの言葉に力がこもる。

「ところで、ワーゲンは動くのだろうね」

「エンジンは大丈夫のようだ」

「よりによって貧乏写真家の車なんかに目をつけなくてもよさそうなものじゃあないか。サラゴサの泥棒は目がないね」

「しっかりしてくれよ。車を荒らしたのはあんたの友だちさ。なんの目的か知らんがね」

2

浅黒く焼けていた肌は暗紫色に変わり、無機質な蛍光灯の光をあびて、ぬめっとした光沢を放っていた。

サラゴサ県治安本部地下二階の死体安置所。聖母ピルヘン・デ・ピラルが大理石の台上に横たえられた鳥山美智子の死体を見下ろしている。

「どうやら、この鳥山と名のる女性は秋田県出身の元デパート店員川杉昶子《かわすぎひさこ》のようですね。日本での活動歴はありません。おそらく、パリでデザインの勉強をするとかで渡欧してきております。三年前、パリで日本赤軍に一本釣りされたのでしょう。行方《ゆくえ》を絶ったのが昨年の夏。家族から捜索願いが出ています」

日本大使館二等書記官丹下龍明《たんげたつあき》の流暢《りゅうちょう》なスペイン語が寒々とした死体安置所に木霊《こだま》した。

「パリから送られてきた川杉昶子の指紋カードを持参してきました。照合を願えますか」

「承知しました。もし、この女性が行方不明のカワスギと同一人物だとすれば、日本に送られますか」

「家族はそう望んでいます」

「では早急に指紋照合を行いましょう」

丹下とビクトルの会話を聴きながら恭助は、あらためて腕の中で死んでいった女性の顔をながめた。日本赤軍のメンバー、あるいはシンパと目される女の願いをはたしていない。指輪と文庫本はまだ恭助の内ポケットに入ったままだ。

「警部、こちらから送られてきたドル紙幣を検査したところ、三か月前、アムステルダムで日本赤軍、アラブ・ゲリラ連合グループのハイジャッカーたちの手に渡った五〇〇万ドルの一部と判明しました」

「やはり……」

と深い溜息《ためいき》をついた警部は顔を歪《ゆが》めた。

「コイソをふくむETAの戦闘部隊が今夏、サラゴサのアメリカ軍基地の武器庫を襲って、大量の武器、弾薬を入手している可能性が強いのです。豊富な資金と大量の武器が結びつくとスペイン、日本の両国政府にとって憂慮すべき事態を招くことになる……」

「しかし、いまひとつETAと日本赤軍が手を組む理由がはっきりしませんね」

「セニョール・タンゲ、そこなんですよ。日本赤軍がヨーロッパで起こすテロ活動拠点として、ETAと手を組み、ピレネー山脈を前進キャンプにした。また、ETAは、キャンプ地を提供する代わりに運動資金の援助をうけた。こう考えれば連合の理由はそれなりに推測がつく。ならば、なぜ、日本赤軍からETAに渡るべき一五万ドルを運んできた、この女性が仲間のコイソらに殺害されたか」

「分派活動が秘《ひそ》かに進行している」

恭助が二人の会話に加わった。

「キョウの言うことがあたっているかもしれん。が、断定するには情報が不足している。はっきり言えることは、ETAが武装闘争をこのところ激化させているということです。ポスト・フランコに向かって右も左も、あらゆる合法、非合法の党派が動き出している。おそらく、ETAも存在を誇示する軍事行動を企《たくら》んでいる。情報は頻《ひん》々《ぴん》と伝わってくるのだが、いまひとつ明確に掴みきれていない」

「まさか、ETAのテロ計画は日本赤軍と合同で行われるのではないでしょうね」

「可能性は少ないがありえます」

「日本の公安当局と話したのですがね、日本赤軍はわずか三か月前、日航のハイジャックを敢行したばかりで、いますぐ新たな作戦を実行する余力はないのではないかと言っているんですよ」

う、うんと唸《うな》った警部は返事を保留し、

「セニョール・タンゲ、地上に戻りませんか」

と誘いかけた。

頷《うなず》いた丹下は異郷の地で射殺された同胞に向かって合掌し、瞑目《めいもく》した。

皇太子夫妻の来西準備に追われる丹下の全身に疲労が濃くにじんでいた。

「恭助、あらためて貴子さんと奈津ちゃんの死にお悔やみ申しあげる。まさか同胞に殺されていたなんて」

県治安本部前のカフェの椅子《いす》に腰を下ろした丹下が恭助に言った。

ビクトル警部が一足遅れて、席についた。

「ワーゲンのブレーキ・オイルのタンクがセビリャから届いたので検査に回しておいた。その報告がいまあった。コイソは鋭利な刃物の切先《きつさき》でプラスチック製の容器を完全に切りきざんでいる。あれは車の衝突で破壊されたんじゃあない。もっとも手を下した当人が認めているんだ。意味のない検査だったがね」

警部はボーイにビールを注文し、煙草に火をつけた。

「それから米軍の武器庫がおそわれた夜の様子が少しわかった。襲撃がおこなわれる直前、梟《ブーホ》の啼《な》き声が何度か呼びかわされている。そして、アメリカ人の警備兵が、スペイン語で梟《ブーホ》と言い合っているのを非番の同僚が偶然耳にしていたそうだ。しかし、彼は例の病気にかかっていたひとりでな、下腹部が不快なもんでトイレに急いでいってしまった」

「梟《ブーホ》と言ったんですね」

恭助が勢いこんで問い返した。ビクトルがおどろいた様子で彼を見た。

「もしそれがテロリストのひとりに呼びかけられたものなら、小磯も襲撃に参加していたことになる。梟《ブーホ》とは小磯のことですよ」

「まさか、そこまで深入りはしていまい」

丹下が言った。恭助はパンプロナで初めて小磯を見た奈津子が梟《セニョール・ブーホ》おじさんに似てると言ったことや、それが村にまぎれこんできた、怖《おそ》ろしく狡猾《こうかつ》な野犬につけられた名前であることなどを話した。

「三歳の子供の直感力は、鋭く奴の正体を見抜いていたということかね。コイツに、夜になると生餌《いきえ》を求めてうろつく野犬セニョール・ブーホを重ねて見た」

「小磯も梟《セニョール・ブーホ》おじさんと呼びかけられるのを気にいった様子です。日記にわざわざ、私は、梟《セニョール・ブーホ》おじさんとなったと書き残したくらいですから」

「恭助、小磯が恐《こわ》かったのは貴子さんの存在より奈津ちゃんの目だったのかもしれんな」

丹下がぽつんと言った。

恭助は不用意にも殺人者を家族の許《もと》に連れていったことになる。妻と娘の死の手引きをしたのは、恭助ともいえないことはない。とりかえしのつかない失策を犯してしまった。

「日本で逮捕されたときの調書は、まだ、送られてきませんか？」

「昨日の今日だからな。もう少し時間がかかるかもしれん。皇太子ご夫妻来西の一件で大使館中がてんてこまいだ。その合間を縫っての情報収集だからな」

「皇太子がお見えになるのは、いつでしたっけ？」

「十一月十一日から十七日までだ。あと二週間もない。マドリードに到着されてトレド、セビリャ、グラナダ、バルセロナと親善旅行にまわられるので警備だけでも大変なんだ。なにしろスペインに皇太子ご夫妻がお見えになるのは初めてのことだからね」

緊張を顔に漂わせたホセ刑事がカフェに入ってきて、上司に報告した。

「警部、セニョール・タンゲが持参された指紋と昨日殺された女性のものとは同一でした」

「やはり川杉袒子でしたか」

「もう私たちの調査は終わっています。遺体を引き取られますか？」

「ええ、お願いします。明朝のパリ行きの第一便にのせたいと思いますので」

頷いたビクトルはホセに霊柩車《れいきゅうしゃ》の手配をするように命じた。

川杉袒子の遺体をのせた霊柩車は、丹下の大使館公用車に先導されるように、夜の街に溶けこんでいった。

丹下は別れ際、恭助に何度も念をおした。

「恭助、卑劣漢に貴子さんと奈津ちゃんを殺されたからといって、馬鹿《ばか》なことを考えるんじゃあないぞ」

外交官の言葉を頭の中で反芻《はんすう》していると警部が声をかけた。

「君にも見てもらおう」

「なんですか？」

ビクトルは恭助を馴染《なじ》みになった取調室に連れていった。

「先ほど米軍からとどいた例の盗難武器リストだよ」

英文の書類を見た。

米陸軍制式機関銃M60　三挺《ちょう》
M16A1ライフル銃　三十挺
M203擲弾《てきだん》発射器装置のライフル銃　五挺
コルトM911A1ピストル　十二挺
ミルス型手榴弾《しゅりゅうだん》　四ダース
プラスチック爆薬　三〇キロ
銃弾各種　数量不明
爆破用ケーブル各種　数量不明

ETAにこれらの武器が渡ったとすれば、バスクの過激派は、強力な軍隊に変貌《へんぼう》しているはずだ。

「これだけではないのだ。机においてあるのはリストに記載されてない」

ビクトルはジュラルミン・ボックスの蓋《ふた》をあけた。オリーブ・グリーンの細長い物体が二個とライターの大きさほどのスイッチがクッションの間におさまっていた。

「米軍当局がわれわれを盗難現場の捜査に加えなかった理由がこれだ。できることならいつまでも秘密にしておきたかった最新の兵器だろう。アメリカ人はこいつをVCあるいは、VCキラーと呼んでいる」

「VCキラー？」

「うん、宇宙ロケットの液体燃料をヒントに開発された。なんでも、通常の火薬は爆発時の風速が一秒間に二千数百メートルしかないが、この新型爆薬は三倍も威力がある。米軍はこれをベトナムのベトコンつまりVC殺しの小型軽量の秘密兵器として完成させた」

ビクトルは細長い物体を無雑作につかみ出した。上部に計数盤が見えた。

「このチーズ一個分ほどの高性能爆薬が直径六〇メートルの範囲に潰滅《かいめつ》的な被害をもたらす。そのうえ、もうひとつの仕掛けが加えられている」

「核でも内蔵されているんですか？」

「いや核兵器ではない。が、表立っての使用は禁止されている。第一次世界大戦後に締結されたジュネーブ議定書にふれるからだ」

「化学兵器？」

「そうらしい。高性能爆薬が破裂すると同時に青酸性のガスを放出する。わずか数秒の効力しかないが、閉鎖された空間ではすさまじい効力を発揮するらしい。しかも、一分後には化学兵器を使用したあとを発見できない。死体の山以外にはな。盗難にあって三月以上もスペイン側に通告しなかったのは、おぞましい殺人兵器だからだ」

「VCキラーを発見する特別な方法はないのかい」

「さすがにアメリカ人も不安だったらしい。このチーズの中に極小の発信機を内蔵させて、常時、特殊な波形の電波が放射状にとんでいる。ただし、電波は微弱すぎて障害物のない平地でせいぜい三〇メートルしかとどかない。まあ、ないよりましな猫の鈴だ。それに、こいつは変わった信管をつかっている」

ホセ刑事が古めかしいラジオをもって、取調室に入ってきた。

「電源をつないでくれ。いいか、ここだ」

とVCキラー上部の金網を差した。

「小型マイクロフォンだ。VCキラーには音響感知信管といったものが組みこまれている」

警部は机の上にVCキラーを置くとジュラルミン・ボックスに残った小型の金属ケースを手にした。

「リモート・コントロール・スイッチだ。このボタンを押す」

なにもおこらなかった。

警部はラジオのスイッチを入れた。サッカーの実況放送が雑音混じりに流れてきた。スペインの二大都市を本拠にする人気チーム、レアル・マドリード対バルセロナの対戦だ。

ビクトルが音量を高くしていった。アナウンサーがラテン気質《かたぎ》丸出しにして機関銃のように怒鳴《どな》っている。

オリーブ・グリーンのVCキラーの中から乾いた音がした。警部がラジオを消した。

「これが本物のVCキラーなら県治安本部は吹っとんでいる、もちろん、われわれの生命《いのち》もない。指定された音域をこえると爆発する仕掛けだ。たとえばベトナムのジャングルの各所にこいつをセットする。ベトコンの戦闘部隊が接近するとリモコン操作でスイッチを入れる。VCキラーは、ベトコンの足音、話し声、銃の触れ合う音などを拾って作動する。サラゴサの武器庫の中でこいつが爆発する直前、何人かの者は目覚し時計のベルの音を聴いている。その音が止まった直後、VCキラーが爆発した。つまり、この金属ボックスの裏側のつまみを反対側に倒せば、逆のことができる……」

ビクトルはつまみを反対位置に移動させ、計器目盛を45にセットした。

「四五フォーンというのは、深夜の住宅街の静けさだそうだ。ある音量以上の物音がつねに聞こえている場所にこいつを仕掛ける。音が小さくなって四五フォーンに落ちるとVCキラーが癇癪《かんしゃく》をおこす」

三人は黙りこんでしばらく口をきかなかった。恭助はVCキラーを睨《にら》んで迷った。

この際、貴子と奈津子の怨《うら》みをはらす望みを捨てるべきではないか。まず、おぞましい殺人兵器を回収するため、最大限の努力をすべきではないか。

小磯信樹と接触できる明朝のピラル大寺院は、無二の好機といえる。しかし、警察に知らせたとなれば小磯との約束をたがえ、妻と子の復讐《ふくしゅう》のチャンスをもつぶすことを意味する。大量殺人、個人的な怨みと思い迷った末、恭助は肚《はら》を固めた。

「警部、梟《ブーホ》にワナを仕掛けよう」

烏山美智子こと川杉昶子のリュックを背負い、べたつくような川霧の漂う階段をのぼっていった。

夜はまだ明けきってはいなかった。

ピラル大寺院の広場には人影はない。街灯が淡い光を落としている。

恭助は広場を横切り、寺院の通用口の扉を押した。堂内には夜も昼も区別のない濃密な闇《やみ》が沈潜していた。寺院の中に一歩入ったところで立ち止まり目を慣らす。巨大な石柱群がぼっと浮かびあがってきた。

歩き出した。靴音が無気味に反響する。

頭上三〇メートルの円天井にアラゴンの怪物ゴヤがえがいた「天使たちによる神の御《み》名《な》の礼賛」のフレスコ画が恭助を見下ろしていた。が、地上の人間の目にはどこにあるのか、見当もつかなかった。

この大寺院の守護聖母ピラルは、スペインとアメリカ大陸のラテン諸国の、血の絆《きずな》の象徴として、カトリック教徒にあがめられてきた。建設がはじめられたのは、黄金の世紀が翳《かげ》りを見せはじめていた一六八四年のことだ。

赤子を抱いた聖母はエメラルドの冠をかぶり、柱《ピラル》の上にひっそりと佇《たたず》んでいた。聖母像を照らす唯一の明りで時刻を調べた。

六時十分前。

恭助はリュックを担《かつ》いだまま、小磯信樹の出現を待った。二十分余りが経過した。

広大な堂内の一郭で木戸の軋《きし》む音がした。恭助はリュックを一揺すりした。寺院内はまた深閑とした静けさに包まれた。長い時がゆっくり過ぎていく。

どこかに人の気配《けはい》がした。恭助は視線を八方に走らせた。説教壇の下に僧衣をまとった人影がひっそり立っていた。恭助は全身から緊張が抜けるのを感じた。

「警部、小磯は来ませんでしたね」

突然、人影が裾《すそ》を翻し、逃げ出した。

（しまった、小磯だ！）

ビクトルら警備陣も僧衣に身をつつんで、教会の各所に潜んでいた。恭助はうかつにも、偶然、同じ扮装《ふんそう》をしてきた小磯に声をかけて、警官隊の存在を知らせてしまった。

「ビクトル、梟《ブーホ》があらわれた！　小磯が逃げていく！」

叫びながら逃走者のあとを追った。堂内数か所から人影がうごめき立ち、

「止《アルト》まれ！」

の命令とともに銃声がおこった。

僧衣の男が体をひねるように転んだ。が、すぐに飛び起きた。手に拳銃を握っている。闇に光る銃火に向かって数発撃った。直後、警官隊のマリエッタ短機関銃の弾丸《たま》がテロリストの体に集中した。男は拳銃をとり落とすとよろめき歩いていく。

「殺すな！」

恭助は再び銃撃を加えようとする警官隊に向かって叫んでいた。

「射撃を止《や》めろ！　銃は構えたままだ」

ビクトルの声が響いた。

男は床に膝《ひざ》をついた。懐中電灯の明りが海老茶《えびちゃ》の僧服の男を照らした。六人の黒い僧衣の警官たちが手に手に短機関銃と拳銃を構え、近づいてきた。男は腹部を両手で押さえ、床に倒れこんだ。

「ホセ、そいつの顔を見せろ。ちょっとでも変な動きをしたら、頭を吹きとばせ」

警部の命にホセがアストラ32口径の銃口の狙《ねら》いをテロリストの頭部につけ、床に手を支えて起き上がろうとする男の横腹を蹴《け》った。ごろりと回転した男の顔がフードの下から見えた。口髭《くちひげ》のスペイン人か、少なくとも、小磯信樹ではなかった。

堂内に新たな足音がひびいた。

「警部、外の路上で二人の男を逮捕しました」

「日本人か」

「いえ、二人ともバスク人のようです」

僧服をかなぐり捨てたビクトルが、腹部からおびただしい血を流すテロリストに歩み寄った。

「病院に連れていけ」

口髭の男が傲然《ごうぜん》と言い放った。

警部は男を見下ろし、葉巻を口にくわえると火をつけた。部下たちの銃口は床でもだえるテロリストに狙いがつけられたままだ。

ビクトル警部はうまそうに葉巻を吸った。シルエットになった彼の顔の前に葉巻の火が大きく浮かんだ。煙を吐くと男のそばに坐《すわ》り、フードの下からたれる頭髪をつかんでグイと引き起こした。

「日本人はどこにいる？　梟《ブーホ》とよばれている殺し屋だ」

苦悶《くもん》の表情を浮かべた男はそれでもにたりと笑い、知らんな、そんな男、と答えた。

ビクトルは葉巻の火を男の眼球に無雑作にあてた。

ぐあっ……。

テロリストは奇声を発し、上体をよじったが、口を噤《つぐ》んでいた。ビクトルは葉巻を相手の目玉に押しつけたまま、平然と訊《き》いた。

「梟《ブーホ》の居場所を教えろ」

ETAのテロリストは絶叫しながらも、口を噤んでいた。肉の焼ける臭《にお》いがして、男が失神した。そのとき、恭助は気づいた。

「しまった！　おれたちは騙《だま》された」

僧衣のテロリストを放り出した警部が恭助をにらんだ。

「小磯の奴、マグダレイナのアパートに押し入ったんだ」

「畜生！」

恭助は背のリュックをかなぐり捨てた。出口に向かって走る。長椅子の間をぬけ、回廊を駆け、木戸に体をぶつけると広場に出た。霧は消え、晩秋の朝が来ていた。

石段を飛び下りるとエブロ河岸カバリェーロ大通りに停《と》めたワーゲンに走りこんだ。

エンジンを始動させると一気に走り出した。

信号も一方通行も対向車も無視して突っ走る。遺体安置所に寝かされていた川杉昶子の無惨な遺体が目に浮かぶ。

恭助は甘すぎた。

梟《ブーホ》は危険なテロリスト、殺人鬼なのだ。警察に頼って足下をすくわれた。

くそっ！

ワーゲンの後方を赤色灯とサイレンが追ってくる。前方にサンパウロ教会の尖塔《せんとう》が見えた。一方通行の出口から強引に入る。前方から走ってくる小型車のセアットが急ブレーキを踏んで横辷《すべ》りした。恭助はワーゲンの前輪を歩道に乗りあげて、セアットを躱《かわ》した。

眼鏡屋の店先に急停車した。建物のドアを蹴破《けやぶ》るように押し開く。一気に四階まで階段を上がった。部屋のドアが大きく開かれていた。

「マグダレイナ！」

室内に飛びこみ、居間、台所、寝室とアンダルシア生まれの娘の姿を探した。どこにもいない。

ソファにへたりこむとビクトルとホセが荒い息をさせながら走りこんできた。二人とも手に拳銃を握り締めている。

「やられたか？」

「おれがうかつだった」

「連れ去られたんだな」

警部が拳銃をホルスターにもどし、ソファに腰を下ろした。ホセ刑事は、部屋の中をあちこち確かめている。

「やつが彼女を殺《や》ろうと思えばこの場で殺している。まだ望みはある」

そうかもしれない。小磯は恭助を警察から引きはなしたがっている。そのためにマグダレイナは犠牲になったのではないか。

ホセが紙片を上司に見せた。

「梟《ブーホ》からの伝言だぞ」

ビクトルが恭助にメモを渡した。文面は、日本語で短く、

端上さん、今晩十時、バルセロナのランブラス散歩道カフェ・モカで会いたし。等価交換物を持参でね。

とあった。恭助が小磯の要求を警部に伝えると、

「くそっ、おれの縄張り外に逃げやがった」

と悔やしがった。

バルセロナはサラゴサから三〇〇キロ余りフランス側に寄った地中海岸の港町だ。

小磯は最初の留学の地バルセロナに逃げもどったのか。

警部がソファから立ち上がった。

「おれは逮捕した三人を締めあげる。君はどうするね？」

考えが浮かばなかった。

「ぼくはここに残る。少し頭を冷やしたい」

「いいだろう。バルセロナに行く前に署に寄ってくれ。あの三人に泥を吐かせてやる。新しい情報が伝えられるかもしれん」

「二時までには顔を出しますよ」

治安刑事二人は慌《あわ》ただしく去っていった。

恭助はサイドボードの中にスペイン製のブランデー、カルロス一世を見つけた。グラスにたっぷりと注《つ》ぐと一気に飲んだ。

どうしようもない怒りが腹の中を駆けまわる。妻と子を犠牲にしたばかりか、善意の娘まで生命をおびやかされる羽目におちいらせてしまった。

小磯信樹は革命家でもなんでもない、ただの殺人鬼だ。

二杯目を注いだ。なにかおかしい。

ETA（バスクの祖国と自由）にしろ、日本赤軍にしろ、革命の大義はどこにいったのだ。殺戮《さつりく》と破壊しか彼らの行手にはないのか。

恭助はブランデーの罎《びん》をかかえ、寝室に移動した。バルセロナまで六時間あれば走る。サラゴサを午後三時までに出発すれば、約束の十時に間に合う。ベッドにあぐらをかくとブランデーをラッパ飲みした。

ミスを犯したのは恭助なのだ。警察の力に頼って、小磯と対決しようとした。これは私闘だ。端上恭助と小磯信樹の間で解決すべき争いなのだ。

妻と子の怨みをはらす、そして、マグダレイナを救い出すのは、恭助の二本の腕と二本の脚なのだ。

（そいつを忘れるな）

罎を抱え、ベッドの中に倒れこんだ。マグダレイナの匂いがふんわりと鼻をついた。

いつの間にか、眠りこんでいた。

遠くでベルの音が鳴っている。

夢なのか、現実《うつつ》なのか。考えながら眠りつづけた。

電話。

ふと気づいた。飛びおきると居間に走った。受話器をつかむ。

「キョウスケ!」

マグダレイナの声がした。

「無事か? いまどこにいる」

「端上さん」

「卑怯者《ひきようもの》が」

「おたがいさまですよ、あんたも警察に知らせた。一五万ドルはだれが持っているんです」

「おれだ。こいつだけはだれにも渡せん」

「まあ、だれが持ってようとかまわん。バルセロナの会見は止めだ」

と小磯が宣告した。警察と恭助を攪乱していた。

「この娼婦《プータ》の生命《いのち》を助けたければ、あんたがフェンテトドス村のゴヤの生家にとどけることだ。時間は今夕八時、警官の影がちらりとでもしたら容赦なくこの女は殺す。あんたの家族のようにね」

小磯は残酷にも言い放った。

「必ず行く。おれひとりでな」

「端上さんはそんな人さ。私の期待を裏切らないで下さいよ」

湿った笑いとともに電話が切れた。

台所に行くと水道の水で顔を洗った。

小磯信樹はETAとも日本赤軍とも異なる行動原理で動いている、そう思った。そして、昨年パンプロナで会った一美術学徒の思い出を捨てることが肝心だと決意した。相手にしている梟《ブーホ》は別の人間なのだ。

まず、マグダレイナを救出する。そして、早急に川杉昶子が死に際に託していった指輪と文庫本をオルチに届ける必要がある。

水を飲んだ、酔いを醒《さ》ますために何杯も水を飲んだ。

3

先を越す、このことだけを考えた。組織だった小磯らのグループから自力でマグダレイナを奪還するにはそれしかないと思った。

ラッシュ・アワーで混む交差点を強引に赤信号で何度か走り抜けた。ふいに青で停《と》まり、尾行車に気を配った。だが、尾《つ》けられている様子はない。

三三〇号線をテルウェルを目指して下り、ラ・エスタシオン村から地方道に入りこんだ。酔いが残っていたが、バックミラーと前方を等分に見ながらひたすらにアクセルを踏んだ。

一時間後、白茶けた荒野と濃灰色の空が広がる風景の中を走っていた。荒れた丘陵地に車を乗り入れると草陰に車を停めた。

トランク・ルームのキャンプ道具からロープ、ライト、針金、テープ、ナイフを選び出し、寝袋にくるんだ。マグダレイナの台所で作ったツナと生ハムのサンドイッチをポケットに入れた。

街道をわざと外し、荒野の中を四キロ先のフェンテトドス村に向かって歩いていく。石ころだらけの砂漠がうねうねとつづく。

恭助は黙々と歩を運んだ。

眼前に雄大な谷があらわれた。

薄鼠色《うすねずみいろ》の谷底をごま粒みたいな家畜の一群が移動していく。牧羊犬がかけまわり、喚《わめ》きたてている。

人間の住む文明社会から忘れ去られた地、それが画家ゴヤを生んだアラゴン地方のフェンテトドス村だ。

恭助は羊飼いの好奇心と牧羊犬の警戒心をさけて谷を大きく迂回《うかい》した。枯河を渡ると登りになった。山道は最初ゆるやかにカーブを描きながら、厚い雲におおわれた鈍色《にびいろ》の天に向かってのびていた。急峻《きゅうしゅん》な坂をこすとフェンテトドス村の教会の塔が迫《せ》りあがって見えてきた。

暗い空、痩《や》せた大地、わびしい村。

光芒《こうぼう》が雲間の裂目から走った。鶸色《ひわいろ》の光は斜めに駆け、スペイン画壇の怪物を生んだ村を数瞬、黄緑色に染めかえた。が、たちまちもとの濁り沈んだ世界にもどっていた。ゴヤの暗い絵の画調そのものだ。風景が壮大なキャンバスだった。朝十時過ぎだというのに望遠する村内には人っ子ひとり動いているふうはない。わずかに数軒の民家から炊煙が昇っているばかりだ。

土くれに腰を下ろし、腹ごしらえをした。飲物は用意してこなかったし、摂《と》るつもりもなかった。

針金を一・二メートルの長さに二本切り、より合わせた。両端に小石をはさんでとめた。ずれないように小石と針金の上をぐるぐるとビニール・テープで巻きつけた。

準備は終わった。

立ち上がって小便をした。荷物を小脇《こわき》にかかえると街道を横断し、村の東側に出た。いったん村から遠ざかり、畑の畝《うね》の間に身を伏せるようにして、村への再接近をはかった。

恭助の左手を地方道二二一号が走り、サラゴサから走ってきた街道と合流していた。

暗い光の支配する荒野に冷たいピレネー颪《おろし》が吹くと小粒の砂が舞い上り、ぱらぱらと恭助の体を襲った。村の入り口に四本の矢を束ねたファランヘ党のシンボル・マークが立っていた。独裁の象徴の看板はフランコへの忠誠を示す踏絵であった。ゴヤの生家の裏庭が見えた。村の東外れの道路のかたわらに廃屋のように地表にへばりついて建っていた。

一年前の夏、パンプロナの祭りからバレンシアの闘牛祭に移動する道中、立ち寄ったことがあった。あの昼下がり、貴子も奈津子も一緒だった……。

道路の下を畑から村へと下水溝が抜けていた。恭助はためらうことなく、臭気を放つ溝に潜りこみ、ゴヤの生家の裏口に達した。

ザクロの樹が数十本貧寒と植えられた畑に這《は》いあがる。裏口の板戸を押すと軋《きし》んでひらいた。中庭に身を辷《すべ》りこませる。ようやく緊張をといた。崩れ落ちた石垣にかこまれ、朽《く》ちはてた荷馬車が放置されてあった。夏場、訪ねてきた観光客が棄てていったものか、ミネラル・ウォーターの空瓶《あきびん》や黒ずんだ紙オムツなどが散乱している。

一七四六年三月三十日、フランシスコ・デ・ゴヤはこの家に生まれた。

表通りの小さな広場からゴヤの家を見ると地面に石を五、六〇センチ積みあげ、そのうえに漆喰壁《しっくいかべ》が低い屋根との間を埋め、わずかに装飾らしきものをさがせば、銃眼のように無骨な切りこみ窓がふたつあるきりの、およそ美とはかけはなれた建物であったことを思い出す。

裏口の戸には錆《さび》ついた鍵《かぎ》がかかっていた。二階の窓を見上げた。左端の板戸が風でかたかたと鳴っている。恭助はロープを出すと寝袋をくくりつけ、もう一方の端を腰に巻いた。軒にぶら下がると低い二階の庇《ひさし》にとりついた。板戸をあけると内側の窓ガラスが一枚割れていた。手を突っこみ掛金を外し、家へ潜りこんだ。寝袋を引きあげる。板戸と窓ガラスを閉じ掛金を下ろした。

懐中電灯を点《つ》けた。

低い天井、小さな部屋。木のベッドが一脚あった。小人国を訪ねた巨人の気持ちを一瞬味わう。ゴヤの時代の人々は、背丈もそう大きくはなかったのだろうか。

寝室を出ると一階に下りた。階段の幅もせまく、気をつけないと梁《はり》に頭をぶつけそうだ。暖炉のある居間、展示室に使われている食堂、一段低い台所、どの部屋もせまく、隠れる場所がない。

恭助はしばらく考えた末、暖炉の火床に組んである薪《まき》を台所のかまどのかたわらに移動させた。火床に入って煙突を覗《のぞ》いた。淡い光が滲《にじ》んで射していた。ライトを点ける。この暖炉を使って煮たきしたのだろう、厚い煤《すす》の間に食物の匂いがこびりついているような気がした。

煙突の内部は人間ひとりが這い登ることができる大きさだ。恭助は二階の寝室にもどるとベッドの藁《わら》マットを剝《は》がした。予想通り横板が等間隔に張り渡されてあった。二枚ぬくとマットを敷き直した。

暖炉に引き返すと煤はらいのときに利用するステップを利用して板を差し渡した。二枚の板はぴたりと納まり、人間ひとり、煙突の下部にひそむ場ができた。ロープを再び腰にまくと煙突を伝い登る。煤にまみれながら屋根まで到達すると風除《よ》けの蓋を揺すり上げた。

風が恭助の顔をなぶるように吹いていく。煙突から顔をのぞかせて地形を調べる。ロープの端を屋根の棟木に結びつけ、煙突内にたらした。いま一度、風景に目をやるとロープを伝い下り、板のうえにシュラフを敷いて、膝をかかえ坐りこむ。手製の武器をすぐに取りだせるよう、足がかりのステップに置いた。煤と食物の匂いが湿っぽい空気に混じる暗闇《くらやみ》の中で息を潜めて待つ。膝がしびれると板の上にそっと立ち、屈伸運動をした。

物音がしたのは恭助が暖炉に身を隠して十時間が過ぎたころだ。刻限はもう恭助には分らなかった。連中は表戸の鍵をあけ、堂々と侵入してきた。

「梟《ブーホ》、やつはひとりで来るかな」

「来る」

小磯信樹の声がした。やはり彼は梟《ブーホ》と仲間によばれているのだ。

「警察に協力して失敗した。女房子供を亡くして、おれを怨《うら》んでいる。奴《やつ》の性格を考えれば、今度はこの女を助けるために単独行動をとる、そんな男なんだ。よし、手配通り、三台の車を家の陰に隠して待て。おれは村の東の入口だ、端上が忍んできたら、梟《ブーホ》の啼《な》き声で合図をし合う。カント、君はこの娼婦《ブータ》の見張りだ、変な気をおこすんじゃあないぞ」

ひとしきり笑い声がした。総勢六、七人か。人の気配が引いていった。マグダレイナは口にタオルでもかまされているのか、一言も発しなかった。

ゴヤの家に残った男は物理学専攻の大学生フランシスコの咽喉《のど》を二本の指で圧迫死させた大力の持主ホセ・カントのようだ。

恭助ははやる気をおさえて、機会を待った。息を殺し、化石のように待った。

「なにするのよ」

マグダレイナが悲鳴をあげた。

「いいじゃあねえか、売女《ブータ》だろ。男がいないと体がおさまるまい」

白痴じみた物の言い方だ。短い罵《のの し》り声と荒い息が交錯し、揉《も》み合いがはじまった。男が暴力をふるったのか、乾いた音がした。悲鳴のあと、啜《すす》り泣きがおこった。

ベルトの金具ががちゃついている音が、弾む息づかいに混じった。

恭助は板から火床に滑り下りた。武器をつかんでうずくまると目の前に巨大な尻《しり》が見えた。殺戮者はズボンを脱ごうとしている。

暖炉から出た。背丈はさほどでもないが、筋肉の塊のような男だ。

マグダレイナがおどろいて啜り泣きをやめた。

恭助が針金の先端につけた小石を分銅代わりにカントの首に絞殺具を巻きつけたのと敵が振り向くのが同時だった。恭助の腹部にいきなりボディブローが来た。一発、二発、息が詰まる。

マグダレイナが男の足にすがりつくのを目の端で認めながら、針金を交差させ、背中にカントを背負った。両足をばたつかせて暴れる。何時間も穴ぐらの中で膝をかかえていたせいか足腰がなえてふらついた。

マグダレイナが蹴りとばされたか、小さな悲鳴をあげた。

（やつに声を出させてはいけない）

必死の思いで針金を締めあげる。カントはベルトに差していたナイフを摑《つか》むと、恭助の脇腹《わきばら》を切りつけた。仰向けになっているので思うように切れない。それでも切先《きっさき》が肉を断ち、激痛が走った。

「マグダレイナ、ナイフを叩き落せ！」

恭助は声を絞り出した。床を這いずる音がする。恭助が首をひねると、薪ざっぽうを振りまわす彼女の姿が映った。カントはそれでもナイフを手から離さなかった。

目がくらんだ。血がぼたぼたと足下に落ちた。フランシスコの死を思った。彼はこの男の指先で圧迫死させられたのだ。頭を暖炉の壁に押しつけ、腰を上げた。くいくいと左右に振った。背中の抵抗が急に止み、重量が増した。それでも針金を握り、担《かつ》いでいた。

「キョウスケ」

カントの手からナイフが落ちた。

恭助は火床に坐り込んだ。生まれてはじめて人を殺した。悔いはなかったが吐気と悪《お》寒《かん》におそわれた。

娘が涙をこぼしながら躙《にじ》り寄ってきた。恭助は脇腹の傷を調べた。洋服の上から三、四か所切られていた。が、深手ではない。

「マグダレイナ、大丈夫か？」

泣きながら頷《うなず》いた。

「よし、泣くのはあとだ。この家から抜け出す大仕事が残っている」

家族を殺した小磯が指呼《しこ》の間にいるのを知りながら逃げるのは、なんとも腹立たしかった。だが、いまはマグダレイナを安全な場所に移すことだ。彼女の服装を見た。ジーンズに黒いセーター、靴はパンプスだ。

「ぼくのあとについてきて」

二人は煙突の中に潜りこんだ。

「煙突の内側にステップが切ってあるから、そいつを足がかりに登るんだ」

ロープをつかむと屋根まで一気に登った。闇を透かして、あたりを見回す。表通りの坂道に見張りがひとり、裏のザクロの樹《き》の陰に二人組がいた。

厚い雲が月明りを隠しているのがただひとつの味方だ。ロープを軽く引っぱり、マグダレイナに合図をした。ロープが張った。恭助は姿勢を低くして待つ。煙突の中で漆喰《しっくい》がはげ落ちる音がひびいた。

裏庭の二人組が立ち上がった。

教会の庭で犬が吠《ほ》える。すると村中の犬が鳴きはじめる。カントの仲間が歩いてくる。

マグダレイナが屋根に這い上がってきた。

「隣の酒場との間に排水溝が流れている。こいつを伝って街道の東外れに出よう」

娘の腰にロープを結んだ。恭助は煙突を膝の間に抱くように娘を吊り下ろす。手の中でロープがすべる。皮が剝《む》け、血が吹き出した。

汗が目にしみた。血でロープが染まった。熱と痛みが掌《てのひら》を走る。突然、ロープから重みが消えた。下をのぞくと下水の壁に寄りかかったマグダレイナが泣き笑いをしていた。

「ホセ！」

家の中で仲間を呼ぶ声がした。

ロープを煙突に巻きつけた。血に塗《まみ》れた手で綱を支え、下りはじめた。はげしい痛みと熱、頭がくらんだ。ゴヤの生家の石壁を足で蹴りながらの懸垂降下だ。

「キョウスケ」

娘の顔が目の前にあった。足に下水が触れた。ロープを捨て、溝の中をドブネズミのように這って逃げる。排水溝を潜《くぐ》り、畑作地に出た。

騒ぎがはじまっていた。叫び声が風にのって聞こえてくる。車が急発進する音、ヘッドライトの光……。

二人は畑の中を腰をかがめて走った。岩山に向かってこけつ転《まろ》びつ、夢中で駆けた。

数分後、荒野の草むらに突っ伏すと、はあはあと、荒い息を吐きつづけた。

十三夜の月がゆっくり姿をあらわし、ゴヤの村の全容を青白く浮き上がらせた。すると、烈しい勢いでマグダレイナが泣きはじめた。

サラゴサの街を大きく迂回し、エブロ河上流で橋を渡り、ウエスカ県に向かう街道筋で一軒のモーテルに入った。ドブ水に汚れた体をシャワーで洗い、途中の薬局で買い求めてきた傷薬で脇腹と手の傷を治療した。

マグダレイナはアパートの部屋から恭助が適当に選んできた洋服に着替え、ようやく笑顔をとりもどした。

恭助はサラゴサ県治安本部の公安三課に電話を入れた。

「いったいどこにいるんだ！　バルセロナの警察に張りこませたがコイツもあんたも姿をあらわさない、どういうことだ？」

ビクトル警部の怒鳴り声が耳にひびいた。

「予定変更だ、小磯とはフェンテトドス村で会った」

「なに！　会った」

「正確には声だけ聴いた。彼女は救《たす》け出しましたよ。警部、ゴヤの生家にホセ・カントの死体が転がっているはずだ。私が殺した」

恭助はマグダレイナ救出行をくわしく説明した。警部が腹立たしげに言った。

「危ない橋を渡りやがって、あんたはテロリストがどんなに危険な連中か知らん。よし、カントの死体はおれが始末してやる、その代り、すぐに県警に顔を出せ」

「ビクトル、おれは二、三日休養するよ」

「なに！」

訝《いぶか》った相手が沈黙し、考えこんだ。

「あんたはおれになにか隠しているな。今日うまくいったからといって明日もそういくとは限らんぞ」

「腹と手を怪我《けが》した。そいつが治るまでの休養さ、それだけの話だ。電話を切るよ」

「待て、説得に応じる気がないのなら、おれの話を聞け。ピラル大寺院で捉《とら》えたテロリストのひとりがアジトを吐いた。ウエスカとナバラの両県境の農家の納屋で米軍基地から盗まれた銃器の大半を発見した」

「VCキラーは」

「重火器はとりもどしたが爆薬類はない。あの三人は下っぱだ。それ以上知らんな」

「わかりました、電話を切るよ」

受話器をおくとただちに移動を開始した。ビクトルと長話し過ぎた。相手は公安捜査の大ベテランだ。逆探知をやろうと思えば、簡単にできるだろう。モーテルに宿泊する予定をやめ、慌しく車にのった。

恭助が地方道一二七号線にワーゲンをのせたとき、後方からパトカーの警笛が聞こえてきた。

第四章　ラス・ベンタス闘牛場

1

十一月一日。

セビリャの闘牛士ディエゴ・プエルタは来たる十六日にマドリードのラス・ベンタス闘牛場で催される慈善闘牛を最後に引退すると発表した。

ピレネーの山並が白みはじめたとき、端上恭助《はしがみきようすけ》はサラゴサから二〇〇キロ余りはなれたナバラ県イラチ河の清流沿いにワーゲンを走らせていた。

木立の向こうで凍《い》てつくような水が朝の光に照らされ、煌《きら》めいていた。

「うあっ、寒そう。いま、どの辺りを走っているの？」

助手席で目を醒《さ》ましたマグダレイナが首を竦《すく》めた。

「パンプロナの町から四〇キロばかりフランスに寄ったあたりだ」

「あれがピレネー？」

綿帽子をかぶった行く手の山並を差した。

「そう、バスク・ピレネーだ」

小盆地に車は入っていた。赤い窓枠、三角屋根、石の煙突から煙の昇る光景はエキゾチックだ。オルバイセタの本村。

「この辺を旅するの初めてよ。でも、そんな気がしない。昔、視《み》たような、風景が変わるたびに別の自分になっていくような、奇妙な気分だわ。おばあちゃんの血のせいかな」

マグダレイナの既視感《デジャ・ヴィユ》はおそらくロマの血のなせる業《わざ》だろう。村を通り過ぎた。ファブリカ・デ・オルバイセタは、それ以上進みようのないピレネー山脈の袋小路だ。

道が細くなり、右に左にうねり曲がった。登りにかかる。石造りの家が樹間に見えた。石橋を渡り、せまい道をすり抜けると視界が広がった。

ゆるやかな傾斜の広場。中央に水飲み場がある。車を停め、エンジンを切った。

何百年もの時間を庇《ひさし》や軒に滲《にじ》ませた民家が数十軒、広場をかこむように建っていた。

頑丈な石積みの壁、小さな窓、がっちりした屋根、冬の寒さをしのばせる造りだ。

ドアをあけると寒気が車内に入ってきた。広場の一隅でベレー帽の老人たちが闖入《ちんにゅう》者《しゃ》を眺めている。恭助は、朝の挨拶《あいさつ》を投げると、

「セニョール・オルチに会いたいのですが、家を教えてくれませんか」

と訊《き》いた。老人のひとりが杖《つえ》をふりあげ、わずかに頂をのぞかす山を差した。

「あれがセニョール・オルチだ」

老人たちはうれしそうに破顔した。

「標高二〇一五メートル、イラチの水源さ」

「いえ、オルチって人物を探しているのです」

この村にはオルチなんて男はおらん、と言った老人の杖はすぐ前の建物を差し示し、

「釣宿オルチなら、ここじゃ」

とまた、笑った。烏山美智子《からすやまみちこ》として死んだ川杉《かわすぎ》は、ホテル・オルチと言い残したかったのか。

礼を述べ、古びた看板を眺めた。釣宿、電話、郵便、雑貨など無数の営業項目がならんで書いてある、ようするに釣宿オルチは、この村のなんでも屋なのだろう。

二重の扉を開けた。薪《まき》のはぜる音が聞こえ、心地良い暖気が二人をつつんだ。

村の酒場を兼ねるロビーには、大きな暖炉がしつらえられ、薪がちろちろと燃えている。火床の前には、牧羊犬として古くからピレネー地方で飼われてきたグレートピレネーズがごろりと寝そべっていた。

「なにか用かな？」

バーカウンターの端におかれたレジの陰に老人が立っていた。

「今晩泊めてほしいのですが、部屋はありますか?」

「この季節だ、釣客もない」

老人はカウンターから杖にすがって歩いてきた。右足は義足のようだ。

「寒い季節になると失《な》くした足が疼《うず》く。もう三十五年も前に肉片と化したのにだ」

老人が問わず語りに呟《つぶや》き、義足をこつこつと床にうちつけた。

暗算。一九七三マイナス三五イクオール一九三八。

「市民戦争で負傷されたのですね」

「わしはフランコの叛乱《はんらん》とよんでおる」

老人は共和国側で戦った兵士だ。

「どこの戦闘か、おたずねしていいですか」

「エブロ河渡河作戦」

誇らしげに老人は告げた。

一九三八年七月二十四日の深夜にはじまった共和国側最後の反攻作戦だ。百十三日にわたってエブロの流れは血に染まった。

「第五軍団リヒテル麾下《きか》の兵士でしたか」

「いや、タグエーニャの第十五軍団だ。あんたは外国の方とお見受けするが」

老人の目がきらりと光って恭助を見た。皺《しわ》だらけの顔に追憶の表情が浮かんだ。

「日本人の闘牛写真家です」

「ほっほっほ、日本人の闘牛写真家、これは珍しい。わしはこの村の長を務めるドン・ニコラスじゃあ」

老人が右手を差し出した。恭助が握ると冷たい感触が伝わってきた。義手とも異なるぬめりとした触感だった。

「これもあの闘いの置き土産《みやげ》さあね。砲弾の破片をあびて、エブロ河に丸一日浮かんでいた。足はきれいさっぱりもぎとられたが手はゆっくりと死んでいく。感覚はもうほとんどない。医者は切断しろという。そのほうが楽にもなるし、長生きもできるという。しかし、なあ」

老人は言葉を切ると右手をもっさりと動かした。

「八分通り死んだ手でも、わしの肉体《からだ》の一部に変わりない。これはわしの勲章さあね。わが宿によう来なさった」

「ドン・ニコラス、折り入って話があります」

元共和国兵士の顔が微妙に変化した。警戒、緊張、そんなものが漂った。

「いいだろう。老人は為《な》すべきこともない」

ドン・ニコラスは杖でカウンターを叩《たた》いた。中年の男が調理場から顔をのぞかせた。

「息子《むすこ》よ、客人だ。流れの見える部屋を用意してあげなさい」

バスクの男らしい武骨な風貌《ふうぼう》の息子が、お荷物は？　とたずねた。マグダレイナが大した荷物じゃないから私がやるわ、と表に出ていった。

「なにか飲みなさるか」

「ええ、パチァランを」

老人がにたりと笑った。パチァランはピレネー地方特産の酒だ。土着のスピリッツには、バスク民族の親切心、力強さ、反抗心などが入っている。勇敢なるバスクの男の血の半分はパチァランから成っているのだ。

ニコラスは棚から黄色のセロファンのかかった新しい罎《びん》を下ろし、封を切った。小さなグラスを二個ならべ、たっぷり注《つ》いだ。

「わしも相伴《しょうばん》しよう」

「ゴラ・エウスカディ！」

恭助はバスク語で、バスク万歳！　と呟《つぶや》いた。二人は一気にバスクの魂を口の中に放《ほう》りこんだ。

「話を聞かせてもらおう」

恭助はジャンパーの内ポケットからスカラベの指輪と血に染まった『日本切支丹《きりしたん》宗門史』をとりだし、老人の前に置いた。

「これをとどけてほしいのです」

「だれにかな、客人」

けわしい目が恭助を睨《にら》んだ。

だれに？　それがわからなかった。が、瞬間的にすべてを話そうと肚《はら》に決めた。

ETAのシンパかもしれない老人にこれまでの経緯《いきさつ》を告げるのは危険だった。ビクトルらの捜査にも影響があるだろう。しかし、それを話さないことには烏山美智子として死んだ女性の頼みは履行できなかった。

恭助は、妻と子が殺された事件からサラゴサのアパートの部屋で射殺された川杉祀子《ひさこ》の最後の頼みまで、くわしく老人に話した。

「ほほう、日本女性が死ぬ間際に、これをファブリカ・デ・オルバイセタのオルチにとどけてくれと言い残したというわけですな」

「はい」

「不思議なことがあるもんだ。見ず知らずの日本女性がピレネーの山奥の釣宿の名前を口にしたとは」

狸目《たぬきめ》がせわしなく動いた。老人は心当りがあるともないとも口にしなかった。パチァランを新しく二つのグラスに注ぐと、

「あんたのご家族とその女性の冥福《めいふく》を祈ろうではないか」

と申し出た。恭助とニコラスは二杯目を干した。空のグラスがカウンターにとりと置かれたとき、指輪も文庫本も消えていた。

ビクトル・ヘーニャ警部は、進歩的な論調で知られるバルセロナ発行の「ラ・バルガルディア」紙を手に、カフェ・アルフォンソ王に入っていった。

カウンターに坐《すわ》る痩身《そうしん》赤毛のビクトルを見た主人は、ダブルのエスプレッソの準備をはじめた。署に顔を出す前に、新聞のチェス欄を楽しむのが警部の長年の習慣だった。言葉は一言も発しない。店の者たちも常連の客たちも心得ていて、十五分余りの時間、邪魔をしようとはしなかった。が、この朝、警部が大声を発した。

「まずい！」

カフェの主人は驚いて、警部を見た。ビクトルは、広げた新聞を鷲摑《わしづか》みにして、椅子《いす》を辷《すべ》り下りると、県治安本部に駆け出していった。店内の人間はみな、警部の慌てぶりを呆然《ぼうぜん》と見送った。

ビクトルは公安三課の部屋にとびこむと、出勤してきたばかりのホセ刑事に命じた。

「おい、ホセ、マドリードの日本大使館をよんでくれ」

日頃、冷静な上司が狼狽《ろうばい》している。ホセはもの珍しげに観察し、言った。

「警部、まだ九時前です。まだだれもいませんよ。なにごとが出来《しゅったい》したんです」

「日本の皇太子ご夫妻の日定が発表された」

警部はホセに新聞を突き出した。

「来西されるのはもうすぐだって聞いています。予定が発表されてもなんの不思議もないですよ」

「馬鹿野郎！　十六日の午後の予定を見ろ」

ホセは新聞を机の上に広げた。

十一月十六日、午後六時、ラス・ベンタス闘牛場にて慈善闘牛ご見物。

王位継承者ドン・ファン・カルロス王子は、ガン撲滅基金をつのるために特別に催される国技に日本の皇太子夫妻を招待されることになった。

この午後の闘牛は六牧場から選抜された六頭の最優秀牛を決めるコンクール形式でおこなわれ、報酬の全額をガン撲滅の研究資金に寄付すると申し出た三人の闘牛士ディエゴ・プエルタ、パコ・カミノ、セバスチャン・パロモ・リナレスがこれらの六頭と対戦する……。

「これがなにか？」

ホセは上司が慌てふためく理由がわからなかった。

「間抜《トント》け、ハシガミの女房はなぜ殺されたんだ。コイソがラス・ベンタス闘牛場にいたところをみて不運に見舞われたんだぞ。ホセ、梟おじさん《セニョール・ブーホ》がラス・ベンタスにいたのは、テロ計画の下見じゃあないか」

ホセはしばらく呆然としていた。

「た、大変だ。あいつらはスペインと日本の第一王位継承者を巻き込むテロを企《たくら》んでいるのですか?」

ビクトルはけわしい表情で頷いた。

恭助とマグダレイナはピレネー山麓《さんろく》の寒村でのんびりした日々を過ごしていた。釣宿オルチの下を流れるイラチの清流で釣の真似《まね》ごとをし、犬を連れて散歩をした。夜になるとニコラス夫人の鱒《ます》料理を愉《たの》しみ、酒場に集まる男たちとパンプロナの闘牛祭の思い出や体験を語り合った。

そして、マグダレイナと抱き合い、おたがいの肉体《からだ》を貪《むさぼ》り、空虚な心をごまかした。貴子《たかこ》と奈津子《なつこ》が惨殺されて半月しかたっていない。マグダレイナと情愛を交わすたびに後悔に苛《さいな》まれた。が、彼女のしなやかな肉体におぼれきっているときだけ、不安も怒りも忘れられた。なにより勇気が湧いてくるような気がした。

マグダレイナもまた、山奥のひなびた釣宿の休暇を楽しんでいた。そして、漠然とだが、もう身を売る生活にもどれないと考えはじめていた。

ファブリカ・デ・オルバイセタに宿泊して三日目の夜、人の気配《けはい》に恭助は目を醒ました。となりでは、マグダレイナが安らかな寝息をたてている。イラチ河のせせらぎが大きく響いていた。

ドアの鍵《かぎ》が静かにあけられる音がした。手早く洋服を着ると寝室から居間に行った。人影が二つ油断のない構えで、ひっそり立っている。暖炉の残り火でおたがいを観察し合った。

電気のスイッチをと考えたとき、このままで話しましょう、と張りのある日本語のバリトンが闇《やみ》を伝ってきた。声音から推理して恭助と同じ世代だろう。

恭助は寝室との境のドアを閉じた。侵入者は物音も立てずにソファに坐った。恭助は数メートル離れた書物机の椅子に腰を下ろした。

「私は端上恭助、闘牛写真家です。現在、アンダルシアの村に住んでいます」

「我々は自己紹介は遠慮します」

「結構です。まず指輪と文庫本を入手するきっかけとなった家族の事件から聞いてください」

恭助はこう前置きしてこれまで何人かの人に語り聞かせた経緯を告げた。話が終わったとき、バリトンの男が、

「ありがとう」

と、礼を述べた。

「私はノンポリ人間です。警察ともあなた方の運動とも無縁の写真家だ。が、妻と子が殺され、いやでも関《かか》わりをもたざるをえなくなった。私は小磯信樹《こいそのぶき》に恨みをうける覚えはなにひとつない。だが、妻と子は偶然、彼を見かけたという理由だけで殺された。私は小磯のことが知りたい」

「端上さん、あなたの正直な人柄と川杉の望みをはたしてくださった礼に、私が話せることを教えましょう。まず死に際、川杉が言い残したかった言葉の先は、間違いなくうです。伝えて、小磯はユダと」

「小磯はユダ?」

「奴《やつ》は天性の裏切り者なのです、キリストを売ったユダのようにね……一九六九年十月二十一日の夜、新宿《しんじゆく》でなにが起こったか。あの年の10・21国際反戦デーの夜、新左翼各派は反戦反安保の旗の下、初めて統一行動を組みました。小磯はその当時、あるセクトの闘士でした。機動隊に向かって先頭きって突撃するので、早駆け信樹といわれていました。新宿のあちこちで機動隊と学生たちが小競合《こぜりあい》をくり広げていました。そんな中、ひとりの公安刑事が学生たちに追いつめられ、逃げ場を失いました。鉄槌《てつつい》がふるわれ、刑事は倒れこんだ。その直後、フラッシュが光り、攻撃する学生たちは逃走しました。その学生の中に小磯がいたのです。奴は、その直後、石を投げているところを現行犯逮捕されています。学生たちにめった打ちにされた刑事は死亡しました。捕まった小磯は救援対策委員会に連絡してきませんでした……すべてこういうことは事が終わってから調べがついたことなのです」

バリトンの男は、しばらく言葉を切った。夜気の中に男の息が聞こえていた。話が再開された。

「小磯は逮捕されてから三週間後に釈放されました。その前後から奴の所属したセクトを中心に幹部クラスのアパート、アジトが警察に急襲され、次々に逮捕されるという大打撃に見舞われました。当然、小磯の挙動に不審がもたれ、のちに対立するセクトに撲殺されることになる遠山亮《とおやまあきら》が彼の動静を調べることになりました。われわれはその時点まで疑いをもっていたにしろ確証をにぎっておりませんでした、なにより、小磯を甘くみていたんです。遠山が小磯のアパートを訪ね、夕刻、彼の部屋に来るよう申し渡しました。遠山のアジトで小磯の査問会がおこなわれる予定でした。素直に承諾した小磯に安心した遠山は、仲間うちでも極秘扱いの、自分のアパートの場所を教えたのです。その夜、小磯は査問会にあらわれませんでした。そして、遠山が対立セクトの一味に襲われ、死亡したのは十数日後のことでした」

「アテネから郵送されてきた新聞の切抜きの事件ですね」

「そうです。あれは私たちが数年後ようやくやつの居場所をつきとめ、送ったものです。仲間を対立するセクトと警察に売った小磯信樹は、そそくさと運動からはなれ、外国に逃げてしまいました。このあとの時代の変化、運動の流れを端上さんに語る必要はないでしょう。ご存じのように闘争は大きく変質しました。われわれは活動の場を海外に移した。これからの話は、闇の中の架空の話です。そのつもりで聞き流してくれませんか」

恭助は大きく頷き、承知した。

「世界同時革命の遂行のため、世界各地で被抑圧民族解放闘争をつづけている組織と連携していく必要がありました。海外での闘争には、われわれ日本人は不慣れです。銃器の入手、言葉、容姿、たくさんのハンディキャップをもっています」

「そこで日航機ハイジャック事件のように他の組織と共同作戦をとることになる」

「そういうこともあったかもしれません。しかし、あくまで架空のたとえ話です」

と闇からバリトンの男が念を押した。

「架空の話では、日本のあるグループがETAと共同作戦を組んだのですね」

答えはなかった。しばらく沈黙がつづいた。話を再開したのは二人目の男だった。

「それに類似したことが行われました。そのとき、小磯信樹と接触を計った日本のグループは、フランコの国の事情に通じてなかった。われわれもすぐに彼を信用したわけではありません、過去が過去ですからね……一九六九年の一連の事件の尋問を試みた。だが、小磯は最後まで白《しら》を切り通しました」

「結局、あなた方は日本とスペインの二つの組織の仲介者、通訳として小磯を利用した。昨年の五月末頃《ごろ》のことだ」

「くわしいですね」

「ぼくら一家と小磯は、第一回のETAと小磯の接触直後、パンプロナで出会ったのです」

「そうでしたか。小磯は最初の数か月、忠実に任務をはたしていました。が、昨年末頃からおかしな行動をとるようになりました。スペイン組織内部の不満派を糾合《きゅうごう》し、分派を作りあげた、そんな気配がありました。どこから集めてきたのか、豊富な資金を分派の人間たちにばらまき、完全に主導権をにぎりました。私たちが彼を査問しようとしていた矢先、彼はバルセロナからサラゴサに住居を移しました。その直後です、日本のグループからスペインの組織にわたるはずの活動資金が運び人ごと消えました。運び人がバルセロナ空港に到着したことまでは確かめられています。忽然《こつぜん》と消えた仲間の陰に小磯グループの暗躍があったとにらんだのですが、彼はもうひとりで行動しなくなった。武装したボディガードを何人も連れ歩き、仲間たちになぜか、梟《ブーホ》とよばせるようになりました。再び、資金輸送がローマ、バルセロナ経由で計画されました。その任務をおびたのが川杉です」

「なぜ、彼女の身辺に気を配らなかったのですか」

「われわれはバルセロナ市内の、ある会合地をアテネの彼女に連絡していました。割符も用意しました。『日本切支丹宗門史』のあるページを持った仲間でなければ、信用してはいけない手はずでした。しかし、川杉はバルセロナ空港には姿をあらわさなかった」

「ローマから汽車でバルセロナ入りしたのです。彼女の遺品の中に切符がありました」

「くそ、ローマに先回りされ、なにか工作が行われた」

闇の中の声は悔しさに満ちていた。

「川杉さんは飛行機から汽車にルートを変えたものの一抹の不安を感じておられたのでしょう。サラゴサ駅に到着されると人目につかないコイン・ロッカーに荷物をあずけ、割符となる文庫本だけを手に小磯の住居を訪ねています。ロッカーの鍵は子宮に隠されていました」

押し殺した悲鳴が闇にもれた。

「うかつだった。小磯の力を見縊《みくび》ってもいた。やつらの分派行動に気づきながらも勢力を二分できない事情があった」

相手は弁解するように独白した。

「この夏、サラゴサの米軍基地を襲撃したのはあなた方ですか」

予期せぬ質問であったのか、たじろぐ気配を見せた。訪問者二人は小さな声で話し合った。会話は英語で行われた。

「この件に関しては回答を保留します」

「では、ぼくがかってに喋《しゃべ》りましょう。米陸軍制式機関銃M60三挺《ちょう》、M16A1ライフル銃三十挺、M203擲弾《てきだん》発射器装置のライフル銃五挺、コルトM911A1ピストル十二挺、ミルス型手榴弾《しゅりゅうだん》……」

「端上さん、待って下さい。なにをいわれているのか、わかりません」

「サラゴサの米軍基地から盗まれた武器の一部です」

「嘘《うそ》だ！　警察のでっち上げだ。われわれはやってない」

「いや、確かに小磯らはこれらの武器を強奪したのです。武器庫を襲ったのは小磯らのグループだったのではありませんか？」

沈黙が答えだった。

恭助は待った。

二人は低い声で話し合った。不安のこもる声が訊《き》いた。

「小磯らは強奪した武器をいまももっているのでしょうか？」

ETAには強奪した武器のごく一部しか渡らなかったのではないか。

「いや、サラゴサ県の治安警察はウエスカとナバラの県境の農家から盗まれた銃器類の大半を回収しました。だが、すべてではありません、いまも彼らは十分な武器をもっています」

「われわれが連合しようとしている組織は、分派抗争などくりひろげている暇はない。この大事な時期に不用意な行動などいっさいとりたくないのです」

烈《はげ》しい口調《くちょう》の中に怒りがあった。

「新たな計画が進行してるわけですね」

言い過ぎたと気づいたのか、相手は唐突に口をつぐんだ。そして、話をそらすように喋り出した。

「端上さん、小磯は小心な男です。それを他人に悟られないように不敵な行動をとったり、残酷な仕打ちを進んでしてみせたりする男です。そして、自分の都合でかんたんに仲間を売る、天性の裏切り者です。われわれは組織をあげて小磯の行方《ゆくえ》を追跡します。今夜十時、この宿にいて下さい。やつに関してわかったことをお知らせします」

二つの影が同時に立った。

「川杉昶子はぼくの恋人でした。ぼくが資金の運び人に指名したのです」

ドアが静かにあけられ、深夜の訪問者は消えた。

その夜も釣宿オルチはベレー帽をかぶったバスクの男たちによって占拠されていた。

しかし、アンダルシアのバルのように声高に喋り合うこともなく、騒々しいフラメンコの音楽がかかることもなかった。

暖炉の薪がはぜる音さえ聞きとれるほどの静けさだ。男たちは寡黙《かもく》に、剛毅《ごうき》にパチァランを飲んでいた。

恭助はバスク語を音楽代りにマグダレイナと向き合っていた。

ニコラス老人が恭助のグラスに新しい酒を注《つ》ぎながら、あんたに電話がかかっている、奥の小部屋で話しなさい、とひそやかな声で告げた。

恭助はトイレに立つ振りをして調理場の奥の部屋に入った。受話器をとると川杉祀子の恋人だったというバリトンの男が言った。

「端上さん、小磯らがなにを企んでいるのかわかりませんが、ひとつさぐりえた情報を伝えます。小磯と行動を共にしている男にイニァキ・オロベンシアという獣医がいます。彼がバスク人のリーダー格ですが、先月初め、サンセバスチャンのホテルで、ある人物と会見しているところを見られています」

「ある人物？」

「バルセロナ伯」

「まさか！」

おもいがけない名前だった。

一九三二年、カルタヘナ港から亡命の旅に出たアルフォンソ十三世の三男、かつて、スペイン王室の第一王位継承者だった人物だ。そして、現在の第一王位継承者ファン・カルロス王子の父君でもあるドン・ファン公バルセロナ伯爵。

恭助は、このとき、妻の貴子が見たという、小磯信樹と一緒にラス・ベンタス闘牛場にいた人物の名を思い出していた。

「小磯・イニァキのグループはETAから分派したのではない。われわれの敵に完全に寝がえったのだ」

相手は初めてETAの名を口にした。それほどの衝撃が、組織内と男に走ったということだろう。

「端上さん、われわれの連合は保留された。私とあなたとの交流はかつてもこれからも存在しなかった。わかりますね」

感情を排した声が脅迫するように言った。

2

十一月五日。

「ネグロ・イ・ブランコ」紙は路上インタビューによる合法、非合法の政党支持の世論調査を実施、その結果を次のように発表した。

キリスト教民主主義支持	22パーセント
社会主義支持	21パーセント
社会民主主義支持	15パーセント
自由主義支持	9パーセント
共産主義支持	9パーセント
その他	24パーセント

客種の良さで知られるマドリードのウェリントン・ホテルの会議室は、重苦しい空気につつまれていた。

この日、初めてのスペイン・日本両国の合同会議が催された。

会議を主導するスペイン側の出席者は、スペイン警察庁国家公安部長ドン・シモン・M・カバリェロ男爵、スペイン内務副大臣ドン・ミゲル・ハシント、外務副大臣ドン・ハビエル・ナバロ、警察庁首都圏テロ対策最高責任者マヌエル・ヒメネス警視の四名であった。

日本側の出席者は、駐スペイン日本大使木内《きうち》彦四郎《ひこしろう》、一等書記官秋山《あきやま》祐二《ゆうじ》、二等書記官丹下《たんげ》龍明《たつあき》、日本警察庁外事部渡部《わたなべ》恒三《こうぞう》警視の四名。その他に日本大使館通訳柳沢《やなぎさわ》亮《りょう》子《こ》が先のりしてきた渡部のそばに控えていた。

サラゴサから呼ばれてきたビクトル・ヘーニャ警部の報告が終わったとき、しばし発言する者がなかった。

柳沢が、スペイン語を解さない渡部と、時候の挨拶程度しか聞きとれない木内大使のために通訳する日本語が、ベラスケス通りに面した会議室に流れていた。

ビクトルは、報告を終えた後も立っていた。新しいモンテクリストに火をつけたファン・カルロス王子の三軍総合士官学校以来の友人ドン・シモンが、警部、坐りなさい、と席をすすめた。

口火を切ったのは内務副大臣であった。

「大変微妙な政治問題だ。だが、ETAを脱党したテロリスト一派が十一月十六日の慈善闘牛の場でテロを敢行するかもしれんという見解は警部の妄想だな」

とビクトルを睨みつけ、吐きすてた。

「ましてテロ・グループの背後に第一王位継承者の父君が控えているかもしれないなどとは荒唐にして無稽《むけい》すぎる。確かにバルセロナ伯は市民戦争終了直後、王政復古《レスタウラシオン》宣言を数回口にされたことがあった。だが、この問題はフランコ総統とバルセロナ伯の会談によって解決済みだ」

一九四三年、王党派はアルフォンソ十三世から王位継承を許された三男ドン・ファン公をかつぎ、王政復古運動を開始した。

この結果、フランコとバルセロナ伯との間に緊迫した関係が生じることになった。

バルセロナ伯は、一九四五年スイスのローザンヌ、一九四七年ポルトガルのエストリルにおいて、

「王政復古《レスタウラシオン》がスペインの選ぶより良き道」

と重大な宣言を行った。

この王政復古宣言はフランコの将軍たち、キンデラン、アランダ、バレーラらによって熱心に支持された。しかし、二回の宣言ともスペイン国内では話題にならなかった。すべての情報を管理するフランコによって握りつぶされたばかりか、巧妙にもこれら一連の動きを、反王制、反バルセロナ伯のキャンペーンであるとすり替えられてしまった。

かくて、バルセロナ伯の王政復古運動は水泡に帰す。

一九四八年夏、サンセバスチャン沖のヨット上でフランコとバルセロナ伯が会談、前年、国民投票で認められた「国家首長継承法」――スペインを王国と規定し、現在のフランコ体制は過渡期的なものと見なした――をうけて、バルセロナ伯の世子ファン・カルロス王子の教育問題が主として話し合われた。この結果、スペインにおいて王子の学校教育がなされることが決まった。

ファン・カルロス王子は父の下を離れ、フランコの監視下で中・高等学校、三軍総合士官学校、さらには宮殿において選抜された教授たちの手によって帝王学を学ばされた。

フランコの意志を明確に反映した新王制創設計画《インスタウラシオン》、ファン・カルロス王子擁立作戦がマドリード大学のカルボ・セレール教授らの手によってはじめられるのは、一九六〇年代に入ってからである。

「すでにポスト・フランコ体制は新王制創設《インスタウラシオン》つまりファン・カルロス王子が王位につくことが決定している。先ごろも王子は病気のフランコ総統に代わって国家元首の大任を立派にはたされたばかりだ」

「そこだ、ドン・ハシント」

外務副大臣ハビエル・ナバロが口をはさんだ。

「これはフランコ総統のご体調と大いに関係がありそうだ。口をはばかることながら右も左もフランコ体制後に向かって動きはじめている。先ごろ、総統が数人の閣僚を罷免《ひめん》なさったのは耳新しいところだ、またぞろバルセロナ伯を国王へと画策する王党派が暗躍しはじめても不思議ではない。まして、ファン・カルロス王子は臨時国家元首をつとめられたばかりだ。臨時の二文字がとれるとき、王党派の出番は確実になくなる。最後のチャンスとばかり、バスクの王党派連中がバルセロナ伯を煽動《せんどう》する可能性は大いにありうる」

「外務副大臣、ほんとにイニァキ・オロベンシアという獣医師がバルセロナ伯と密談したのかね。このことを主張しているのは、ETAのメンバーというではないか。犯罪人の話など、鵜呑《うの》みにするのは危険きわまりない。私はETAと日本赤軍が連合したという情報すら疑っている」

ビクトルは葉巻に火をつけた。深々と吸い、気を鎮めた。

「両副大臣、まず事実と仮定の話とを混同されないことをご忠告申しあげる」

国家公安部長シモン男爵が顔に微笑を浮かべながら言った。

「サラゴサ県警のビクトル警部が押収したアメリカ・ドル一五万ドルは日本側の協力により四か月前、ハイジャックされた日航機の人質解放のため、秘《ひそ》かに支払われた五〇〇万ドルの一部であることが判明している。それがETAに渡ろうとした。すでに渡った資金もあるかも知れぬ。となれば、ETAと日本赤軍はなんらかの協力関係を結んだと考えるのが論理的帰結だ。これがわれわれが認識すべき第一のことだ。つぎにコイソ・イニァキ・グループはほんとうにETAから脱党したのか、あるいは、ETA・日本赤軍本隊のための陽動作戦ではないか、このへんを見きわめる必要がある。バルセロナ伯が介在しているかもしれないという論議は、脱党か、陽動かを判断したあとに議論すべきだと思う。私はこの事件を最初から捜査してきたビクトル警部の意見をあらためて聞きたい」

ビクトルは葉巻を灰皿におき、椅子から立ち上がった。

「男爵、もしお許しいただけるものならば、わたしが意見を述べる前に、私同様、この事件を熟知している人物、セニョール・ハシガミの話を聞いていただきたいのですが」

「この場に呼ぶことができるのかね？」

「ええ、私の一存でこのホテルの一室に待機させてあります」

会議室の中に小さなざわめきがおこった。端上恭助を待機させたのは、丹下龍明と相談の上のことであった。

「この数日、私はハシガミと行動をともにしましたが、なかなかしっかりした考えの持主です。何より、コイソを直接知る唯一の人物です。スペインにおけるハシガミの行動歴は、各県のわが同僚たちが保証しています。彼は熱心な闘牛愛好家《アフェシオナード》であり、闘牛士たちの親しい友人でもあります」

「ほう、わが国技の愛好家ね」

闘牛好きの内務副大臣ミゲル・ハシントが興味を示した。

「よかろう、彼をこの席に呼びたまえ」

断を下したのは国家公安部長シモン男爵だった。ビクトルは四三二号室に待機する恭助に電話を入れた。

細いストライプの入った濃紺の背広を着た端上恭助は、姿見で点検した。ネクタイも靴も背広も、丹下とビクトルの意見に従い、セラノ通りのロエベ本店で新調したものばかりだ。

スペインにおいて、自分の主張を通すにはまず身嗜《みだしなみ》からという二人の意見に従ったのだ。酒浸りで荒れていた肌もピレネーの釣宿オルチでの休養のせいで回復していた。

よし、と部屋に言い残すと廊下に出た。

会議室に入ると、恭助のジーパン姿しか見たことがないビクトルがにやりと笑い、ウィンクをした。丹下龍明が出席者一同に恭助を紹介した。そして、そのままスペイン語で、

「セニョール・ハシガミ、君の口からピレネー山中の会見の模様をこと細かく紳士方に説明してくれませんか」

といった。

恭助は軽く頭を下げた。

「皆さんにまずお断りしなければなりません。私が訪ねた村がどこなのか、釣宿の名前はなんなのか、彼らとの約束で申し上げるわけにはいきません。しかし、これが架空の対談でなかったことだけは、神に誓って申し上げることができます」

恭助は、川杉昶子の最後の頼みから釣宿オルチの闇の中でおこなわれた会見にいたる

まで詳細に陳述した。

一同はすでにビクトルの口から簡単に経緯《いきさつ》を聞かされていたが、訥々《とつとつ》としたアンダルシア訛《なまり》のスペイン語で告げられる話には、いっそうの真実味が感じられた。

「私と名も知らぬ日本人との会見は公にはこの世に存在していないわけです。しかし、どうか信じていただきたい。彼の声音には他人を誑《たぶら》かすような不審の影は指さきほども見えなかったことをです。おそらく、ETAと日本赤軍を代表して私に会ったと思われる二人も、小磯とイニァキの分派活動の現実を私から告げ知らされて驚愕《きようがく》した、そんな感じでした」

恭助はいったん話を中断した。男爵が先をつづけるように小さく顔を動かした。

「ETA・日本赤軍の連合、あるいはETA単独の新しい計画が進行している、こんな感触を二人からうけたのも事実です。が、それは小磯・イニァキ一派の意図するものとは異なるものだと、私は判断しました。ETA・日本赤軍連合あるいはETA単独で進行している計画のために、現在ただいま警察当局に狙《ねら》いをつけられるような行動はとりたくない、そんな雰囲気がその夜会見した二人の態度からうかがわれました。二人は正直あわてふためいていたのです。ビクトル警部がすでに説明されたことと思いますが、私の妻子は小磯信樹によって殺されました」

恭助は出席者の視線を感じた。が、話をつづけた。

「妻と子が殺される前の晩、それは久しぶりに闘牛取材から帰村した夜でもありましたが、妻は、マドリードの闘牛場で小磯を見かけ、声をかけたと言いました。妻から声をかけられた日本人は、私はそんな人間ではないとあたふたと立ち去ったそうです。私はうっかり者の妻の言葉を信じませんでした。彼女が人違いをしたのだと思いました。その夜、妻は、こうも言いました。『小磯さんと一緒にいた人、どこかで見かけた人物なんだけどな、スペインでたいへん有名な人なのよ……』。私の関心はすでに妻の話からはなれていました。だから、その後、妻の言った名前をちゃんと聞かなかったのです。イニァキがサンセバスチャンのホテルでバルセロナ伯と会ったと電話で聞かされた瞬間、蘇《よみがえ》ったのです」

「キョウスケ！」

ビクトルが叫んで立ち上がった。

「あの夜、妻は私にこういったのです。あれはね、神父さんの恰好《かっこう》をしてなかったけど、エスクリバー神父よ」

会議室に衝撃がかけぬけた。出席者の口から煙草《たばこ》が落ち、タイプの音が止まり、椅子が転がった。スペイン語の判《わか》らない渡部警視はぽかんとみんなの様子を眺めていた。

木内大使が日本語で念をおした。

「君、ほんとに奥さんはそう言ったのかね」

恭助はスペイン語で答えた。

「ええ、確かです。妻は神父がセビリャに来たおり、街で見かけたことがあるのです。妻が小磯信樹を間違えなかった以上、エスクリバー神父も、間違いないと思います」

「オプス・ディのエスクリバー神父と小磯信樹が会った……」

丹下龍明がみんなを代表するように嘆息した。

オプス・ディ（神のみわざ）ほど謎につつまれた秘密結社もない。フリーメイソンの組織にも似たオプス・ディは一九二八年、ホセ・マリーア・エスクリバー神父を中心に仲間うちだけで活動をはじめた。この組織が大衆をとりこむ運動をおこしはじめたのはスペイン市民戦争の終結した一九三九年といわれる。

この年から一九四五年のひそやかな布教期を〈秘密時代〉とよぶ。集会、結社を禁止するフランコ体制初期の弾圧時代に、オプス・ディは二派に分かれて活動した。

一派はマドリードのエスクリバー神父を中心とする血族的一団で、友人たちに誘いかけを行った。もうひとつはバレンシア行動団（アクシオン・カトリカ）の青年グループで、体を張って精力的な布教活動を行い、大衆の間に広めていった。

オプス・ディの教義は、まず個人主義と自由意志を尊重した。そして行動の動因となる思想を重視し、思想と行動を合致させる知行《ちぎょう》一致を称《とな》えた。

陽明学の「知行合一」思想――「知ハ行ノ初メ、行ハ知ノ成ルナリ」のスペイン版といった厳しい主張だったが、フランコ独裁体制の中でオプス・ディは巧妙に立ち回った。

オプス・ディはスペイン社会の上流階級、知識人、高級将校を対象に考えを浸透させ、フランコ体制を精神的宗教的に支配しようとした。オプス・ディに入団した者は、オプス・ディ内部で行われる活動をメンバー外の人間にもらすことはなかった。謎《なぞ》の団体は日一日とフランコ体制の中枢部《ちゅうすうぶ》に食いこんでいく。

一九五〇年代に入ると大学教授の四分の一はオプス・ディのメンバーであると予想された。

六〇年代になるとフランコ体制の政治、経済はオプス・ディの息のかかったテクノクラート抜きには、立案も遂行もできない状況になる。

フランコはオプス・ディの体質と浸透ぶりに気づいたとき、潰滅《かいめつ》させることより利用する道を選んだ。選んだというよりそれしか選択の道がなかったというべきか。

ファン・カルロス王子擁立を積極的に支持したのもオプス・ディと言われていた。その結果、フランコは一九六九年七月、国会で同王子を後継者に指名した。

権力の周辺を固めるルートのあらゆる部門を完全に、オプス・ディが押さえていた。フランコ側近のなかにもオプス・ディのメンバーが入りこんでいた。片腕といわれるカレロ・ブランコもまた、オプス・ディとの深い関わりを噂《うわさ》されていた。

バルセロナ伯周辺の人物はほとんどがオプス・ディのメンバーであった。

カトリック教会が貧しき人々に福音＝夢をさずけるのに対し、オプス・ディは金持階級に富＝具体的なうるおいを与えた。それほどスペインのあらゆる権力へのルートをオプス・ディが占拠していた。

一九五七年、フランコ第六次内閣に、オプス・ディは初めて二人の閣僚を送りこんだ。

アルベルト・ウリャステレス貿易相。

ナバロ・ルビオ蔵相。

六〇年代のスペイン経済発展計画は、オプス・ディの中心的指導者ラウレアノ・ロペス・ロドーと、彼の養成したテクノクラート〝ラウレアニスタ〟によって立案され、実行されていく。

国家行政法、議会規則法、公共秩序法、盗賊およびテロ行為防止法、租税一般法、各種団体結社法、出版法……。

フランコ政権が新たな時代に対応できるよう、諸法律が発布され、行政組織が整えられ、スペインの奇跡とよばれる高度経済成長に向かって離陸《テイク・オフ》する。

しかし、弱者をないがしろにして富者を優先する政策が実行されるにつれて、スペイン社会のあちこちでほころびもまた目につくようになっていく。

そのひとつが経済スキャンダルである。

オプス・ディ系のテクノクラートと特定の企業が癒着《ゆちやく》した汚職が頻発し、政治問題化してくる。

一九六九年に発覚したマテサ事件では、オプス・ディ系のテクノクラート閣僚らが詐《さ》欺《ぎ》容疑で官憲に告発され、フランコ体制を大きく揺るがした。しかし、これらの閣僚たちは、一九七一年のフランコ国家首長就任三十五周年恩赦によって無罪となる。

国の内外を驚かせたのは、恩赦直後の新内閣のメンバーである。二人の軍人閣僚をのぞいて、副首相カレロ・ブランコ以下、すべてオプス・ディ系の大臣で占められていた。

四か月程前の第十次フランコ内閣もまた、首相に就任したカレロ・ブランコ以下、オプス・ディのメンバーであった。

現在、スペインにあって正体不明のオプス・ディをうんぬんすることは禁忌《タブー》であった。

「君の奥さんは見間違えたのだよ」

内務副大臣ミゲル・ハシントが呻《うめ》くように言った。内務大臣アリティオ・ロドリゲス・デ・イバラはオプス・ディのメンバーであった。

「ありうる。バルセロナ伯とオプス・ディ、筋も通る」

外務副大臣ハビエル・ナバロが反論した。彼は新ファランヘ系の、テクノクラートとは反対勢力のフラガ・イリバルーネ派と見られていた。

日本大使木内が長い沈黙を破って発言を求めた。

「わが皇室がスペインの内政問題に巻きこまれるのは実に困る。闘牛見物どころか、親善訪問そのものを再検討すべきかと思う」

「大使閣下、それはお待ち願いたい。両殿下の日程も発表された。スペイン側の政治問題によって、皇太子ご夫妻の訪西が中止または延期となるとスペインの国際的な威信失墜を招きかねない」

日西間の経済的交流を促進しようと画策する外務副大臣ハビエル・ナバロが狼狽したように言った。

「それに大使閣下、これまでの話が真実であるとするならば、日本人テロリストも企《くわだ》てに参加しています。スペインの内政問題とばかり決めつけられないのではありませんか」

内務副大臣ミゲル・ハシントが言い足した。

「大使閣下、両副大臣に申し上げる。まだ、テロが決行されると決まったわけではない、情報を分析している段階だ。皇太子ご夫妻来西うんぬんは、別の関係諸機関において審議されたい。私の任務は、両殿下が予定通り十一日にお見えになるものと考え、警備の万全を期すことだ。この会議もそのためにある。われわれには時間が残されていない。ご異存ありませんね」

シモン男爵の決然とした言葉に、木内は持病の頭痛がにぶくはじまったのを意識しながら頷《うなず》いた。

「さて、この場の唯一の民間人であるセニョール・ハシガミにお願いがある。これから話される一切の内容を他にもらさないと誓ってもらいたい」

「はい、男爵」

丹下が木内大使になにごとか話しかけた。木内は一等書記官の秋山と相談した末、丹下に頷き返した。

「シモン男爵、日本側から提案があります。日本大使木内彦四郎は、本日付で日本国国民端上恭助をマドリードの日本大使館の臨時館員に任命しました。その期限は皇太子ご夫妻がスペインの地を離れられる時刻までとしたい意向です」

「それは願ってもない処置だ。私の方でもハシガミの助力を継続的に得たいと考えていたところだ。どうだね、ハシガミ」

恭助は丹下を見た。郷里の先輩は素知らぬ顔だ。丹下は端上を臨時館員にすることで、妻と子の復讐《ふくしゅう》を封じる気なのだろう。

返事を迷った。小磯信樹だけには妻と娘が味わった恐怖を体験させる、そう決意していた。丹下が耳もとで囁《ささや》いた。

「恭助、お前は理由はどうであれ、人ひとりを殺している。ホセ・カントをな。ビクトル警部が始末をつけなければ、お前は殺人犯だ。この際、貴子さんと奈津ちゃんの復讐は忘れろ。人を殺すことより救うことを考えろ。それこそ真の復讐ではないのか」

恭助は丹下を見た。丹下の瞳《ひとみ》がうるんでいるように思えた。頭を下げた。そして、出席者の方に向き直ると言った。

「わかりました。臨時の大使館員に就任し、テロ防止に微力を尽くします」

会議室に静かな拍手がおこった。

3

あらためてコーヒー、紅茶、マンサニィリア茶が運ばれてきた。キク科のカミツレを乾燥させたマンサニィリア茶を啜《すす》った国家公安部長シモン男爵が、麻のハンカチで口もとを拭《ぬぐ》って言った。

「ハシガミ夫人がマドリードの闘牛場で見かけた人物は、エスクリバー神父だ。彼女の観察眼に敬意を表したい」

スペインの公安対策の最高幹部の発言に会議室がざわめいた。

「ハシガミのもたらしたETAおよび日本赤軍に関する情報の数々、ハシガミ夫人のラス・ベンタス闘牛場での見聞は、われわれの極秘捜査と一致し、それを裏づけるものだ。すでにフランコ体制は終焉《しゅうえん》のときを迎えている」

シモン男爵は平然とした態度で大胆きわまる発言をした。二人の副大臣がごくりと唾《つば》を飲み、体を硬直させたほどの爆弾発言だ。

恭助はフランコの官僚たちがすでに新しいスペイン体制に向かって行動をおこしているのを実感した。

シモン男爵が忠誠をつくすべき人物は終身国家元首フランコではない。三軍総合士官学校以来の同窓生ファン・カルロスであることを悟った。

「スペインのあらゆる階層、政党がフランコ後に向かってはげしく動き出している。この場に出席の諸氏の中には、差し障りのある御仁《ごじん》もおるかも知れぬが王政復古《レスタウラシオン》を目論《もくろ》む王党派と、フランコ後の民主化スペインに不安を持つオプス・ディの一部が手を結び、なにか劇的な事を計画していることをわれわれは承知していた。そして、このところオプス・ディはバルセロナ伯に急接近していた」

会議室に緊張が漂った。

「その事情と内容は捜査の進行上、割愛させていただく。ここでは日本人テロリスト、梟《ブーホ》と仲間から呼ばれるコイソの行動から、その関係を探ってみたい。ビクトル警部の情報により、われわれはバルセロナ時代にさかのぼって、スペイン美術史の研究学徒コイソの行動を調べた。バルセロナ県治安本部がオプス・ディの秘密本部カタロニアにしばしば出入りする東洋人をマークしていた」

肥満体のマヌエル・ヒメネス老警視が黒い革カバンからキャビネ判の白黒写真をとりだし、出席者の間に回した。十数枚の写真は、早いスピードで手から手へ渡っていった。

恭助は、古びた建物に背を丸めて入っていく小磯信樹や、顔に暗い笑みを浮かべて、建物を出てくる日本人の写真を見た。

「コイソは来西した直後からオプス・ディと関係をもったものと推測される。一番古い撮影年月日は、一九七〇年三月十四日だ。大学内でオプス・ディ系の学生に声をかけられ、入会したのではない。自ら望んでオプス・ディに接近したのだ。彼は自分の所属した過激派組織の追及の手がいつの日か、スペインまでのびてくることを予測していた節《ふし》がある。コイソにとってオプス・ディ入会は一種の保険であったのかもしれない。同時にコイソの体質とオプス・ディの教義はぴったり合致したと思える。彼は青年部のメンバーとして秘かに活動をはじめる。

コイソが恐れていたことが起こったのは、ビクトルやハシガミの先ほどの報告にもあったように、一九七二年五月末から六月初めにかけてのことだ。アテネから新聞の切抜きが送られてきた。記事の内容はコイソが対立するセクトに密告し、自派幹部を殺害させたことを知らせるものだ。意図は明白、コイソは保険を有効に活用することにした。彼はオプス・ディの幹部のひとりに、日本で起こった事件を都合のいいように脚色して告白、保護を求めた。

コイソが日本赤軍とETAの仲介役、通訳として働かされるようになる経緯《いきさつ》は、ハシガミの報告にある通りだ。ETA内部の事情のあらましはコイソを通じ、オプス・ディに流れていった。オプス・ディが興味をもったのは、ETA内部の不満分子の存在だ。武器の調達、銀行襲撃など前線で戦うばかりで運動の企画、立案、指揮に加えてもらえず不遇をかこつイニァキ・オロベンシアのグループに、コイソは接近した。オプス・ディから流れてくる潤沢な資金を使い、ETA内部にコイソ・イニァキ一派を作りあげる。オプス・ディもフランコ後に到来する激動の時代に対応するため、秘密の戦闘部隊を作りあげる必要を感じていた。

コイソ・イニァキ・グループは、サラゴサの米軍基地襲撃を機にETAから分離独立し、オプス・ディの支配下に入った。私は、先ほど、オプス・ディがバルセロナ伯をかつぐ王党派と手を組んだと申しあげた。オプス・ディ・王党派がラス・ベンタスを舞台になにを目論み、コイソ・イニァキ・グループがどんな役目を負っているのか、まったくわからない。はっきりしていることは今日を含めて、十二日しか時間が残されていないということだ。

われわれはなんとしても、梟《ブーホ》とイニァキらテロリストたちを逮捕せねばならぬ。捜査の進行具合は随時、日本側にお知らせいたしましょう、大使閣下」

「ご配慮痛み入ります。私は本国と打ち合わせ、その結果は貴国政府に報告致します。外交儀礼上、国賓として招待をうけた側から公式訪問を辞退するわけにもいきますまい。私としましては一刻も早く、小磯信樹を含むテロリスト・グループの逮捕をお願いするしかない。男爵、両国の友好親善にひびが入らないよう、速やかな処置をお願いします」

木内大使が英語で国家公安部長シモン男爵に言った。

「大使閣下、承知しました。われわれはこのホテルの一階に秘密の捜査本部を設置致しました。プエルタ・デル・ソルの警視庁では、外部にもれる恐れがありますからな。そこでひとつ大使閣下にお願いがあるのですが、日本側からもどなたか、特別捜査本部に、常駐させていただけませんか」

「そういうことでしたら丹下書記官を本部につめさせましょう、それと臨時館員の端上さんもね」

「ありがたい。特にセニョール・ハシガミは強力な援軍ですよ。なにしろ、梟《ブーホ》を知る唯一の人物だ。それに、ラス・ベンタス闘牛場で事が起こるとしたら、実に頼もしい味方になるだろう。おそらくここにいるスペイン人のだれよりも闘牛の世界に通暁しているだろうからね。私はサラゴサからもビクトル警部の身柄を借りうけました。正規軍を指揮するのは、ここにいるマヌエル・ヒメネス警視だ。ビクトルとハシガミには、ゲリラ戦で梟《ブーホ》を闇から誘《おび》き出してほしい」

恭助とビクトルはシモン男爵にうなずいた。

「私は今後も、日本・スペイン合同警備会議を適宜開くことを提案する」

出席者全員の賛同がただちに得られた。

「では本日はこれで散会しましょう。キウチ大使閣下、貴重な時間をさいていただいてありがとうございました」

シモン男爵の言葉でスペイン・日本合同会議は終わった。

思惑《おもわく》を秘めて、出口にむかうスペイン外務省および内務省の副大臣二人に、

「ドン・ハビエル、ドン・ハシント、お二方に内々で相談がある。あと五分だけ私にお時間をいただきたい」

と男爵が話しかけた。二人の高官の体に怯《おび》えにも似た緊張が走ったのを恭助は見た。

特別捜査本部のおかれた一階の部屋は、表通りとは反対側のホルヘ・ファン通りに面し、ロビーを通ることなく、外に出ることができた。すでに通信機器がセットされ、数人の私服警官が待機していた。

ヒメネス警視は丹下、端上、ビクトルの三人を奥まった部屋に案内していった。広々とした部屋はまるで高級レストランのような佇《たたず》まいで、大きなテーブルには昼食の準備がととのえられつつあった。

「ああ、紹介しておこう。男爵家の召使いリベロ老人だ。男爵の世話係を赤ん坊のときから務めている人物だからね、リベロの前ではどんなことでも喋っていい。しかし、他の者の前では気をつけることだ」

アストゥリアス地方の民族衣裳《いしょう》を身につけた老人が優雅な腰つきで上体を折り、三人に挨拶した。

「男爵がウェリントンに捜査本部を設置させたのは、まず、ラス・ベンタス闘牛場が近いことだ」

闘牛士の定宿として有名なこのホテルからラス・ベンタスまで車で五分で行けた。

「それといまひとつ理由がある。クラブ31をはじめ、有名な料理店に近いからだ。リベロ、今日はどこの料理だね」

ヒメネス警視はよだれをたらさんばかりの表情で聞いた。背広のボタンがとまらないほど突き出た腹のあたりは食べこぼしの染みだらけだ。

「はい、今日はアルカルデのバスク料理が用意されております」

「ETAどもを捕らえようってんでバスク料理だな」

とにやりと笑ったとき、二人の副大臣と密談してきた国家公安部長シモン男爵が入室してきた。

「リベロ、食事の用意をしてくれ」

主人の言いつけに、老召使いは微笑で答えた。政治のときは終わりぬですか、男爵、と長年国家公安部長の下で働いてきたヒメネス警視がたずねた。

「予想されたことだが、ミゲルがなかなかうんと言わなくてな。何しろ、彼の大臣はオプス・ディ系の閣僚だ。今日、話されたことをアリティオに報告するのが補佐する副大臣の義務だというんだよ。それで」

「奴の弱みをいくつか耳もとで囁《ささや》いた」

「日本の紳士方の前で人聞きが悪い。私がまるで脅迫したように聞こえるではないか。私はミゲルと、愛と倫理について語り合っただけだ」

スペインの情報の大半を握る若い男爵がにやりと笑った。

「で、内務省の高官殿は、なんと申されました？」

「保証がほしいとさ、乞食《こじき》根性がいつまでもぬけけん奴だ。仕方がない。王位継承者に電話して、ミゲルの物欲に固まった頭をなでてもらった」

「一応、二人の副大臣には尾行がつけてあります。奇妙な行動をおこせば、連絡が入りましょう」

サンチョ・パンサの体つきと風貌を持ったヒメネス警視が油断のない目をシモン男爵に向けて笑った。リベロ老がシェリー酒を配ってまわる。

「食事をしながらテロ阻止対策を具体的に進めようではないか」

シモン男爵を中心に四人が席についた。

「まず、諸君に訊《き》きたい。コイソ・イニァキ・グループのテロ計画は存在するや?」

ヒメネス警視が言下に、「あり!」と叫んだ。残りの三人も挙手で賛意を示した。

「目標は?」

「ファン・カルロス王子暗殺」

これまたヒメネスが答えた。顔付きがきびしいものに変わっている。賛成者はビクトルひとり、日本側の二人は、答えを保留し、顔を見合わせた。

丹下がシモン男爵に質問した。

「わが皇太子ご夫妻は、スペインの内政問題に巻き込まれたとお考えですか?」

「うん、ターゲットはわが方だ。日本の両殿下は、スペインの歴史の変り目に、権力争いの暗闇の最中に折悪《おりあ》しく訪西されることになった。そう考えるのが妥当だろう」

シェリー酒を啜ったシモン男爵が直属の部下、ヒメネスにたずねた。

「ファン・カルロス王子を目標と仮定した上でのことだが、なぜ、やつらは王位継承者抹殺を計ろうとするのだ?」

「フランコ総統は去る六月、国家首長という絶対的地位を廃止され、国家元首と首相を区別されました。そして、総統の最後の片腕といわれるカレロ・ブランコ将軍を首相の地位に推されました。つまり、総統ご自身の思いえがかれたスペインの近未来は、国家元首ファン・カルロス新国王の下、カレロ・ブランコ内閣であるわけです。一方、バルセロナ伯をかつぐ王党派と、フランコ以後に不安をいだくオプス・ディは、総統の計画される設計図に賛成していません。かつて、オプス・ディの理解者といわれたカレロ・ブランコ首相は、いまや、スペインのナンバー2の地位にのぼってオプス・ディとの関係を切りたがっている。男爵、王党派とオプス・ディには、時間がないのですよ」

「そう、時間こそがこんどの問題を解く鍵だ。フランコ総統は心臓疾患という爆弾をかかえておられる。不敬な言いぐさだが、明日亡くなってもおかしくない状態だ。もし、近日中に、総統が身罷《みまか》られることになれば、スペインには自動的に新王制《インスタウラシオン》が誕生する。これこそ王党派とオプス・ディがさけたい事態だ。彼らはバルセロナ伯が王位につくことを望んでいる」

「はい。かぎられた時間しか彼らに残されていない。そこでカルロス王子が確実に公衆の面前に姿をお見せになる十一月十六日をXデーと決めたのではないでしょうか」

ドアがノックされ、ワゴン車にホテル近くのバスク料理店アルカルデから、自慢の食事がとどけられた。

「うん、いい匂《にお》いだ」

ヒメネス警視は全身で料理の匂いを味わうように背を伸ばした。リベロが三人の給仕を指図して、食事の支度を急がせた。

その間、会議は中断された。

午餐《ごさん》のメニューは、ミックス・サラダ、バスク風スープ、ウナギの稚魚、ウマヅラの白ワイン煮。ワインはリオハのマルケス・デ・ロメラル七〇年もの。

三人の給仕が退室した。シモン男爵が、さあ、胃袋に英智《えいち》をつめようと言った。

恭助はどれも美味《おい》しく、きれいに平らげたが、食の細い丹下はもて余し気味だ。スープに手をつけたシモン男爵が、彼らが闘牛場にテロを仕掛けてくる確率を訊きたい、と会議の再開をうながした。

「七〇パーセント。残りの三〇はハシガミ夫人に暗殺予定の現場を目撃されたために変更する可能性です」

「私も警視に同感です。彼らは特別な理由があって、ラス・ベンタスに決めたような気がする。だからそう簡単に初期の計画を変更しないでしょう」

とビクトル警部。

「ラス・ベンタス以外の場所は考えられませんか？」

恭助は口の端をナプキンでぬぐいながら訊いた。

「日本の皇太子ご夫妻の日程の中で、ファン・カルロス王子がご一緒される屋外の場所は、バラハス空港、エル・エスコリアル宮殿、そして、バイジェ・デ・ロス・カイドス戦没者墓地の三か所だ。どれも短時間の滞在だし、警備は闘牛場以上に厳戒態勢でのぞむ。ラス・ベンタス闘牛場は二時間も同じ席で、しかも、周囲には万余の一般市民がいる。実に警備しにくい。なにより梟《ブーホ》がそこにいたというのが大きい。彼はハシガミ夫人を殺すべきではなかった。殺したことによって、ラス・ベンタスの重要性を認めてしまった」

ヒメネス警視がシモン男爵の言葉に応《こた》えて言った。

「梟《ブーホ》・イニァキ・グループは、闘牛場にこだわる理由をもっている」

「ヒメネス、それをさぐるのがわれわれの仕事だ。さて、ラス・ベンタスがテロの決行の場所だとするならば、テロリストたちは、どんな手で攻めてくるかな？」

「テロの一般的手段は、刃物、銃器、爆発物の三つです。ＥＴＡが最も得意とする殺しは、プラスチック爆弾の使用です」

ＥＴＡのテロ対策に奔走するサラゴサ県治安本部のビクトル警部が木のスプーンでウナギの稚魚をはさみながら答えた。

「ラス・ベンタス闘牛場はすでに警察の管理下にある。明朝より場内の捜索をおこなう予定だ。プラスチック爆弾は、テロの対象になる人物および警備陣がそのことに気づかない場合にのみ成功の確率が高い。今回のように場所も日時も特定されている場合、事前に排除できる。ゆえに彼らは他の方法を考えるだろう」

と、首都圏のテロ対策の責任者であるヒメネス警視が言った。

「つぎに銃器の場合だが拳銃などをつかう近距離狙撃《そげき》と望遠スコープ装備のライフル遠距離射撃に分けられる。拳銃を所持してファン・カルロス王子に接近できるのは、警察官以外無理だ。警備責任者の私がうんざりするくらいの警察官の数だ。つぎなるライフル狙撃だが、テロリスト側から見た欠点は、場所の確保だろう。ラス・ベンタスには、一センチの死角もないほど警官を配置させる。屋根だろうが階段だろうが観客席だろうがだ。長さ一メートルの銃器をかまえる場などどこにもない、ただし一か所をのぞいてだが……」

好奇心をかきたてるヒメネス警視の言い方に恭助は闘牛場を思い描いた。ビクトルが訊いた。

「どこです？」

ヒメネスはにやにや笑った。

「砂場《アレーナ》」

「闘牛士と牡牛の聖域だ。あそこからなら確実に狙撃できる。ただし、闘牛士の剣と角と何百挺もの警官の銃口と三万人の観客の目から透明人間のように隠れおおす必要がある。こう考えると銃器による暗殺の可能性も少ない」

「警視、当然調査されるんでしょうが、近くのビルの屋上からの狙撃は考えられませんか」

ビクトルの質問にヒメネス警視はにたりと笑い、ソースをたっぷりつけたパンを口に放りこんだ。恭助がビクトルの質問に答えた。

「明日、ラス・ベンタスに案内するよ。世界の闘牛諸国の頂点に立つラス・ベンタス闘牛場の周辺には、観客席を覗《のぞ》きこめるようなビルはない。ヘリコプターなら別だがね」

「ハシガミの言う通りビルはない。また、ヘリコプターも不可能だ。警察庁と空軍のヘリを数機、ラス・ベンタス上空に待機させておく」

「残る刃物は論外だぞ。テロリストが巧妙にファン・カルロス王子に接近しえたとしても、刃物をつかう前に王子の空手《からて》が襲撃者の顔面に炸裂《さくれつ》するだろう。彼はご存じのように二メートル近い、立派な体格の持主であり、日本の空手の達人なんだよ。三軍総合士官学校の格闘技戦で、王子にかなう者は、ひとりとしていなかった」

「男爵、となると残るはベトナム用に開発された音響感知信管つきの青酸性高性能爆薬VCキラーだけですね」

「警部、彼らは厄介なものを手に入れたよ。非人道的な殺傷兵器はなんと、そこのバター入れほどの大きさしかないというのだからな」

「もし、それが仕掛けられているとしたら」

丹下が不安そうな顔で呟《つぶや》いた。

「いや、時間はある。いくら小さくても捜し出すことは可能だ。そのバター入れの中には、ある種の電波発信機が内蔵されていましてね、三〇メートル以内に計数器を接近させれば、針がふれ、音が鳴る。もっとも、三〇メートルというのは障害物のない、電波の通りやすい条件がそろってのことらしい。ともかく、明朝から、米軍の協力で、ラス・ベンタス闘牛場を縦横三メートル間隔で調べまわる。もちろん、闘牛当日、入場する観客はすべて、この検査器械の前を通ることにする。われわれは十一月十六日までラス・ベンタスを無菌状態で管理していく」

「男爵、少し安心しました。刃物、銃器、爆発物、どれをとってもテロリストは闘牛場に持ち込めないし、つかえない」

「いや、セニョール・タンゲ、テロ専門の警備陣なら、テロリストの考えそうな攻撃方法のすべてを考慮し、防衛策をたてる。しかし、それでも奴らはわれわれの心理的な隙《すき》、技術的な盲点をついて襲ってくる。この針の穴を異色の別動隊コンビが見つけ出すのだ」

第五章　勇敢な牡牛

1

十一月六日

亡命先のモスクワにおいて、スペイン共産党サンチァゴ・カリリョ書記長は、「フランコ独裁体制は危機に瀕《ひん》している。私たちはいつでも帰国の用意がある。いまこそ、市民戦争の借りを返すべきときだ」と語った。

端上恭助《はしがみきようすけ》とビクトル・ヘーニォ警部はラス・ベンタス闘牛場観客席から奇妙な戦いをながめていた。

秋の陽射《ひざ》しがおだやかに円形のコロセウムに散っていた。午後には光《ソル》になる部分が影《ソンブラ》に、影《ソンブラ》になる一郭が光《ソル》にと逆の世界がのぞまれた。

砂場、観客席、通路、階段、屋根などあらゆるところに灰色の制服を着た警官がうごめき、不審な物体を探しまわっている。更にスペイン駐留米軍部隊が小型の電波探知機をつかって七月二十八日に盗まれたVCキラーを捜索していた。

「もっと殺伐としたところを想像していたのだがな」

ビクトルは独りごちた。彼は生まれてはじめて嫌悪すべき闘牛場の中に入ったのだ。

「これで何人収容できるんだね？」

「二万五千九百人」

観客席《テンディド》7と8の境をまたぐように立つビクトルが巨大なコロセウムを眺め渡した。

「ぼくらがいまいるところは、〈光と影《ソル・イ・ソンブラ》〉席だ。興行のはじまるころは陽があたっているが戦いの進行とともに陰ってくる。昔の闘牛場は〈光《ソル》〉と〈影《ソンブラ》〉の二種類だった」

恭助は闘牛を知らないビクトルに東側と西側の観客席を差し、教えた。

「なぜ、〈光と影《ソル・イ・ソンブラ》〉なんて奇妙な席を作ったんだ」

「興行上の理由さ。入場料の安い〈光《ソル》〉の両端をけずって格上げし、五〇パーセントの値上げをした」

「姑息《こそく》な商売人たちがスペインの伝統文化を破壊していく」

闘牛嫌いの警部は皮肉な嗤《わら》いを浮かべた。

「〈光《ソル》〉の両端をけずったから〈光と影《ソル・イ・ソンブラ》〉は二か所ある。ぼくらが立っているところは、俗に南の〈光と影《ソル・イ・ソンブラ》〉とよばれる。もう一つは、砂場をはさんで対面にある。真向うが北の〈光と影《ソル・イ・ソンブラ》〉さ。南北の〈光と影《ソル・イ・ソンブラ》〉の東側が大衆席の〈光《ソル》〉だ。西が旦那《だんな》衆《しゅう》の〈影《ソンブラ》〉、リングに一番近い最前列は特別にバレラとよばれる。バレラは〈光と影《ソル・イ・ソンブラ》〉に六十六席、〈光《ソル》〉に百四十二席、〈影《ソンブラ》〉に百七十九席と都合三百八十七席が砂場をかこんでいる。砂場の中心から外円に向かって十区画に分けられている。一区画は、およそ三六度になるが、ロイヤル・ボックス下を基点に右回りで観客席《テンディド》1・2・3と10まで区分されているのが見えるだろう。南の〈光と影《ソル・イ・ソンブラ》〉はテンディド8でもあるわけだ、北は3。〈影《ソンブラ》〉はテンディド9、10と1、2の四つ、〈光《ソル》〉はテンディド4から7までの四区画……」

呆然《ぼうぜん》としたビクトルが恭助を見た。

「バレラから最上階の天井さじきまで《アンダナーダ》四十六段ある。最前列は一周三百八十七席だが、最上階は七百十六人坐《すわ》ることができる。先ほど言った二万五千九百という数字は有料入場者数だ。この他《ほか》に関係者、報道陣など入るから三万に近い数字になる」

「わかったわかった。おれはそんなこと知りたくない。しかし、あんたは興行主みたいに詳しいな。写真をとるだけに、そんな数字が必要かね」

「なんでもプロになるってのは大変ってことさ。このラス・ベンタス闘牛場にはね、ふしぎなことに報道陣の席が設けられていない」

バレラと黄色い砂のリングの間に幅三メートルほどの円周通路《カイエホン》が走っている。牡牛《おうし》が観客席に飛びこまないための緩衝帯であり、闘牛士が出番を待つところでもある。他の闘牛場はこのカイエホンにカメラマン席を設けているが、このラス・ベンタスにかぎってない。恭助らにとって夢の撮影場所《シューティングポイント》なのだ。

「なぜだい？」

「このカイエホンの管理権限は伝統的に、あんたの所属する治安警察《コミッサリア・ポリシア》が有《も》っている。マドリードの治安警察は写真屋風情《ふぜい》など国技の役にたたんと思っているらしい。この権威主義のせいで私たちはどこかに寄生して巣《ニド》を作る」

「巣《ニド》？」

「だれだってリングに近い場所から撮影したい。ところがバレラの上席は、七〇パーセント以上も年間通し券《アボノ》の客で買い占められている。そこで写真家は懇意の常連客の空いた席や階段下などに割りこませてもらって撮影することになる。どの写真家もそんな巣《ニド》をもっている」

「ということは観客席の上席の大半はアボノということだな？」

「そういうことだ。ビクトリア通り三番に行けば、常連客のリストが手に入るよ。おそらくヒメネス警視がもう調べていると思うがね。いずれにしろ、このアボノの中にテロリストが入りこむのは難しい」

「二万五千九百席のうち、アボノを持っている客はどれほどだい？」

「五月のサンイシドロ闘牛祭の時期なら五〇パーセントがアボノ持参の馴染み客だ」

「すると一万二千九百五十人に容疑者が減るな」

「ところがそうもいかない。十六日の闘牛はガン撲滅基金を集めるための特別興行だ。つまり定期戦外の闘牛で、観客全員があらたに入場券を必要とされる」

「くそ、また二万五千九百人に逆もどりだ」

「そう悲観したもんでもない。こういう大闘牛は常連客が坐りなれた席に坐る、一種の社交場だからね」

「闘牛場の造りはどうなっている」

「ぼくらの真下の門からいこう。マドリード門とよばれるラス・ベンタスの顔さ。普段はかっちり閉じられている。闘牛士が最高の演技を演じたときのみ開かれ、その闘牛士が観客の肩にのって町に凱旋《がいせん》していくので、栄光の門《プエルタ・デラ・グロリア》とも言われている。この門が闘技場《アレーナ》と町を結ぶ唯一の通路さ。この他、リングに通じる門が三つある。栄光の門の反対側にある、小さな出口が死の門《トリル》、牡牛が出てくる生と死の分かれ目の門だ。あの小さな門の奥には、ほの暗い牛舎が左右に八つならんでいる。死の門の右手には、闘牛士たちの門《ポルトン・デ・クアドリリア》とよばれる出入り口があり、闘牛士の行進はこの門からはじまる。また、馬に乗った槍方《やりかた》、ピカドールの待機場所でもある。最後に残った門は、死の門の左にある、いま三人の警察官が立っているところだ。搬出の門《プエルタ・デ・アラストレ》と呼ばれる死んだ牡牛を牽《ひ》き退《さ》げる出入り口だ。これら三つの門は、ともに、闘牛場北側に設けられた裏庭に通じている」

「手術室はどこにある？」

「闘牛士たちの門のすぐ右隣、テンディド4の数字の下の扉がそうだ。ついでに礼拝堂は闘牛士たちの門の一郭にある」

恭助は闘牛嫌いの警部を〈影《ソンブラ》〉に誘った。

「ラス・ベンタスの闘技場は闘牛規則に定められた上限六〇メートルの直径をもつ。ビクトル、ぼくの妻が小磯に声をかけたのはここだよ」

恭助はテンディド10の下段通路で立ち止まった。後方の二階席に王冠の紋章が入ったロイヤル・ボックスが見えた。バルコニーを見上げた警部が言った。

「エスクリバー神父と梟《ブーホ》は、ここからなにを見ていたんだ。ともあれ救いは警備がさほど難しくないということだ」

「ビクトル、この闘牛のメッカにはいくつかのタブーがある。あの貴賓席に入れられた王族方は、まだ一人としていない」

「なぜだ？」

「この闘牛場は一九二九年に建設がはじまり、一九三一年に完成した」

「そうか、ブルボン王朝のアルフォンソ十三世は、この闘牛場が完成したとき、国を捨て、亡命の旅に出ていた」

「完成の数か月前にね。スペインは王国でありながら国王不在の時代を四十数年過ごしてきた。確かに設備としての貴賓席はある。だが、坐るべき人物がいない。おそらく、ファン・カルロス王子が王位についたとき、ラス・ベンタスの禁忌がひとつ破られることになるだろう」

「となると、ファン・カルロス王子や日本の両殿下はどこにお坐りになるのだ」

「ここだよ、ビクトル」

恭助は通路から二段下りてテンディド10のバレラ21と22の席に立った。

まさかと、ビクトルが身を竦《すく》めた。

「今朝、興行主に電話して確かめた。日本の皇太子ご夫妻が21と22に、20にソフィア妃、23にファン・カルロス王子がお坐りになる。後方四席は侍従と日本大使らが占める」

「タブーは破れんものだろうか」

自問するとビクトルは黙りこんだ。米軍一行はテンディド2に移動して探索作業を続けていた。ビクトルは黒煙草《たばこ》ドゥガドスをくわえた。

「まだ他にもタブーがあるのか？」

「うん、ある。ロイヤル・ボックス近くに音楽隊が席を占める。闘牛規則三八条に、〈音楽隊は可能なかぎり、牡牛小屋から遠くの席に控え、戦いの最中、インターバルなどに演奏するものとする〉とある。音楽隊の役目のひとつは闘牛士の偉大な闘技の手助けをすることにある。霊感に満ちた芸術が行われるかもしれないと音楽隊《バンド》のマスターが判断したときのみ、パソドブレの調べが流れはじめる。しかし、このラス・ベンタスでは戦いの最中、パソドブレが演奏されたことがない」

「そりゃあ、またなぜだ」

「これもまたマドリードの権威主義さ、闘牛の大本山にふさわしい闘技はいまだおこなわれたことがないと考えているらしい。いまひとつの禁忌は昨年破られた……闘牛士は天啓にみちた芸を行ったとき、敵であり、パートナーでもある牡牛の耳を切り与えられる。名誉としてだ。観客がハンカチをふる数によって闘牛を司る会長が許可をだす。耳ひとつ、両耳、そして、最高ランクの尾っぽ《ラボ》とあるが、この闘牛場では耳一個を獲得することすら難しい。まして、耳二つとなると翌日の新聞の大見出し、尾っぽとなるとそれこそ奇跡だ。あのエル・コルドベスすら、このラス・ベンタスでは尾っぽを得てない。それがね、昨年のサンイシドロ祭の十二日目にパロモ・リナレスって若い剣士がマドリードの厚い壁を破って、尾っぽを獲得した。その男が、テロの行われるかもしれない十六日に、もどってくるんだ」

セビリャ県サンルカール・ラ・マヨールのパブロ・ロメロ闘牛牧場に、慈善闘牛を主

催するガン撲滅委員会から電話が入った。牡牛の搬入は二日前、十四日の午前中と念をおす電話だ。牧童頭のアントニオ老が、

「ありがとうよ、心配はいらん。約束の日限までに運んでいく」

と返事をした。しかし、ドメク伯爵牧場の牧童頭はいら立った声で怒鳴《どな》りつけた。

「うちの牡牛は怪我《けが》をして出場中止だ。すでに連絡済みだぞ！」

「あ、そうでした。つい、うっかりしまして。確か、代りの牡牛は」

「ルセロの牧場」

「電話番号を教えてくれませんか、牧童頭」

「あんたはそんなことも知らんのか」

「すいません、私はガン撲滅委員会の職員でしてね、この世界には暗いんです」

牧童頭は舌打ちしながらも牧場の電話を教えた。


小磯・イニァキ一派は完全に行方《ゆくえ》を絶ってしまった。

捜査は進展を見ないまま頓挫《とんざ》していた。スペインと日本の合同会議は二日に一回の割で行われたが、おたがい報告する情報をもたなかった。そこで日本側は日西両王家の闘牛見物の席をロイヤル・ボックスに変更するように主張し、スペイン側は伝統に反することだと頑強に抵抗していた。そして、ファン・カルロス暗殺計画は放棄されたのでは

ないかという楽観的な意見も出はじめていた。

十一月十日。

実りのない合同会議が二十分足らずで終わったこの日、日本大使木内彦四郎《きうちひこしろう》がスペイン警察庁国家公安部長ドン・シモン・M・カバリエロに、英語で話しかけた。

「男爵、少々、二人でお話ししたいのですが時間を割《さ》いていただけますか……」

十一月十一日。

明仁《あきひと》殿下、美智子《みちこ》妃殿下を乗せた日航特別機は、午前九時、秋晴れのバラハス国際空港に到着した。

出迎えの在西邦人百二十余名はバラハス空港を厳戒する警官隊に阻まれ、フィンガーデッキに近づくことさえできなかった。三十分余り、うす暗いロビーに待機させられたうえ、黒塗りのリムジンが走り去るのをちらりと見たばかりで、用意した日の丸の小旗をふる機会もなかった。

この日、小磯信樹は、首都から五七〇キロはなれた太陽海岸《コスタ・デル・ソル》にいた。

戦士の休息ってやつだ。

地中海に張り出したホテルのテラスから藍色《あい》の海と雲を二、三片浮かべた空が見えた。

右手には白い街並フェンヒローラが眺められた。

ラム酒をベースにコーラで割ったクーバ・リブレを啜《すす》った。

保養地のホテルに甘美なカクテル、悪くない生活だと、小磯は思った。

人生の軌道修正を計りつつあった。

いったいどこで誤りを犯したのか？

ミスを最初に犯したのは、新宿の、あの夜のことだ。

四年前、私服のひとりをビルの隅に追いつめた。

ヘルメットをかぶりゲバ棒をもったのは、社会改革、大人社会への反抗、体制への怒り、女のため、いろいろあったような気がする。ひとつ、はっきりしていることはあれがあの当時の社会的熱病だったということだ。

仲間たちが血塗《ちまみ》れの刑事を殴っていた。気後れした小磯は、呆然と立っていた。おまえも殴れ！　耳もとで見知らぬ男が叫んでいた。小磯は怯《おび》えをふりきり、手ぬるい！　おれがやると顔のタオルをむしりとり、ゲバ棒をかまえた。

その瞬間、フラッシュが光った。

小磯が逮捕されたのは、その現場ではない。数時間後、投石しているところを後ろから羽交締《はがいじ》めにされたのだ。

淀橋《よどばし》署の雑居房から独房に移されたのは、逮捕されて二日目の夜のことだ。取調室に呼びだされた。

机の上に六切りの白黒写真。目を瞑《つぶ》り、血を流す刑事にゲバ棒をかまえた学生。

小磯の黒ぶちの眼鏡《めがね》も、うすい鼻も、めくれた唇もはっきりとストロボの光に写し出されていた。ジャンパー、ズボン、セーターすべていま着用しているものだ。

「死んだよ。警官殺害の罪は重いぞ」

捜査官が突き放したような口調《くちょう》で言った。小磯は一瞬にして血の気が引いた。

「学校の成績も悪くない。将来、城東大学の教壇に立ってもおかしくない人材だそうだね。本人も野心を持っている。惜しいね、殺人犯じゃあ、大学の先生になれっこない」

小磯信樹は戦慄《せんりつ》した。夢に描いた人生計画が音をたてて崩壊していく。

「刑事さん、おれは殴っちゃあいない！」

叫んでいた。

「殴られない者が死ぬわけもない」

「知らない男たちが先に殴りつけたんだよ」

「だれだ」

「偶然、居合わせた連中だ。名前も顔も知らない」

いきなり椅子《いす》が蹴《け》り飛ばされ、小磯は床に転がった。靴の先が腹部を襲った。眼鏡が外れ、視界が歪《ゆが》んだ。痛撃が胸にきた。意識が薄れる。水が頭からかけられた。

「おまえらは分派ごとに行動する」

耳もとで抑揚のない声が囁《ささや》きかけた。怒鳴りつけられるより何倍も恐怖を感じた。

「思い出したかね、君と一緒にいた仲間を」

「はい、刑事さん」

小磯の所属していたセクトは潰滅《かいめつ》的な打撃をうけた。

事務所、アジト、幹部のアパートがつぎつぎに警察の捜索をうけ、指導者たちが逮捕されていった。

小磯信樹は逮捕されて三週間後、ひそかに釈放された。

夜明け前、アパートにもどった彼は、身辺の整理をはじめた。雨戸を閉めたまま、本をダンボール箱につめていると鍵《かぎ》をかけたはずのドアがあき、セクトの幹部のひとり遠《とお》山亮《やまあきら》が入ってきた。徹夜明けなのか、顔に疲労がにじんでいる。

「よくもどれたな」

「遠山さん」

「なぜ、救対に連絡しなかった？」

「何度も刑事に頼みましたよ、が、聞いてくれんのです。毎日のように怒鳴られ、殴られ、右耳はいまも聞こえません」

小磯はべらべらと喋《しゃべ》った。

「そんな風に刑事の前で喋ったんじゃあないか」

遠山は軽蔑《けいべつ》したような眼差《まなざ》しで小磯を見詰めていた。

「馬鹿《ばか》な、私は完黙を通しましたよ」

「君のいない間に、わが派は潰滅的な打撃をうけた。いまや組織だった行動などとれん有様だ。だれかが仲間を裏切ったのだ」

小磯の背筋に冷気が走った。顔色が変わったが部屋のうす暗い電球が破滅から守ってくれた。

遠山が切りこむように訊《き》いた。

「君という噂《うわさ》が流れているんだがね」

「冗談はよしてください。ぼくが自白《ゲロ》ったんなら、このアパートに戻ってきませんよ」

「まあいい。調べればわかることだ」

遠山は小磯を疑っている、が、決め手がないのだ。

「なぜ、引越しの仕度をしている」

「夜を待って水谷《みずたに》のアパートに転がりこもうと思ってね。ここは警察《サツ》に知られた可能性がありますから」

「水谷？　研作《けんさく》のことか」

「ええ」

「奴《やつ》も逮捕されたよ」

「えっ！」

知っていた。同級生の水谷研作を売ったのは小磯本人だった。

「午後六時、君の査問委員会が開かれる。おれのアパートまで顔を出せ」

「行きますよ。完黙を通した人間だってことを証明してみせますよ」

遠山はじっと小磯を睨《にら》んでいたが、

「待っているぞ」

と、アパートの住所を小磯の頭の中に記憶させ、来たとき同様、ひっそりと姿を消した。

小磯は二十分待ったのち、身の回りのものだけをもってアパートの裏の塀をのりこえた。路地から路地を伝い、二つ先の私鉄の駅まで徒歩で行った。

映画館で時を過ごした小磯は、その夜、東京駅から長距離列車に乗り、郷里熊本にもどった。

身辺の整理をつけた小磯は十日後、再び上京した。横浜《よこはま》港から出向するソ連船ハバロフスク号に乗り、シベリア経由でスペインに行くためだ。

日本を離れる前日、小磯の所属していた党派と対立し、武力抗争をくり返す組織の事務局に電話を入れた。そして、小磯の裏切りを確信している幹部遠山亮の秘密の隠れ家の住所を告げた。

遠山亮が覆面をした一団に襲われ、死亡したとき、小磯信樹の乗った船は、金華山《きんかざん》沖を北上していた。

黒ぶち眼鏡、長髪、ジーンズの活動家、早駆け小磯からコンタクト・レンズ、クルーカット、紺のブレザーにフラノのズボンの留学生に生まれ変わった小磯は、朝食のトーストにいちごのジャムをたっぷりつけた。

かくて、小磯の六〇年代は終わりを告げた。

2

十一月十二日。

ファン・カルロス王子の父君バルセロナ伯爵の外洋型ヨット、ブルボン号はサンタンデール沖に停泊して、カンタブリコ海の荒波にもまれているのが警察当局によって確認されていた。

オプス・デイ（神のみわざ）の指導者エスクリバー神父は、カタルニア・ピレネー山脈の小さな僧院にこもり、多くの修行僧にかこまれながら、祈りの日々を過ごしていた。

小磯信樹はスペインの留学生活を、十年と考え、準備してきた。十年の歳月が過ぎれば、時代は変わる。新宿の街頭で学生たちと機動隊が激突したことなど、だれも覚えてはいまい。

活動家とよばれた学生たちも大学を卒業し、就職し、結婚して、子供が一人二人いる者もいるかもしれない。

スペインの大学で学位を獲得し、新進の美術史研究者として、母校にもどる。それが小磯の計算だった。

留学生活が軌道にのったころ、オプス・ディィの存在を知った。小磯はこの秘密めいた組織の実利主義にひかれた。なにより、スペインの上流社会の人士を網羅したメンバーの陣容に魅了され、入会の誓いを立てた。

留学生活が二年半になろうとした頃、アテネから過去を暴く手紙が送られてきた。将来の計画も危機に直面した。

どう行動するか、肚《はら》を固めないうちに彼らは出現した。大学の帰り道、数人の日本人によって車に連れこまれ、ピレネー山中の廃屋に拘禁された。二日にわたるきびしい尋問をうけたが、小磯は仲間を売ったことだけは否定し続けた。認めれば殺される、必死の抵抗だった。

「奴の裏切りは明白だ、処刑しよう」

関西訛《なまり》の男が言った。女が反論した。

「リンチ殺人はもうごめんよ」

議論ははてしなく続いた。三十代のリーダーが小磯を見据え、よし、いま一度チャンスをやろうと決定を下した。

ヨーロッパに活動拠点を求める日本赤軍は、ＥＴＡとの連合を望んでいた。小磯は通訳として、日本赤軍の手紙を携え、ファブリカ・デ・オルバイセタ村に行かされた。数日待ったあと、ＥＴＡの戦闘員に導かれて、ピレネー山奥に入った。

ＥＴＡと日本赤軍の連合構想がかたちをとりはじめたころから小磯の反撃がはじまった。

オプス・ディの幹部レオナルド・カルピンティエールにすべてを打ち明けた。レオナルドはカタロニアの幹部会に計ったうえで、小磯をＥＴＡの内部の情報収集員としてつかうことにした。

オプス・ディの目はスペインのあらゆる階層、組織に向けられていた。情報こそ現代を制する大きな武器だ。が、オプス・ディも、まだＥＴＡには、入りこんでいなかった。それが日本人によって成った……。

小磯信樹はかくてETAと日本赤軍の通訳・連絡員として働きながら、オプス・ディのスパイをはたすことになった。

また、新たな裏切りの芽が生じた……。

この日、小磯信樹は、カディス県トーレセラ村の外れ、マラブリゴ丘陵の雑木林からツァイスの双眼鏡をのぞいていた。

一〇〇メートルほど離れた草原では、一頭の黒い牡牛がのんびりと乾草を食《は》んでいる。

「美しい、美しいな」

独りごちた梟《ブーホ》は、双眼鏡を下ろした。

その時刻、恭助とビクトルは、エル・エスコリアルからマドリードに向かう街道を走っていた。風景が時速一二〇キロで後方にとび去っていく。

八台前には明仁殿下と美智子妃殿下をのせた黒いリムジンが首都に向かって走っているはずだ。

ビクトルが雑木の連なる茶色の平原から目をはなし、言った。

「おれたちはマドリードに残ろう」

明日から日本の両殿下一行はセビリャ、グラナダ、バルセロナとスペイン各都市を親善訪問する予定だった。

「やはり、奴らの目標は、ファン・カルロス王子、テロ決行地は、ラス・ベンタス闘牛場だ、そんな気がしてならん」

恭助はビクトルの意見に賛成した。

この夜も、ホテル・ウェリントンに設けられた特別警備本部でスペイン・日本合同会議がもたれた。

席上、日本側からたびたび要請のあったファン・カルロス王子夫妻、皇太子夫妻の闘牛見物の席を一般席からロイヤル・ボックスに移す案が最終的に話し合われた。

スペイン王室を代表して侍従長のドン・ホセマリア・バリャダレス公爵が会議に出席、ファン・カルロス王子は、日本の両殿下を民衆の中で接待したい希望であることを主張した。

日本大使の代理として出席した秋山祐二《あきやまゆうじ》一等書記官が発言を求めた。

「公爵、ファン・カルロス王子は、テロが決行されるかもしれないという情報をご存じでしょうか」

「存じておられます。ご自身がテロの目標であることもです。いつの時代も、王室に狂った刃《やいば》が向けられなかったことはありません。王室とはそういうものなのです。そして、王子自身はスペインの民衆が無謀な計画を未然に防いでくれることを確信なさっておられます。ただ、日本の両殿下に、ご不快とご不安を与えられることのみを、大変心配なさっておられます」

「重ねての質問、恐縮ですが、暗殺計画の背後に父君の影があることもご存じですか」

「いや、それは」

侍従長ははじめて当惑し、言い淀《よど》んだ。

「セニョール・アキヤマ、現在の漠然たる状況下では申しあげるべきではない、とわれわれは判断しました。事実関係がいま少し明確になったならば、最終的に私の責任でご報告するつもりであります」

国家公安部長シモン男爵が侍従長に代わって答えた。

「承知しました」

秋山はこう答えざるをえなかった。

「それではご出席の皆さんに、日本の両殿下、ファン・カルロス王子、ソフィア妃のお席を説明させていただきます」

首都圏テロ対策最高責任者マヌエル・ヒメネス警視が闘牛場全図とテンディド10の拡大した見取り図のパネルをかかげて、説明をはじめた。

「日本の両殿下は〈影《ソンブラ》〉のテンディド10、この部分の、座席番号21と22にお坐りいただきます。23にはドン・ファン・カルロス王子が、20にはソフィア妃が……」

恭助とビクトルには既知の情報だった。

「特別見物席の後方には、テンディド10へ出入りする階段があります。われわれは、この階段および付近の通路に私服および制服の警官を配備し、後方に人間の壁を築きます。スペインの両殿下の左右は、確保しておりません」

ビクトルは手もとに配られた資料に目を落とした。そこにはスペインの王子夫妻の身長が記録されてあった。ドン・ファン・カルロス王子一九三センチ、ソフィア妃一七一センチ。東洋からの国賓夫妻は小柄だった。

テロの目標としては実にうってつけの王子の立派な体格であった。

「なぜなら王子の左側は、カディス大公夫妻の定席であり、右側はビルバオ銀行頭取の持ち席だからです。お二方とも、スペイン王家とは親しい間柄です。当日、見物に来られることも確認してあります。王子、皇太子両ご夫妻の後部席、コントラバレラは、われわれが確保しております。日本国の大使、両国の侍従らが坐られることになると思います。その後方には先ほどお話ししました通路が走り、警官の壁ができるわけです。王子、皇太子両ご夫妻の前方には、闘技場を一周する円周通路《カイエホン》があるわけですが、ここには警備関係の他、必要最小限度の関係者しか入場を許可しません」

ヒメネス警視はパネルをテーブルに置いた。

「つぎに今夏、米軍キャンプから盗まれたプラスチック爆薬および青酸性高性能爆薬VCキラーがすでに闘牛場内に設置されているのではないかという想定の下、四回の捜索がくりかえされましたが発見されませんでした。つまり、まだ持ちこまれてはいない。これは一センチ刻みの殺菌をやりましたから自信をもって言いきることができます。現在、闘牛場は、わが方の管理下にあり、場長といえども特別の許可証と身体検査をうけたあとでなければ入れません。この無菌状態は闘牛終了時間まで継続して保守されます。おそらく、テロリストたちは当日の混雑にまぎれて爆発物を持ちこむ作戦でしょう。なんとしても食いとめなければならない」

ヒメネスはミネラル・ウォーターで喉《のど》をうるおした。

「そこで当日の警備について話を進めさせていただきます。観客の半数は馴染み客で定席に坐ります。これら身許《みもと》のわかった見物客の切符には、右肩に赤い斜線を印刷しております。購入時点で本興行にかぎり、他人への譲渡禁止を通告してあります。当日、入口で顧客リストと身分証明書が一致すれば、問題ない客ということになる。暗殺者がまぎれこむ可能性が高いのは、残りの半分のフリーの観客です。これらの人々は馴染《なじ》み客以上の厳重な身許チェックとボディ・チェックをうけることになるでしょう。さらに持物検査ですが、X線検査、警官による検査、米軍の協力によるVCキラーの探知ゲートと、二重三重の検査をうけなければ、場内に入れない仕掛けです」

「警視、外国人観客にもスペイン人同様のチェックを課すつもりかね」

　シモン男爵が訊いた。

「問題はそこなんです、外交問題、人権問題になりかねませんからね。ラス・ベンタスは大体三〇パーセントが外国人観客で占められます。われわれはすでにホテル、旅行業者、前売り券発売所に、英、仏、独文などの通告を出し、十六日の闘牛見物にかぎっては、パスポート持参を義務づけております。少々、トラブルがあっても徹底するつもりです」

「警視の要請により、日本大使館も在西日本人には通達を出しました。問題は日本人にかぎらず、観光客の方でしょうね。団体ツアーはいいが個人の旅行者となると通達の網の目からこぼれ落ちる者が出てくる」

　秋山が言った。

「身分証明書持参をしっかり広告しないといけませんね。ところでそこまで検査が厳しいと入場にだいぶ時間がかかるでしょうな」

　ビクトル警部がヒメネス警視に訊いた。

「一般の闘牛興行の開場時間は闘牛のはじまる一時間前だ。が、十六日にかぎっては、二時間前から入場作業に入る。それから闘牛場関係者には特別な写真入りのパスを発行する。これがないとラス・ベンタスに入るどころか、一〇〇メートル以内に接近することすらできん。特別パスに関しては、われわれ捜査陣、闘牛士、興行関係者にも種類の異なるものが支給される。なんとしても奇妙な名前の爆発物だけは水際で阻止しなければならん」

ヒメネス警視はサラゴサの米軍キャンプの爆発現場の写真を思い浮かべ、自分に言い聞かせるように、呟《つぶや》いた。

梟《ブーホ》は行方《ゆくえ》を絶ち、啼《な》き声さえも立てなかった。

マヌエル・ヒメネス警視に指揮された捜索班はマドリードのホテル、アパート、下宿などの宿泊施設の捜索に重点をおいて、小磯・イニァキ・グループを狩り出そうとした。が、彼らの姿はどこにもなかった。

明仁皇太子、美智子妃一行はセビリャからグラナダに向かいアルハンブラ宮殿を見物した。どこでも人なつこいアンダルシア人たちが好意的な態度で皇太子夫妻を歓迎し、お二方もまた日本ではできない市中の散歩を経験し感激された。

一行が地中海岸バルセロナに到着して数時間後、カディス県トーレセラ村の闘牛牧場主ルセロ・ゴメス・カンポは、フロント・グラスの向うに広がる濃い闇《やみ》を見ていた。

窓に運転手兼牧童のルピートが吸う煙草の火が時折、赤く映った。

「どこかで腹ごしらえをしていこう」

へい、と最下等の黒煙草を灰皿にもみ消したルピートは急に元気づいた。トラックはカルモウナの長大な坂道を下っていた。

「次の飯屋《ベンタ》までだいぶありますぜ」

「急ぐこともない。明日の午前中までにラス・ベンタス入りすればいいんだ」

ルセロは上機嫌だった。

十一月に入って売れ残りの牡牛が売れた。

それもラス・ベンタス闘牛場の慈善興行の牧場対抗戦《コンクルソ・デ・ガナデリア》の一頭としてだ。セビリャ県のミウラ牧場とロメロ牧場、カディスのニュネス牧場、サラマンカのガラチェ牧場、そして、マドリードのバルタサール牧場とならんで、名門でも大牧場でもないカンポ牧場の一頭が選ばれた。

ルセロは十一月という季節外れの時期でもないかぎり、自分の牧場の牡牛に白羽の矢が立つはずもないことを承知していた。

南部アンダルシア闘牛牧場連合会会長のドメク伯爵から電話をうけたのは十一月二日のことだ。

「ルセロ、四歳の牡牛は残ってないかね」

闘牛シーズンは三月中旬から十月中旬までだ。どこの牧場でもこの期間にひらかれる闘牛祭と契約し、戦いの野に送り出していた。勇敢な牡牛《トーロ・ブラボー》であればあるほど死の世界へ旅立っていた。

あと数か月で四歳の誕生を迎える牡牛たちも六頭単位で来年の祭りの契約を終えていた。一頭の牡牛を探すには最悪の季節だったが、カンポ牧場には、一度、マラガの闘牛場に運び、体重不足を理由に送りかえされてきた一九六九年一月生まれのシスネイロがいた。

「問題ありか」

「伯爵《マルケス》、一頭生き残って草を食《は》んでいます」

「現在はなしです。八月、マラガの祭りにもっていったとき二〇キロばかり体重不足でしてね、追い帰されてきました。しかし、秋口に一まわり大きくなりましたから、いまじゃあ五二〇キロって見当でしょう。掛値なしにいい牡牛です」

「毛の色は」

「真っ黒、混じりっけなしの黒牡牛《ザイノ》です」

と答えながら、ははあ、中南米に送り出されるのだなと思った。

「焼印番号は14、名前はシスネイロ、角のかたちは風見型《ベレート》……」

「ルセロ、この十六日にラス・ベンタスで慈善闘牛が開かれる。出す気はあるかい」

「もちろんです、伯爵」

「売値は八万ペセタ」

カンポ牧場はこの年、十九頭の四歳牡牛を搬出した。売値の平均単価は五万ペセタ以下だった。

「文句なしです」

「そのうち二〇パーセントがガン撲滅基金に寄付される。あんたの好意によってだが」

「結構です」

「よし、決まった。事情を説明しておこう。シュツィクは、私の牡牛に出場してくれと言ってきた。あてのないことはなかったから承知した。それが数日前、右角を折ってな、駄目になったというわけだ」

「ドン・シュツィクは文句言いませんかね」

スペインの〈黄金世紀〉に、フランダース地方からイベリアの王宮に招かれてタピスリー技術をスペインに教えにきたオランダ人の末裔《まつえい》シュツィクは、近年、闘牛興行に手を広げ、首都のラス・ベンタスをはじめ、スペイン各地の主要な闘牛場を支配下においていた。

アンダルシアの田舎者を自認するルセロは、気難し屋のオランダ人シュツィクの細面の顔を思い出して念を押した。

「うちのが出場不能になった段階でマドリードに電話を入れた。交代の牡牛選びは私に一任されているんだ。私が首をふれば、それで決りなんだよ」

「伯爵、牡牛は保証します。ビスタエルモウサ種の傑作です」

「ああ、信じているよ」

ルセロは春に結婚する一人娘ホセファの宴席上での話題がひとつ増えたぞと喜んだ。

「旦那《だんな》、食堂の明りで……」

ルピートが右手の闇を差した。なだらかに広がる茫茫《ぼうぼう》たる畑作地の中に小さな灯が見えた。

「ラ・ルイシアナの村でさ」

「村に入る前に、飯屋《ベンタ》があったな、そこにつけろ」

荷台の上に八月の祭りで追い帰されてきた牡牛を積んだ四トントラックは、ガタガタと音をたてながら、ベンタ・カルデナーレに入っていった。

ルセロは三時間のドライブに強張《こわば》った右足の屈伸運動をおこなった。ルセロは市民戦争前、闘牛士を志した。アンダルシアの青年ならだれもが夢見る道だ。ルセロの夢は見習い闘牛士で終わった。右膝《ひざ》を角先で割られ、軽い跛者《はしゃ》になった。

この怪我のおかげで戦争に行くこともなく過ごせたのだから、まあ、よしとしなければなるまい。若いうちは気にもしなかった傷が近年、激しく痛むことがあった。

ルピートは、闘牛の牡牛を運ぶための特別製の小屋の覗《のぞ》き窓をひくと、飯屋《ベンタ》の明りでシスネイロの様子を確かめた。

牧場主と牧童は枢機卿《カルデナール》とごたいそうな名前をつけた食堂に入っていった。

「セニョール・ルセロ、この時節珍しいね、旅行ですかい？」

元見習闘牛士の顔を認めた老主人が訊いた。カウンターに腰を落ち着けたルセロは、

「ああ、そうなんだ。なにか食うもんあるか？　牡牛を車に乗せる騒ぎで夕食をとりはぐれた」

と昔馴染みの顔に答えた。

「ウサギってのはどうです、それとも魚《メルルーサ》」

「おれはメルルーサだ」

ルピートはウサギの煮込みを注文した。調理場に注文を通した主人が訊いてきた。

「どこの闘牛場行きですか？」

「ラス・ベンタス。慈善興行のコンクルソだよ。ドン・ファン・カルロス王子が日本の皇太子ご夫妻を招待される大闘牛だ」

ルセロは胸を張った。

「コンクルソですって、ミウラも出るんですかい？」

枢機卿《カルデナール》の主人は、近くの牧場エドワルド・ミウラの名を出した。慈善闘牛だろうが、ラス・ベンタスだろうが、ミウラの牡牛の出場、不出場でその闘牛の格が決まると言わ

んばかりの訊き方だ。

ルセロは有名闘牛士を何人も殺し、死の牡牛として恐れられるミウラなど知らんといった面持ちで内ポケットからチラシを出して、

「パブロ・ロメロ、カルロス・ニュネス、ガラチェ、バルタサール……ああ、出るな、ミウラも」

とスペインで有名な名門牧場の名前を読みあげた。

「そりゃあ、すごい。そこに大将の牧場の一頭が選ばれるなんて。お祝いさせてもらいましょう」

主人は牧場主と牧童の前にシェリー・グラスをならべ、ティオ・ぺぺを注《つ》いだ。

「ありがとうよ」

「で、闘牛士はだれですかい?」

ルセロはチラシをシェリー酒をおごってくれた主人に渡した。

「パコ・カミノ、ディエゴ・プエルタ、それにセバスチャン・パロモ・リナレス……セニョール、こりゃあ、大変だ」

「ああ、最高の牡牛と最高の闘牛士だよ」

ルセロはゆっくりとシェリー酒を啜《すす》った。こんな気持になるだけでも運送トラックに同乗してきたかいがあったというものだ。

来年は牡牛の売値を一五パーセント値上げしてもいいな。もし、コンクルソで最優秀牡牛《メホール・トーロ》にでも選ばれれば三〇パーセントは固い。帰村したらドメク伯爵にお礼にうかがわねばなるまいとルセロは深い陶酔の中で考えた。

3

十一月十四日。

午前零時十五分、バラハス空港にロンドンからのヴァリグ航空DC10が到着した。岐阜の繊維問屋の旦那衆を中心に集められたヨーロッパ・ツアーの一行は深夜の移動に疲れきり、女性添乗員後藤昭子《ごとうあきこ》に助けられて、税関を通った。そして、用意されたバスに乗り、市の中心部、国会前にあるパラセ・ホテルに向かった。

ラス・ベンタスの大時計の針がことりと音をたて、午前一時を刻んだ。

ラファエル・ミランダは肩に担いだ小銃をゆすり、手をこすり合わせた。

首都の北の外れに聳《そび》えるグァダラーマ山脈から吹いてくる風が身を切るように冷たい。

足踏みしたいと思ったができなかった。別に物音をたてるなと命令されていたわけではない。ラファエルは闘牛場の屋根の上で警戒にあたっていた。靴の下はもろい瓦《かわら》だ、足踏みすれば、四十年も前に焼かれた瓦が割れる。すでに六枚も踏み割っていた。

寒さをこらえてコロセウムを眺め下ろした。月明りの下に丸い砂場《リング》が蒼白《あおじろ》く浮かび上がっていた。こんな角度からラス・ベンタスを眺めた人間はそうたくさんはいまい。

ラファ、と名前をよぶ声がして大時計の陰から同僚のソペーニャが顔を出した。

「寒いな」

ソペーニャは言わずもがなの言葉を吐いた。マドリード門あたりにぽっと明りがついた。退屈した仲間が煙草を吸っているのだろう。規則違反だ。ソペーニャが煙草をラファエルに差し出した。

「ありがとう。が、いまはいい」

「あいかわらず固いことだな」

「吸いたくないんだ」

ソペーニャは大時計を風除《よ》けにして坐り、煙草を急《せわ》しげに吸った。

「警戒厳重な闘牛場にETAの連中がやってくると思うかい。ここはまるで刑務所だぜ。出るのも入るのも容易じゃあない。奴らも馬鹿じゃあないからな。阿呆《あほ》らしい勤務だ」

「警戒厳重で入りこめないのなら、テロ阻止作戦は大成功。おれたちの夜間立哨《りっしょう》も意味があったというものだ」

「まるでお偉方《えらがた》のようだな。おれはこのテロ計画自体がこの世に存在しないと思っている。テロの目標はファン・カルロス王子だって。ばかばかしいかぎりだ。こりゃあ、壮大な無駄だよ。十分おきにおれの煙草が一本ずつ消えてなくなるなあ」

スペイン南部カディス県。グァダラシン河に沿って登ってきた乗用車が鉄の門扉の前に停《と》まり、二人の男を降ろすとヘレス・デ・ラ・フロンテイラの町に向かってUターンしていった。ビスカヤ県ナンバーの車の尾灯が闇に溶けこむのを眺めていた二人は、足もとに置かれたズック製の軍用バッグを抱えあげ、鉄扉をのりこえた。

「気をつけろ、牡牛のいる牧原に迷いこむんじゃあないぞ」

北スペインの訛に、もうひとりの男はうすく笑っただけだった。

「さて行くか、たっぷり一キロは歩くぞ」

月明りと星空の下、袋をかついだ男たちはカンポ牧場の屋敷に向かって歩き出した。

二十分後、母屋《おもや》、牧童頭ペドロ夫婦の住む家、馬小屋の三棟からなるカンポ屋敷に到着した。

犬が二匹吠《ほ》え出した。

二人は袋を開くと短機関銃、拳銃、プラスチック爆弾をとりだし、武装した。タッパーウェアの蓋《ふた》をあけると麻酔薬をまぶした豚肉をつかみ、二手に分かれて犬小屋に近づいていった。

ペドロはすでに目を醒《さ》ましていた。老妻のアナベラがお父さん、村の若い衆が牡牛にちょっかい出しにきたのかね？　と寝惚《ねぼ》け声で訊いた。

八年前の深夜、牡牛のいる牧原に闘牛士志願の少年二人が侵入した。自転車を改造した模造牡牛との格闘にあきた少年たちは、本物のトーロ・ブラボーで腕を試したくなったのだ。

大騒ぎがおこった。ひとりの少年は腹部を突かれ、瀕死《ひんし》の重症を負った。もうひとりの少年は、鼻先にのせられて跳ねとばされ、岩場で脇腹《わきばら》を打って気絶した。

犬の吠え声にペドロらが馬にのり、牧原に駆けつけてみると二人の少年が倒れていた。

サンフェルナンドから徒歩で武者修行にきた少年たちは、数か月病院に入院した末、闘牛士になることを諦《あきら》めた。

あの夜も、こんな風に犬が吠えた。

ペドロが起き上がりズボンをはいて、上着に手をかけたとき、唐突に犬の吠え声が止《や》んだ。

牧童頭は不自然なものを感じた。

ブーツに足を入れると寝室の隅に立てかけてある猟銃を手にした。

「お父さん！」

「なあに、用心にしたことはない」

居間にいくと明りをつけた。ガラス戸を開き、板戸を押した。母屋とペドロの家と馬小屋にかこまれた庭の中央に白い井戸があった。月明りに黒ずくめの男が立っている。猟銃をかまえた老牧童頭ペドロは、

「だれだ、他人の土地に入りこむ奴は？」

と深夜の闖入者《ちんにゅうしゃ》に銃口を向け、怒鳴った。

ペドロが井戸に二、三歩歩きかけたとき、すぐ近くで人の気配《けはい》を感じた。振り向くより拳銃の銃口が白髪《しらが》頭に押しつけられるほうが早かった。

ペドロ夫婦は引き立てられるように母屋に連れていかれた。震え声で牧場主の女房カルメンの名をよんだ。

屋内に照明が入り、ピンクのガウン姿の娘ホセファがドアを開けた。

「どうしたの、ペドロ？」

ホセファの言葉が終わるか終わらないうちに、侵入者が娘の腰に革ベルトを巻きつけた。叫ぶ暇もない早技だった。

初めて侵入者が口をきいた。

「いいかね、そのベルトには一キロのプラスチック爆弾がセットされている。いつでも

遠隔操作で爆破できる、試してみるかね？」

　ホセファははげしく首を振った。

「さて、君のお母さんと弟をこの部屋に呼んでくれ」

　ホセファは泣きながら、

「マードレ！　クーロ！」

と母親《マードレ》と弟の名を呼んだ。

　枢機卿《カルデナーレ》の主人は数分前、別れを告げた牧場主が店の中にもどってきたので驚いた。

「ルセロ、なにか忘れものかい？」

「いや、電話だ、牧場に電話をしなければならん」

　上機嫌で店を出ていった牧場主とは別人の感があった。顔が蒼白《そうはく》で落ち着きがない。

「トイレの脇にあるよ。気分でも悪いのかね？」

　相手を気遣う主人の前にバスク人らしい風貌《ふうぼう》の男が立ち、ガムを買いたいと言った。

　ルセロの電話は簡単に終わった。彼は挨拶もせずにそそくさと外に出ていった。

　そのあとを追うようにガムを買った客も出ていった。
　一四、五メートル四方の囲い場を一頭の牡牛が占拠し、不安げな様子で視線をさ迷わせていた。

右端の囲い場に両角が頭上に巻きあがった黒牡牛が追いこまれ、五つの囲い場が一頭の牡牛で埋められた。

「五一四キロ、バルタサール・イバン!」

係員の計量の数字を告げる声がラス・ベンタス闘牛場裏庭にひびきわたった。囲い場と囲い場の間には高い土塀が走り、土塀上は、幅一メートルの通路になっていた。鉄の手摺《てすり》に肘《ひじ》をついたビクトル警部がうららかな陽をうける牡牛を見下ろしながら言った。

「広い囲い場に一頭ね、ぜいたくなもんだ」

「普通は六頭一緒に入れられる、同じ囲い場にさ。でも、今回は生れも育ちも異なる牡牛たちだ。一緒にしちまうとたちまち流血の争いがおこる」

「そんなもんかね。目なんか小さくて実にあどけないぞ。牡牛ってのは大きいのがいいのかね、体重をいちいち計っているようだが」

「一概に大きいのがいいとは言えない。小さくても勇敢な牡牛はいる。では、なぜ、あやって計量するかといえば、闘牛規則に定められているからですよ。闘牛場には一級から三級まで等級がついている。その闘牛場の歴史とか、収容人員によって、一級と認められた闘牛場は、このラス・ベンタスをはじめ、スペイン国内に七つある。その七つの闘牛場に出場する牡牛は四六〇キロ以上の体重がなければならない」

「体重不足だとどうなる」

「牧場経営者は面子《メンツ》をつぶしたうえ、罰金を払い牧場に連れかえる。そんなときのために、どの闘牛場も予備牛を用意している」

「牡牛ってのは試合の二日前に運びこまれるのが決りかね」

「いや、二十数日におよぶ五月のサンイシドロ闘牛場連続興行の場合は、もっと前からマドリード入りさせて、カサ・デ・カンポの囲い場で休養させておく。今回は一回興行だから、二日前にしたんだろう」

　バルタサール牧場の牡牛は囲い場のせまい入り口で立ち止まり、なかなか中に入ろうとはしなかった。

　牡牛に付き従ってきた牧童が土塀の上から長い棒をくりだし、尻《しり》をついて、囲い場中央に移動させようとした。

「四年間、丹誠して育てた牡牛には、ああやって牧童たちが同行してくる。牧場の運び出しから、死の時まで自分の牡牛を見守る。これがこの世界の習慣さ」

「ご大層な趣向だな。牡牛に人間が何人くっついてくるんだ」

「牧童頭、牧童、運転手と三人は来るだろう」

「今回は二名に制限されている。六牧場のコンクルソだから牧童宿舎が満杯だ」

　二人の背中で声がした。恭助が見ると闘牛写真家のヴィセンテ・アロヨがまるまるとふくらんだ顔に、幾筋も汗を伝い流しながら立っていた。

「ヴィセンテ、搬入から立ち合うなんて珍しいね」

「お前さんこそ、熱心じゃあないか」

「今回は日本の皇太子ご夫妻が見物にこられるからね。東京の出版社から取材を頼まれたのさ」

同僚の写真家に嘘《うそ》をついた。そして、サラゴサの治安警部に紹介した。

「この人はスペインでもっとも有名な闘牛写真家だ。ひたすら闘牛士が殺される瞬間ばかりを狙《ねら》っているので、ハゲタカ・ヴィセンテと呼ばれている」

破願するヴィセンテに質問した。

「牧童のつき添いが二名に制限されているというのはほんとかい」

「ああ、一牧場に一部屋というのが牧場対抗戦《コンクルソ》のときの決まりだ」

「どこで寝泊りするのかね？」

「ほれ、あの赤レンガの建物の二階だよ」

恭助が囲い場に隣接した牧童宿舎をビクトルに教えたとき、最後の牡牛が狭い通路をくぐって、一番奥の囲い場に姿をあらわした。

一本の混じりっ毛もない漆黒《しっこく》の牡牛だ。角の先端が内側へ、ゆるくカーブをえがいてのびている。

恭助は怯えたように動きを止めた牡牛の耳を見た。牡牛の両耳は生まれ育った牧場固有のかたちに切りそろえられている。知識があれば、耳のかたちだけで出身牧場の判別がつく。

右は〝さすまた《オルケータ》〟、左は〝槍の穂先《プンタ・デ・ランサ》〟。

「ヴィセンテ、どこの牡牛だい？」

恭助の知識の外だ。大ベテランのヴィセンテに訊《き》いた。

「ルセロ・ゴメス・カンポ」

「カンポ？　あまり聞かん牧場だな」

「ラス・ベンタス出場は確か十五、六年ぶりだろう。ドメク伯爵の牡牛が怪我してな、急遽《きゅうきょ》代役に出てきた。カディス県の山の牧場で飼育された牡牛だが、他の五牧場のと比べると、だいぶ格落ちだな」

ヴィセンテの言葉は辛辣《しんらつ》でにべもない。

「コンクルソに出るというのはそんなに大事なのかね？」

ビクトルの皮肉まじりの言葉にヴィセンテが咬《か》みつこうと顔を向けた。そのとき、相手の正体に気づいたらしい。

「旦那、ラス・ベンタスでコンクルソに出る、この世界では最高の名誉なんですよ。何しろ、スペインの有名な牧場の育てた牡牛が、ナンバーワンを競うわけですからね」

語調をやわらげたヴィセンテが答えた。

「すると、あの牡牛を育てた牧場は、本来、この闘牛場に出場する資格はないのだな」

「ヴィセンテの言う通り、格式、歴史、規模どれをとっても格落ちだね。なにしろ、このぼくが知らんくらいだから……」

ヴィセンテがにたりと笑った。

「しかし、いくら有名な牧場出身だからといって、勇敢な働きをするとはかぎらない。その反対に、カンポのように期待もされない牡牛がすごい戦い振りを見せてくれることもある。なにしろ、生き物だからね」

ビクトルが納得《なっとく》したように頷《うなず》いた。

「五二一キロ、カディス県カンポ牧場！」

土塀の上に小肥りの老人がよろよろと登ってきた。

「へえ、カンポの奴、久しぶりに見たが、えらくふけこんだもんだな。あの疲れきった老人が、六番目の牡牛の育ての親ルセロ・ゴメス・カンポだよ」

老牧場主のルセロは、囲い場に追いこまれた牡牛をじっと見ていた。

「トラック同乗とはな、久しぶりのラス・ベンタス出場がよほどうれしいと見えるね。一言祝ってやるか」

ヴィセンテはそう恭助に言い残すと土塀の上を歩いていった。

第六章　殺人逃避行

1

十一月十四日。

パリからの情報によれば、この日、亡命スペイン共産党の主導の下に非公式ながら「スペイン民主主義評議会準備委員会」が結成された模様。

主要な綱領の骨子は、つぎの項目から成っているものと予測される。

(1)民主主義体制回復のための臨時内閣の樹立
(2)すべての政治犯の恩赦
(3)政党・結社の自由
(4)三権分立制度の確立
(5)軍の政治的中立
(6)報道の自由
(7)教会と国家の分離

(8)欧州共同体への加盟など

パリ発のエール・フランス航空の定期便511便が定刻より三分遅れの午前十時三十三分にマドリードのバラハス空港に到着した。

緊張の面持ちでファースト・クラスから下り立った奈良県天理《てんり》市の神職山口宏幹《やまぐちひろみき》（四十歳）と岡山県牛窓《うしまど》町の小学校教員川喜田陽子《かわきたようこ》（三十七歳）は、出迎えの黒塗りの車に乗せられそそくさと市内へ姿を消した。

小磯信樹《こいそのぶき》はマドリードのパードレ・ダミアン街四十二番に建つ高級マンションの玄関のブザーを押した。三度目に、眠そうな女の声がした。

「だれよ、こんなに早く」

「おれだ、吉村《よしむら》だよ。パリから約束のもの買ってきたぜ」

自動ロックの玄関ドアが解錠された。

イタリア製の革のバッグとパリのオルリー空港の免税店のビニール袋を下げた男は、六階の部屋に上がっていった。

「臭《くさ》いわね、あんた」

一週間ぶりに再会した男と抱擁した若い娼婦《しょうふ》マルタは眠い目をこすった。

「すまん、徹夜でパリから走ってきたんでね、汗をかいた。ほれ、約束のものだ」

男はビニール袋をマルタに渡した。

「ありがとう」

マルタが袋をのぞくとスコッチ・ウィスキーが二本に四分の一オンスの香水ココ・シャネルの黒い小箱が見えた。

「宴会《フェスタ》をやらないとね。でも、その前にシャワーをあびてきてよ、動物の臭いがするわ」

男はバッグを下げるとバスルームに入っていった。

マルタが高級娼婦の集まるドクトル・フレミング街の酒場モリノで日本人に声をかけられたのは、一週間前のことだ。

達者なスペイン語を喋《しゃべ》る男は、金づかいのきれいな若者だった。シャンペンを一本あけたあと、マルタを食事に誘ったのだ。ベッドだけが目的の外国人が娼婦を食事に連れていくなんて、そうあることではない。

二人はラ・バラッカでパエリアを食べ、リオハの白ワインを愉《たの》しんだあと、ディスコに踊りにいった。

夜明け前、マルタは懐のあったかそうな日本人を自分のマンションに呼んだ。

男の欲望はスペイン人の客では考えられないほど、あっさりとしたものだった。

夕暮れ、部屋を去る前に男はマルタに二〇〇ドル支払い、魅力的な申し出をした。

「一週間後の十四日、マドリードにもどってくる。君を三日間、借りきりにできないか」

「一日三〇〇ドル、前金で半額ちょうだい」

マルタは一晩ベッドをともにした日本人に甘えた。法外の値を聞いた相手はにやりと笑い、一〇〇ドル札五枚をマルタの手ににぎらせた。

その男が動物の臭いを体にさせて戻ってきた。パリに行ったはずの男が汗臭い格好《かっこう》で帰ってきた。

マルタは、男の疲れたからだに危険な臭いをかいだ。一週間前には感じられなかったものだ。それが彼女を不安にした。しかし、マルタは楽天的なサラマンカ女だった。残金の四〇〇ドルが手に入れば故郷にもどり、ゆっくりとクリスマス休暇をとるのも悪くないと考え直した。

シャワーの音がしたのをしおに、台所に入った。冷蔵庫には男の言いつけ通り、三日分の食糧や飲物が詰まっている。三日九〇〇ドルの稼ぎの条件のひとつは、このことをだれにも話すなということだった。が、つい、上客をつかまえたうれしさに親友のカルミィナに喋っていた。

(でも、そんなことわかりはしないわ)

マルタは冷蔵庫から氷をだしながら人気歌手ラファエルの歌をハミングした。

男とマルタは、居間で二人だけのパーティをひらいた。

生ハムや腸詰めをつまみにウィスキーを飲み交わし、ソファの上で戯れた。男は先日の夜より昂奮《こうふん》し、欲望をむきだしにして、挑んできた。まるで猟犬に追いつめられた野うさぎのように熱《たぎ》り立ち、マルタに手淫《しゅいん》を求めた。そして、血走らせた目をそこに向けながら、ママ、ママと呟《つぶや》いていた。

退廃のときがどれほどつづいたか、マルタは、尿意をもよおし、目を醒《さ》ました。チェイサー代わりに飲んだスパークリング・ワインのせいか、頭がズキズキ痛む。

カーテン越しに夜明けの前の白い光が滲《にじ》んでいた。二人だけの宴会《フェスタ》は二十時間近くもつづき、すでに新しい日がはじまっていた。

十一月十五日午前六時一分。

寝惚《ねぼ》け眼《まなこ》のマルタは転んだ。男の黒いバッグが足にからんでいた。舌うちしたマルタは、ふと気になった。

（この日本人はいくらドルを持っているのかしら）

寝室をふりかえった。男の鼾《いびき》が聞こえた。マルタは足下のバッグをそっと持ちあげてみた。重い。しゃがみこむとチャックをあけた。

ツイードの背広がきちんと畳まれて入っていた。マルタは英国製の平織りの衣服の下に手を突っこんだ。期待したものに手が触れた。引っ張りだすとやはりドル紙幣の札束だった。一〇〇ドル札だ。一万ドルはある。サラマンカに小さな耕作地のついた農場が買えるほどの大金だ。

いま一度、バッグのそこに手を差しこんだ。

固い感触が指先に触れた。不安が体中をかけめぐった。得体の知れない客をつかんだ勇気をふるって、摑《つか》んだ物体を出した。靴下にくるまれた拳銃《けんじゅう》。銃口が鈍く光った。

マルタは錯乱し、拳銃をにぎったまま立ちあがった。その瞬間、彼女の首に腕が絡んだ。

止《や》めて！

言葉にならなかった。眠っていたはずの日本人の腕がぐいぐい締めた。マルタは足をばたつかせながら失禁した。拳銃が手から落ち、見開いた瞳《ひとみ》の奥に生れ故郷サラマンカの、マヨル広場の夜景が浮かんで消えた。

小磯は女の体をどさりと投げ出した。太股《ふともも》をあらわにして横たわるマルタを眺め、拳銃をひろうとバッグにもどした。

台所に行き、冷蔵庫からビールの小壜《こびん》を出して、ラッパ飲みした。

カーテンの向こうの朝の光が強さを増した。水道の水で顔を洗う。

マルタの死体を寝室にひきずって行き、ベッドに抱えあげた。シーツをかけて、深い吐息をひとつついた。

どうやら死体と一緒に二、三日暮らすことになりそうだ。

電話が鳴ったのは昼過ぎのことだ。それから、三十分後にまた鳴った。夕暮れまでに六回。ベルの音が小磯の神経をかき乱した。

迷いをふりきるように真新しいワイシャツを身につけた。ツイードの背広を一日早く着ることになった。カバンの中からドル紙幣で二〇〇〇ドル、ペセタで五万を出し、財布に入れた。そのときマルタとつかう予定だった闘牛の券が二枚入っていることを確認した。

小さな革バッグにコルト自動拳銃、ツァイスの双眼鏡、吉村直治《なおじ》名義のパスポートを入れた。

旅券は二か月前、ユーロビルディング・ホテルの受付から騙《だま》しとったものだ。頭髪を七・三に分け、ボストン・フレームの眼鏡《めがね》をかけた小磯信樹の写真にはりかえたのは、イニァキの知り合いの公文書専門の偽造屋だった。本来の旅券の持主の名前などはそのまま利用した。スペイン滞在中、コンタクトで過ごしてきた小磯は、眼鏡に替えたので人相ががらりと変わっていた。

小磯はラス・ベンタス闘牛場からタクシーで十分とかからない、娼婦マルタのアパートで、決行の日まで過ごすつもりだった。だが、予期せぬ事態がおこり、彼女を一日半ばかり早く殺す羽目におちいった。

このまま、マルタの死体と一緒にときを待つことも考えた。しかし、電話が気になった。小磯は、マルタがどんな交友関係をもっているのか知らなかった。もし、だれかが訪ねてきたら……小磯は塒《ねぐら》を別に探すことを選んだ。

警察の目は、宿泊施設全般に光っているだろう。これからホテルに投宿するのはこのアパートで過ごすより危険だ。しかし、待てよ、と小磯は考えなおした。

葉っぱを隠すには森の中にだ、これが物を秘匿する最上の策ではないか。となれば日本人は日本人の中にいてこそ目立たない。

小磯は部屋の中に梟《ブーホ》の痕跡《こんせき》をのこしてないか点検した。アンダルシアから着てきた服はビニール袋に入れた。手で触れた家具、ドア・ノブ、壁、冷蔵庫などすべて拭《ふ》いてまわった。最後に持物をバッグに回収した。が、このとき、不必要となったコンタクト・レンズ入りのケースをマルタの化粧壜《けしょうびん》のかげに見落としてしまった。窓の外に夕闇《ゆうやみ》が迫るのを確かめた。

午後六時三十七分。

小磯は三十二時間ばかり過ごしたマルタの部屋を出た。徒歩でアパートから遠ざかった彼はビニール袋をゴミ箱の中に押しこんだ。

カステジァナ大通りまで歩くと通りがかりのタクシーをひろった。

小磯は、マドリードにあるターミナル駅のひとつアトチャに行くように命じた。

マラニョン広場に接近したとき、点滅するパトカーの明りを見た。通りを走る車がすべてスピードを落とし、停止した。

（検問か）

小磯は車に乗ったことを悔いた。運転手が客をバックミラーで確かめ、笑った。

「セニョール、あんたの国の皇太子がバルセロナから帰郷されたようじゃね。わしらはリッツ・ホテルまで行列のうしろをとろとろ走ることになりそうだ」

地中海に面したバレンシア市中央市場前のナザレ理容店の女主人マリアテレサ・プラドは、ガラス窓に三日間臨時休業の張り紙を張った。通りがかりの主婦が声をかけた。

「旅行かね？」

「ああ、マドリード見物にね」

硬い表情で大柄のマリアテレサが答えた。

黒いカバンを駅の荷物預り所においた小磯は、小さな革バッグだけの身軽な格好でパラセ・ホテルの酒場に入っていった。皇太子夫妻の宿泊するリッツ・ホテルと、プラド大通りをはさんで二〇〇メートルと離れてないせいか、両殿下に随行してきた報道陣の大半がパラセに泊まっていた。

小磯はカウンターに腰をおろすと英語でシェリー酒をたのんだ。そして、酒場の中をゆっくり見渡した。日本人の客は二組、目当ての人物はいなかった。

　小磯は途中のキオスコで買った「ヘラルド・トリビューン」紙をひらいた。三人の日本人グループの会話が耳に入ってきた。

「おい、スペイン側の警備が必要以上にピリピリしてると思わないか。とくにマドリードがひどい」

「日本人の大使館筋の緊張も相当なもんだぜ」

「おれはこれで三度目さ、皇太子さんの親善旅行の同行取材はな。今回がいちばん警備がひどい。そのくせ、やつらがなにに怯《おび》えているのか、はっきりしない」

「スペインってのは親日的だときいてきたがなあ。今日なんてホテルの部屋までおまわりが来たぜ。パスポートを提出させて、おれの顔をじっくり見比べていきやがった。こちとら日本からの同行記者だというのにな」

会話の内容やテーブル上のカメラ器材などから推察して、女性週刊誌の記者とカメラマンらしい。

「明日の闘牛場は記者証とパスポート持参だと。闘牛なんて見たくもないや。真鍋《まなべ》、お前行って写真とってこい。おれは買物だ」

「おれひとり？　そりゃあないよ」

小磯がシェリー酒に口をつけたとき、若い日本人がバルに入ってきた。アタッシュ・ケースと部屋の鍵《かぎ》をカウンターにおくと早口の日本語で、ビールをくれ、と命じた。小《こ》馬鹿《ばか》にしたような目で見返すバーテンの態度に間違いに気づいた男は、慌てて、英語で注文した。

小磯もぎこちない英語でシェリー酒をお代わりし、せかせかとグラスにビールを注《つ》ぐ男に、英語が通じない国ですね、と話しかけた。言葉は開かずの扉をひらく呪文《じゅもん》のように作用した。男は小磯を見るとほっとした様子で、

「まったくひどい国だ。ビジネスマンには最悪の国ですよ」

とひどく疲れきった顔に喜色がのぞいた。

「私は京西《けいせい》大学の吉村です。ドイツ美術が専門なんですが、この国のスローモーぶりには、ほとほと感心します」

「いや同感です。ああ、紹介がおくれましたが太陽通商の和田《わだ》です。三日前に来西したんですが契約がまとまらなくて難渋ですわ」

「日本商品の売込みですか」

「いや、反対」

「スペインから輸入するものというと」

「機械です。繊維関係の機械の技術はなかなかのものなんですよ。つまり私は買い付け側、お客です、それなのに売る気があるのかないのか、明日の商談も先方の都合で延期ですわ」

二人はひとしきり、スペインをあげつらった。悪口ほど親近感をます妙薬はない。小磯は雑談の中で和田があと四日、パラセ・ホテルに滞在することを知った。

「スペインの食物は口に合いますか？」

悪口ついでに人間の根源的欲望である食物に話題を転じた。相手は誘いにたちまちのった。

「オリーブ油のきつさと量の多さ、閉口ですね。でも、ホテルの外はなにか億劫《おっくう》だし」

「ぼくは昨晩、この近くの飲屋街をふらつきました。安直な食物屋が軒をならべていましてね、なかなか旨《うま》いんですよ、それに値段も高くない。オリーブ油の臭いなんて全然気になりませんでしたね。いやあ、堪能したな」

「そりゃあ、勇気がおありになる」

「どうです、お近づきのしるしに飲屋街にくり出しませんか」

和田がうれしそうに破顔した。

「ほんとうですか、日本語が喋れて気楽に飲み食いできるなんて、何日ぶりだろう。ぜひ、ご一緒させてください。部屋に商売道具をおいてくる間待ってくれませんか、五分ほどで下りてきます」

和田は部屋のキーを示し、伝票にサインした。

七三一。

小磯は記憶した。和田の姿が見えなくなるとロビーに出て、電話をさがした。

首都のプラド美術館裏の短期滞在者用の高級アパート・アンヘルにコロンビア人のエメラルド商人を装ったパウリーノ・オラベとプリエト・アンソレアが潜んでいた。

アンヘル・アパートの電話番号をまわし、五秒間発信音が鳴ると切った。二度くりかえし、ようやく三度目に相手が受話器をとるまで待った。

「もしもし、こちらはグランビアの宝石店ですが」

「お待ちしておりました」

プリエトの声がした。小磯は小声で、

「巣を変える。パラセ・ホテルの七三一号に移動工作中だ」

と囁《ささや》いた。

「消毒済みか？」

「ああ、すでに検査は終わっている。深夜十二時、サンタアナ広場のエスパニョール劇場前に待機していてくれ。先の品物を渡す」

ウナギの稚魚と小エビが名物の酒場アブエロで和田は満足そうに感嘆した。

「このグラス一杯のワインが二〇円ほどですか、いや信じられん。それに昨日まであれほど鼻についていたオリーブ油がまったく気にならない」

「でしょう。団体客の連れていかれるレストランでは、羊の肉など何度もあぶり直して客に出すというのだからかたくて歯が立ちません。それにくらべると」

小磯は木のさじをオリーブ油たっぷりのウナギの稚魚に突っこみ、器用にすくって、口に放《ほう》りこんだ。ニンニクと唐辛子《とうがらし》の風味が小魚にからまって、なんともいえない香ばしさだ。三杯のワインで和田の顔が紅潮してきた。酒はそう強くないようだ。

「明日はどうなさる予定です？」

「朝からトレド観光です」

「おひとりで？」

「とてもとても。吉村さんに会う前にツアー旅行の添乗員の女性とロビーで立ち話したんですよ。岐阜の繊維問屋の旦那衆《だんなしゅう》を引率してきた女性なんですがね、明日暇だとなげいたら、ツアーに特別参加しませんかって誘われたんです。繊維関係ならわたしの専門外というわけでもないし、明日はお上りさんですわ。どうも四〇〇〇ペセタの半分くらいが彼女の懐に入るんじゃあないかな。でも、観光地巡りして、昼食をとって、闘牛見物で二万円ですからね、そう高くはないでしょう」

和田は小鼻をうごめかせた。

「そりゃあ、悪くない」

「吉村さん、あなたもどうです？」

「ホテルに戻ったら早速、彼女を探しましょう」

「岐山《ぎざん》観光の後藤《ごとう》さんです。髪の長い、なかなかの美人ですよ」

「さあ、そうと決まったら次の店だ。今度はね、ブドウの枝に羊の腸を固く巻きましてね、炭火であぶって食わせる店なんですがね。日本の焼鳥なんかより、ずっとうまい」

二人は太陽門《プエルタ・デル・ソル》広場裏の飲屋街を何軒もハシゴして歩いた。和田の足下はふらついている。

「つぎはね、ヘミングウェイが好きだというビヤホールだ」

「もう駄目だよ、吉村さん」

「帰り道ですから覗《のぞ》くだけ覗いてみませんか」

二人は肩を組み、蹌踉《よろめ》きながら甃《いしだたみ》の街路を伝い、サンタアナ広場に出た。小磯は街角の大時計に目をやった。

午後十一時五十四分。

あと六分後に決行の日が来る。

「和田さん、この出窓のあるホテルね、闘牛士の泊まる定宿だそうですよ」

ビジネスマンが揺れ動く上体を小磯にあずけ、訝《いぶか》しげに訊《き》いた。

「あんたはどうしてこの町のことに詳しいんだい？」

酔ったせいか、雑駁《ざっぱく》な言葉遣いと変わった和田の態度に一瞬たじろいだ小磯は、

「いや、ガイドブックの請売《うけう》りですよ」

とごまかした。注意力が散漫になっている、気をつけろと心を引き締めた。

十一月も中旬のマドリードだ、さすがに広場には人影はない。木枯らしがやせ細った樹木の枝々を叩《たた》くように吹いていく。

エスパニョール劇場前にシトロエンがひっそりと駐車している。小磯は和田を車道側に誘いこみ、ほれ、あそこが文豪氏行きつけの酒場ですよ、と指差した。和田が酔眼を広場東南の角に向けた。

シトロエンの後部席のドアが静かに開いた。小磯は腰を落とすと和田の体に体重をかけた。酔っぱらって足下の不確かな和田は開かれたドアのほうに倒れかかった。

車内からプリエトの手がのび、太陽通商和田茂美《しげみ》の首にピアノ線をからめた。小磯が悲鳴をあげかけた男の腰を押し、後部席になだれこんだ。同時にシトロエンは、サンヘロニモ通りに向かって急発進していった。

2

十一月十六日午前零時二分（現地時間十五日午後六時二分）。

ワシントンのホワイトハウスは来月十二月十九日、キッシンジャー博士がスペインを訪問、カレロ・ブランコ首相と会談することを発表した。ワシントンの外交筋では、両者の会談において主にフランコ後の、スペインの民主化問題が話し合われるものと見られている。

「どこかに奴《やつ》の影があってもいいはずだ」

ビクトル警部はウェリントン・ホテルの廊下を歩きながら毒づいた。

「五ツ星ホテルから星なしのペンションまで洗い直した。しかし、小磯もイニァキも、彼らの部下も影すら見せん」

端上恭助《はしがみきようすけ》は、元ETAのグループということも、現在オプス・ディと王党派の息がかかった組織ということも忘れ、知りうるかぎりの小磯信樹の経歴、性格などから、彼のとりそうな行動パターンを考えた。

小磯はスペインに精通していたが首都には住んだことがなかった。金は日本赤軍から奪った資金を、また、オプス・ディから流れてくる工作費をふんだんに所持しているものと予想された。パスポートは当然偽造したものを保有していると推定できる。

「やつらが何か月も前から首都圏にアジトをかまえていると思えんがなあ」

二人はホテルの酒場《バル》に入っていった。

捜査本部は、首都圏テロ対策最高責任者ヒメネス警視に指揮されたテロリストのアジト捜索作戦が失敗に終わり、沈鬱《ちんうつ》な空気につつまれていた。二人は正規軍の苦悩する様子を見るに忍びず、息抜きにバルに逃避してきたのだ。

すでに残された時間は十八時間余りだ。

ウィスキーのオン・ザ・ロックをたのんだ恭助は取り止めのない考えに再びおちた。

日本人が、いや小磯信樹がこのスペインで別人に変装するとしたらだれに成りうるか。

小磯がいくら流暢《りゆうちよう》なスペイン語を話すといっても、日本人にしか成りえない。

これが第一の定理だ。

つぎにパスポートの問題。本人名義のものは使用できない。あらゆる宿泊施設に彼の名と旅券が手配されているからだ。といって偽造旅券でホテルに泊まる危険を冒すだろうか？　もし宿泊しているのであればローラー作戦にひっかかっただろう。

小磯の有利な点は、金が豊かに使えることだ。何か月も前から家を借りたか、あるいは学生を装い、一般家庭に入りこんだか。

「キャンプ場なんてのはどうだ」

「ヒメネス警視のローラー作戦にはキャンプ場もふくまれている。日本人がひとり、あるいは複数で泊まった場合でも、すべて通報がされる仕組さ」

恭助はジョニ黒を啜《すす》った。バーテンがスペイン人には珍しく物静かな声でたずねた。

「セニョール・ハシガミで？」

「ああ」

「電話が入っております」

反射的に腕時計を見た。

午前零時五分。

すでに十一月十六日が来ていた。カウンターの隅の電話に歩み寄った。

「キョウスケ、元気？」

マグダレイナの声がした。ほっと安堵《あんど》しながら彼女の声を聞くのは何日ぶりかと思った。

「ああ、元気だ。村はどんな様子だ？」

マグダレイナは危険なサラゴサを逃れ、故郷のアスコルリァル村にもどっていた。

「村？　何千年も前から変わりないわよ。キョウスケの奥さんとナツコが村人たちにどんなに慕われていたか、よくわかったわ」

「…………」

「ごめんなさい、余計なことを言って」

「いや、いいんだ。気にするな」

「私、サラゴサに帰らない。アンダルシアの村娘にもどるの」

決意の言葉の中に希望が感じとれた。

「マグダレイナ、なにかいいことがあったんじゃあないか」

「わかる？」

「なんとなくね」

「一度別れたのよ、ペペと。彼ったら私が村にもどるのを待っていたんだって、めかしこんで会いにきたわ」

「おめでとう」

「キョウ、私が昔の婚約者《ノビオ》と会うのをとめないの」

恭助にはマグダレイナの気持が痛いほど理解できた。しかし、将来を考えるゆとりなどなかったし、待ってくれとも言えなかった。黙しているしか術《すべ》がない。

「ピレネーの旅、愉《たの》しかったわね」

「うん」

「私、ペペと結婚するかもしれないのよ。母のようにたくさんの子供を生んで、平凡に暮らす」

ふいに言葉が途切れた。そして、切りつけるような烈《はげ》しさの言葉が身に響いた。

「いいの、それで」

「……ああ」

二人はしばらく沈黙した。恭助は、数年、いや、事件が解決するまで待ってくれという言葉を口にしかけ、嚙《か》み殺した。マグダレイナが深い吐息をつき、訊いた。

「梟《ブーホ》の居場所、わかったの？」

「ホテル、ペンション、アパート、キャンプ場とローラー作戦が展開されたが影さえつかめない。テロがおこなわれるのは今日だ。彼らは、すでに首都圏に入りこんでいるはずなんだがなあ」

「あの男はひとりで行動しているかしら」

「テロ・グループは複数だが小磯は単独で動いている。これはぼくの勘だがね」

「キョウスケ、あそこは探したの」

「あそこ？」

「私とあいつが出会ったきっかけを考えて」

「そうか」

「そうよ」

「あいつが考えそうな場所かもしれん。これから調べるよ」

「気をつけてね、キョウスケ」

恭助の身を案じる言葉を最後に電話が切れた。オン・ザ・ロックをぐいと飲み干した。

「ビクトル、奴が潜りこめる場所が残っていた」

「どこだ？」

ビクトル警部が勢いこんで訊いた。

「娼婦宿」

この瞬間、恭助は、淡い恋情が遠くに去ったことを悟った。

「それも一番高級な娼婦のアパートに転がりこむ。金はいくらでももっているんだ」

「娼婦宿？」

「面白い」

二人はバルをとびだすと玄関前にならぶタクシーに駆けこんだ。

「ドクトル・フレミング街に大急ぎだ」

運転手は、首都いちばんの娼婦街の名を声高に口にする客を見た。

「おれは急げと命じたんだぞ。さっさと車を発進させろ」

運転手は慌てて、ハンドルを握り直した。

十分後、近代的なアパートがならぶ住宅街で二人はタクシーを下りた。閑静な街並のあちこちに、場違いな明かりが点《とも》り、ドアのかたわらに男が立っている店もあった。日本商社員の接待場所として有名な通りの噂《うわさ》をたびたび聞かされてきた恭助だが、実際に訪ねてきたのは初めてだ。

「あれから入ろう」

そのものずばり欲望の館《カサ・デ・デセオ》のドアの前に立った。覗き窓から観察されている気配があって、ドアがあけられた。

ほの暗い照明の中、人影が見えた。男ばかりだ。

ビクトルはカウンターに歩み寄り、バーテンに耳うちした。露骨に顔をゆがめた相手は、それでも奥の暗がりに合図をした。

真っ赤なミニ・スカートの娘が半地下のサロンから上がってきた。男たちの目が光り、あらわな胸や尻《しり》に視線が集中した。

ビクトル警部は十七、八と思える娘とひそひそと話していたが、くそっ！　と毒づき、さっさとバルを出た。

「警察《サツ》などに協力はしないとさ。サラゴサならな、全員ひっくくってやるんだが」

アラゴンの強面《こわもて》警部も花のマドリードでは、形無しだ。

「ビクトル、ここは、外国人にまかせてくれ」

「いいとも。せいぜい飢えた日本人観光客を演じてくれ」

二人は道の向こうのアマゾネスに入った。コニャックを二杯注文した。なんと一杯三〇〇ペセタという代物だ。ウェリントン・ホテルの酒場でも、二、三杯は飲める。

恭助はグラスを手に店内を眺めまわした。中二階への階段に女たちが思い思いのポーズで腰かけていた。金髪、アフロヘア、黒髪、パンタロン、ホットパンツ、毛皮……二階にあがる恭助へ意味ありげな視線を送ってきた。

恭助は白いドレスのぽっちゃりした娘の前で立ち止まった。

「オラ」

「シャンペンもらっていいかしら」

恭助はドクトル・フレミング街のシステムがなんとなくわかりかけてきた。娼婦《おんな》たちは酒場に所属しているわけではないのだ。彼女たちは好みの店で客を待つ。酒場は女性目当てに集まってくる男たちに相場の十倍もの飲物を売りつける。娼婦と客の交渉ごとには、酒場は関知しない。そんなところだろう。

頷《うなず》くと五〇〇ペセタの札を女に渡した。他の女たちの挑発するような眼差《まなざ》しがふっと消えた。商談成立か不成立か、見守ろうってわけだ。

娘がシャンペン・グラスを片手に恭助をソファに誘い、私、ガブリエラというの、と言った。

「酒のつまみだ」

五〇ドル札をガブリエラの胸もとに押しこんだ。

「私の部屋に行く？」

「人を探しているんだ。会社の同僚だがね、君の仲間にいれこんで、この数日、会社に出てこない。おそらく女性と一緒に過ごしているんだろう。さっき日本から国際電話が入ってね、彼のお袋が交通事故で亡くなったという知らせだ」

「まあ、大変」

「それで探しまわっているのさ」

「女の名前はなんていうの？」

「それがわかれば苦労しないんだが。同僚は二十六歳の男だ。彼の家は金持だから金払いはいいはずだ。訛《なまり》のない、きれいなスペイン語を喋る」

「ちょっと待ってて」

ガブリエラは仲間たちのところに戻っていった。女たちがちらちら恭助を見る。今度の視線は営業用ではない。ガブリエラは真っ赤なパンタロンを穿《は》いた娼婦《おんな》を伴ってきた。

「アナにもシャンペンを頼んでくれない」

恭助はもう一枚五〇ドル札を出した。

「気のぬけた飲物には、飽き飽きしてるだろう」

アナが青い紙幣に手をのばしかけ、あんた、警察の回し者じゃないわね、と念を押した。

「日本人の密告屋にこれまで会ったことあるかい」

顔を横にふったアナが、一週間も前のことかな、若い日本人がマルタを食事に連れ出したそうよ、と言った。

「スペイン語はどうだ?」

「完璧《かんぺき》に話したって噂だわ」

「マルタに会いたいな」

「インカって酒場を訪ねてごらん」

法外な情報量を払った。立ち上がりかけた恭助に五〇ドルをバッグに納めたアナが、彼女に会えなかったらカルミィナを探してみて、二人は姉妹みたいに仲がいいから、と教えてくれた。

酒場インカには目当てのマルタはいなかった。だが、カルミィナには会えた。恭助は彼女に単刀直入、マルタに会いたい、と言った。彼女は、恭助の背後のビクトルに目をやり、おまわりは嫌いよ、とそっぽを向いた。一歩踏み出すサラゴサの治安刑事を制して、恭助は言葉をついだ。

「カルミィナ、マルタの身が心配なんだ。彼女と食事をした日本人は危険な人物かもしれないんだよ」

しばらく恭助の顔を凝視していたカルミィナが、いいわ、と話し出した。

「私も不安なの。たしかにマルタは八日前、日本人の上客を摑んで自分のアパートに誘ったわ。その人はね、気前よく二〇〇ドルもマルタに支払ったの。そのうえ、一週間後、彼女を三日間借りきりにするって半金の五〇〇ドルを置いていった。そうあることじゃあないけど、アメリカ人の金持や日本人のビジネスマンが接待するやり方よ。そうよマルタは初めて上客を摑まえたもんだから口止めされていたにもかかわらず私に自慢したの」

梟《ブーホ》、だとビクトルが呻《うめ》いた。

「あんたたちの探している男なの。彼女にたくさんドルを払ってくれた日本人って」

「そうらしいな、彼女はいまどこにいる？」

「アパートよ。その男と一緒のはずなんだけど、昼間から何度電話しても出ないの」

「アパートに案内してくれ」

娘はバッグを抱えると不安げな様子で立った。

マルタのアパートはドクトル・フレミング街から歩いて四、五分の場所にあった。

カルミィナが高級マンションの玄関ブザーを何度も押し、マルタ、私、カルミィナよ、と叫んだ。が、応答はなかった。

タクシーが停車した。中年の夫婦者が玄関に歩いてきた。ビクトルが治安警察の身分証明書を提示して管理人室の場所をたずねた。

ただならぬ気配に驚いた夫婦者が鍵をあけ、ロビーの奥を無言で差した。三人は管理人室に走った。ビクトルがドアをドンドン叩《たた》いた。

「ベルが目に入らんのか」

室内から老人の声が意地悪げに聞こえてきた。

「早くあけろ！　ドアをぶち破るぞ」

戸がうすく開いて、狡猾《こうかつ》そうな目が覗いた。ドア・チェーンはかかったままだ。ビクトルが身分証明書を突きつけ、マルタっておんなの部屋の鍵をよこせ、と怒鳴《どな》った。管理人は素早い動作で彼の要求に応《こた》えた。

警部は鍵をひったくるとエレベーターに走った。恭助とカルミィナもあとを追う。ロビーには、玄関のドアをあけてくれた夫婦者が怯えたように立っている。三人はエレベーターに飛びこんだ。カルミィナが六階のボタンを押した。恭助があらためてカルミィナに目を向けると彼女は小きざみに体をふるわしていた。

エレベーターが停止した。

「6Dよ」

とカルミィナが左側のドアを差した。ビクトルは無言で頷くと、腰のホルスターからアストラ自動拳銃をぬきだした。

カルミィナが恐怖に目を見開き、のどをごくりと鳴らした。恭助は警部の手から鍵をとり、ドア・ノブの穴に静かに差しこんだ。

警部が目で合図した。一気に開いた。

「マルタ！」

震え声でカルミィナが友の名を呼んだ。

真っ暗な空間、人の気配はない。

「スイッチはどこだ」

警部の問にカルミィナが怯えた目を左の壁に向けた。恭助は手をのばし、スイッチを探りあてた。

明りが入ると、ホアン・ミロの複製版画が白い壁に二枚かかる整然とした玄関が見えた。

ビクトルと恭助は壁に張りつくように進み、白いドアを開けた。

点灯したままの電気スタンドの淡い光が床に転がるウィスキー、スパークリング・ワインの空壜《あきびん》を照らしている。酒と煙草《たばこ》の臭いが濃く澱《よど》んでいた。

「カルミィナ」

警部が外で待つ若い娼婦の名前を呼んだ。居間に入ってきたカルミィナは、パーティの残骸《ざんがい》を見て、心配して損したな、と笑った。

「寝室はどこかね」

カルミィナが左手のドアを差す。ビクトルは拳銃を保持した姿勢でドアを押し開き、一気に部屋に飛びこんだ。恭助も続く。

乱れたシーツから白い足が二本、不自然に広がってのぞいている。事態が飲みこめないカルミィナが、マルタ、どうしたのよ？　と走り寄ろうとした。恭助は彼女を抱きとめた。

ビクトルがアストラの銃口の先でシーツをめくった。舌を大きくたらしたおんなが苦悶《くもん》の表情で死んでいた。

「マルタ！」

友人の死体に錯乱したカルミィナの悲鳴が部屋中にひびきわたった。

恭助は居間まで彼女を連れもどした。台所に行き、壜の底にわずかに残ったブランデーを見つけた。洗い桶《おけ》の中に立つグラスをとると注《つ》いだ。居間にもどってカルミィナに渡した。

「まさか、あれ、嘘《うそ》でしょう」

気つけのグラスをにぎったまま、カルミィナはおいおい泣き出した。彼女をソファに落ち着け、恭助は寝室にもどった。

「絞殺だ。死後硬直がかなり強いところから判断して、約二十時間前に殺されている」

「小磯の仕業ですかね」

「ようやく梟《ブーホ》の影をつかまえた。この殺しがやつの仕事だという確たる証拠がほしい。なんでもいい、コイツの痕跡を見つけ出してくれないか」

と警部が恭助に言った。

「わかった」

ハンカチで受話器をくるみ、ボールペンの先で特別警備本部のダイヤルをまわすビクトルに視線を投げると、恭助は、洗面所から捜索をはじめた。

十分後、コンタクト・レンズの入ったケースを化粧壜の林立する陰に発見した。日本文字で国際コンタクト・レンズとある。サラゴサのアパートで内側に鏡の張られた金属製のケースを見た記憶があった。ハンカチにくるみ、居間にもどった。カルミィナに訊いた。

「マルタはコンタクトをつかうかい」

「サングラス以外かけないわ。視力は一・五だっていつも自慢しているもの」

恭助は寝室を調べる警部を呼んだ。

「どうやら小磯のものを見つけた。コンタクト・レンズだ」

「コンタクト?」

「ああ、サラゴサでコンタクトを使用するのは地獄の苦しみだってぼやいていたのをおぼえている。砂まじりのピレネー颪《おろし》が吹くと、瞳とレンズの間に小さな砂が入りこむんだって」

「でかした、キョウスケ!」

と昂奮《こうふん》した警部は、

「しかし、なぜ、やつは目を忘れていったのかな。いちばん必要なものだろう」

「眼鏡に替えたんですよ、変装のためにね。そのせいで忘れた」

マヌエル・ヒメネス警視を先頭に捜査員の一団がマルタの部屋に入ってきた。

3

十一月十六日午前六時十二分。

水面から灰色の霧がもくもくと湧き出し、視界を悪くしていた。そのせいか、セゴビア橋を都心に向かうトラックのヘッドライトが宙空に拡散して、奇怪な情景を演出していた。

風が河面《かわも》を伝った。すると川霧の立ちこめる中からボートが浮かびあがった。男が二人、水に漂う死体の足にロープをかけている。

足の裏の白さが恭助の眠気を吹きとばす。

首都の西を流れるマンサナーレスの河岸。ここもまた市民戦争のとき、首都攻防戦がはげしくくりひろげられた戦場だ。

コンタクト・レンズのケースから小磯信樹の指紋が採取され、テロリスト・グループの首都潜入が初めて確認された。

アパート付近の聞き込みの結果、前日の夕暮れ、黒い旅行カバンとビニール袋をもってアパートを出る日本人の後姿を管理人が見かけていることが判明した。

深夜、緊急捜査会議がひらかれ、午前八時より、いま一度、首都圏の宿泊施設のローラー作戦を展開することが決定された。

就寝したのは午前五時に近かった。小一時間もうとうとしたか、恭助は電話のベルで起こされた。寝惚《ねぼ》けたまま受話器をつかむとビクトルの緊張した声が耳に突き刺さった。

「マンサナーレス河に日本人らしい男の死体が浮かんでいるそうだ。ロビーで待っている」

パトカーに二人が乗りこむと運転席に恭助と同年配の刑事が坐《すわ》っていた。

「警部、ハシガミ、ヒメネス警視の命で今日一日、お二人に同行させてもらうことになりました。なんでも申しつけてください。名前はエミリオ・フェルナンデスです」

と丁重に自己紹介をした。他県の捜査官と日本人コンビの不便さをカバーするため、ヒメネス警視が首都の事情にくわしい部下を差し向けたのだろう。

よろしく、とビクトルが頷き、訊いた。

「死体が日本人というのは確かかね？」

「さあ、まだ水の中だということですから確定したわけではないでしょう。なんでも、通報者が日本人の真っ裸の死体が浮いているって連絡してきたそうですよ」

裸ですか？　という恭助に、エミリオは体をひねって頷いた。

「裸なのにどうして日本人と判《わか》ったんだろう」

「それもそうですね。発見者は北ホテルのフロント係だってことですが、どうして日本人と判断したんだろう」

エミリオも頭を傾《かし》げた。

「その男は眼鏡をかけ、カメラを下げ、おまけに短足だったか」

ビクトルが久しぶりににやりと嗤《わら》った。パトカーは旧市街の曲がりくねった坂道を走り抜け、マンサナーレス河の流れる低地へと駆け下りていった。

恭助らが現場に到着したとき、ボートの調達に手間どったとかで、ようやく収容作業がはじまったばかりだった。

ボートが霧をかきわけてゆっくり河岸にもどってくる。舳先《へさき》に立つ警官が岸の同僚に、首なしだぞ！　と叫んだ。

なんてことだ、寝不足の目に首なし死体ときた。

いやだなとエミリオが思わず呟《つぶや》くのを恭助は聞いた。

ボートが接岸し、固定された。

吐気をこらえて死体を見た。貧弱な体だ。虫垂炎をこじらせたか、醜いひきつれを下腹部に残していた。

刑事がオールの先端で死体の向きを変えた。頭部を切断された死体がゆっくり回転した。首から白い骨が水面に突き出ている。

「日本人なんてどうして言えるんだい」

「カメラも眼鏡もなしか」

ビクトルが言った。

「はっきり言えるのはさ、この死体が小磯信樹ではないということだ」

「どうして」

「小磯はこれまで手術をうけた経験がない。昨年の夏、パンプロナで水浴したとき、ぼくの盲腸の手術跡を見て、そう言った。それに小磯はやせてはいるが筋肉質のいい体だよ」

「よし、ホテルにもどろう」

ビクトルが他の殺人事件にかかわっている暇はないといった顔で決定を下した。

「ちょっと待ってくれ、発見者がなぜ日本人と報告したか知りたい」

「あの男ですよ、連れてきますか」

エミリオが捜査官の群れからひとり離れ、自転車のかたわらに立つ中年の男を指差した。

「いや、こちらから行こう」

三人は北ホテルの従業員に歩み寄った。蒼《あお》ざめた顔でふるえている。寒さと恐怖の両方のせいだろう。ビクトルが煙草を差し出しながら、いつもこの河岸を自転車通勤かねと、訊いた。

「ええ。アパートがカラバンチェル地区にあるもんでね、トレド橋まで河岸を走るんですよ」

「夜勤だったのかい」

「昨日の朝から働き詰めです。ペペの野郎が無断で休んだもので夜も働かされました」

ホテルマンは恭助をちらちら見た。

「警察に通報されたとき、なぜ日本人の死体と言われたんですか?」

「いや慌てていたんで、なんと言ったかよく覚えてないです。もし、そう言ったとしたら、ここんところ何組も日本人グループの世話をしたんでね、そのことが頭に残っていたのかもしれません」

「でも、あれは首なし死体ですよ」

恭助が口をはさんだ。

「えっ、首なしですか？」

男は首をひねった。しばらく煙草の煙に視線をあずけていたが、旦那は日本人ですかい？　と恭助に聞き返した。頷くと、

「私のかってな思い込みかな」

とまた首をひねった。

「旦那には日本人の臭《にお》いがあまりない。しかしね、アメリカ人にはアメリカ人特有の臭いがあるもんです、ドイツ人野郎にはドイツの臭みがね。それは目で感じるものではなく、体全体から滲んでくるもんなんです。私みたいに何十年と駅前ホテルの受付にいますとね、およその国籍、職業、年齢なんて勘でわかるんですよ。先ほどあの死体を霧の中で見つけたとき、そんな勘が働いたのかもしれません」

ホテルマンの言わんとするところは理解できた。しかし、首なし死体を日本人と断定するには説得力に欠ける意見であった。

午前六時四十三分。

小磯信樹は岐山《きざん》観光のヨーロッパ・ツアー添乗員後藤昭子《あきこ》の姿をパラセ・ホテルの食堂に探しあてた。

「後藤さんですね」

ええ、と瞳のぱっちりしたおんなが小磯を眩《まぶ》しそうに見た。

「私は太陽通商の和田の同僚です。和田は、急に仕事の予定が入りましてね、楽しみにしていたツアーに行けなくなったんですよ」

「あら、残念」

女はがっかりした様子だ。

「和田もそう言っていましたよ。美女と一日一緒できたのにって。後藤さんにお願いがあるんですが和田の代わりに私を加えていただけませんか」

「わあ、助かった。トレドのレストランも闘牛も手配済みなんですよ。無駄にならなくてよかったわ。どうぞ、おかけになって」

後藤は、ほっとした顔で微笑した。

「和田さん、おひとりのようなこと、おっしゃっていたのに」

「ええ、昨夜遅くパリからこちらに着いたんです。和田が今日、ツアーに行けなくなった会社命令をもってね」

「そうでしたの。ところでお名前は」

「ぼくも和田です。和田直治。会社ではまぎらわしいんで、和田茂《しげ》、和田直《なお》と呼び分けられています。いや、パリから来た早々、大変な幸運を引きあててしまったなあ。ぼくね、学生時代、旅行会社に入って後藤さんのような仕事がしたかったんですよ」

小磯は人なつこい笑みを満面に浮かべた。そして、茶目っけたっぷりに、

「そうだ、今日一日、後藤さんの旗持ちやらせてくれませんか。学生時代の夢をぜひかなえさせてください」

と後藤を見詰めた。

「私、急に男性の部下をもつの？」

「いいじゃあないですか。マドリード駐在の新入社員とでも紹介してくださいよ」

初対面の人間を安心させる和田の笑いに後藤はついつい頷いていた。

食堂にぞろぞろと中年、初老の日本人男女が姿をあらわした。後藤が立って手招きする。吉村から和田に改名した小磯も立ち上がった。

「お早うございます。ゆっくりお休みになれましたか？」

「ふかふかのスプリングじゃあなあ、腰が痛うて眠れん。とうとう床に寝た」

頭髪がほとんどなくなりかけた、小太りの老人が嘆いてみせた。あらあら困りましたわね、とあいづちをうった後藤が、うちの和田ですが、本日は仕事見習いのため、ツア

ーに同行させてください、と部下を紹介した。

後藤の言葉に小磯が頭を下げると慌てて、ツアー客の男女が応じた。

「また、かたいパンにミルク・コーヒーかい、納豆で飯が食いたいな」

ふかふかのベッドをなげいた老人君田治助《きみたじすけ》が言うと、仲間の半数が賛同の声をあげた。

「じゃあ、今晩は日本料理屋さんに行きますか?」

後藤の提案に、大きな歓声があがった。

パトカーの無線がマンサナーレス河に浮かんだ首なし死体の情報を流していた。

「身長は推定一七〇センチ、年齢は二十歳から三十五歳くらい。身許《みもと》不詳、国籍不明、首なし死体。死因はピアノ線のような特殊綱で締められた跡、牛刀のような刃物で切断されたと思われます。同僚各車は未発見の頭部に留意してください……」

都心にもどるパトカーは、モーロスの森の坂でラッシュに巻きこまれた。

「ビクトル」

「うん」

まぶたを指先でもんでいた警部が顔をあげた。この数日でビクトルの面貌《めんぼう》がげっそりやつれている。恭助は自分もそうだろうかと熱っぽい体を不快に思った。

「小磯が昨日マルタを殺したのは予定の行動かな」

「違うな。奴は三日分の前払い金を支払っているんだ。なにか予期せぬ事態が生じて、一日半ばかり早く殺すことになった」

「私もそう思う。小磯は突然、塒《ねぐら》を失った。管理人が見た彼は黒い旅行カバンとビニール袋をもっていた。そんな恰好《かっこう》でマドリードをふらつけば、すぐに怪しまれる。警官全員が日本人を探しているんだからね。こんなとき、小磯信樹はどうするんだろうね」

「マドリードには夜あけまで営業している酒場、ディスコは何軒もありますよ」

運転席のエミリオが言った。

「大きなカバンを持ってですか？　それこそあなた方の警戒網にとびこむようなものじゃあないですか」

「まあね」

「キョウスケ、君はなにが言いたいのだ。単刀直入に話してくれ」

この十数日、行動をともにしてきたビクトルは、話しながら考えをまとめる恭助の思考パターンを見抜いていた。

「うん。もし、ぼくが小磯ならまず身軽になる。荷物をどこかに預けるね、たとえば、飛行場とか、鉄道駅の一時預り所のようなところにね」

「北駅です。ここからほんの一、二分」

行こうと叫んだ警部の声とエミリオがサイレンのスイッチをいれたのが同時だった。赤色灯が点滅し、たちまち、渋滞する車の群れの中に一本の道があらわれた。

午前七時三十一分。

パラセ・ホテルの日本人再調査係を命じられた中年の一匹狼《いっぴきおおかみ》、エンリケ・ゴメス刑事は、受付で昨晩泊まった日本人リストを受けとった。

団体客百十二名、個人客七名、報道関係者二十三名の計百四十二名。すでに昨夕、同僚たちが洗い直した者ばかりだ。とくに団体客、報道関係者は問題ないと思えた。もし、テロリストがまぎれこんでいるとすれば個人客の男性五名の中だろう。

ロビーを眺め渡した。四組の日本人ツアー客が声高に奇妙な言葉を喋《しゃべ》りながらバスを待っている。忠実にも旗の下にかたまっているのを見ると羊の群れを連想させた。

一組はバラハス空港から日本に帰国する。あとの三組がマドリード近郊ツアーに出発しようとしていた。

紫いろの旗をもった若い日本人男性がロビーを横切り、ゴメスのかたわらに立つと鍵をカウンターに置いた。七三一号室。反射的にリストを見た。

個人客だ。滞在三日目のシゲミ・ワダ。職業はビジネスマンとなっている。

「旦那は個人客じゃあないんで」

スペイン語で訊いてみた。

「もちろん違うよ」

流暢なスペイン語で答えた男は、胸のプレートを見せた。

TURISMO JAPONES KIZAN
EL CONDUCTOR SR WADA
日本岐山観光、添乗員和田の名札をつけた男は、宿泊名簿では個人客になっていたが記載ミスか。ツイードの背広が似合う日本人に、今日はどっち方面です？　とゴメスは訊いた。

「トレドですわ」

羊の一群から二人の女が離れてきて、添乗員に話しかけた。ゴメスが聞きとれたのは、ワダサン、ワダサンという単語だけだ。サンというのがスペイン語のセニョール、セニョーラという敬称であることをホテルのフロント係に教えられたばかりだ。ワダサンは、セニョール・ワダということになる。

「ドン・キホーテの人形をこちらの婦人方が買いたいそうですがどこに行けば買えますかね」

ワダサンがゴメス刑事に訊いた。

「道を下りたカノバス広場に行けばいくらでも買えると言ってくれ」

ワダサンと二人の婦人がゴメスにぺこぺこ頭を下げた。どうも礼を言っているらしい。ゴメスはわかった、わかった、と手を振ると受付をはなれた。そして、なぜ、ワダが個人客の項に記載されていたか、ホテル側に確かめるのを忘れた。

午前七時四十八分。

恭助らを乗せたパトカーはサイレンを鳴らしっ放しで北駅からアトチャ駅に向かっていた。サンタ・マリア・デ・カベサ通りは都心に向かう車で渋滞していた。

「なんとかならんか」

運転するエミリオにビクトルが言った。

「この先の赤信号を越せば楽になります」

額に汗をうかべたエミリオはすまなそうに言い、無益なサイレンを止めた。

北駅では、預け主が日本人と書かれたリュック二個を調べたが、明らかに学生旅行者があずけたものだった。

パトカーは完全に身動きがつかなくなった。

みなさん、お元気ですか？　とマイクを握った後藤昭子があらためて、挨拶《あいさつ》をした。

イマサ観光のバスは、落葉した木立越しにプラド美術館が見え隠れする大通りを走っていた。

「今日は、チンチョン、アランフェス、トレド、そしてアビラと風光明媚《めいび》な古都を周遊するコースです」

バスは南部スペインへの列車発着駅アトチャ前のロータリーで都心に入ろうとする車の渦に巻きこまれた。バレンシアとアンダルシア両地方に向かう二大幹線道路の出発点でもある広場は、車に埋めつくされ、あちこちで小競合《こぜりあい》が展開されていた。

突然、岐山観光の一行をのせたバスの鼻先でサイレンが鳴った。赤色灯を点滅させたパトカーとどうにかできた隙間《すきま》をぬって、前進した。

小磯信樹の坐る前部席からわずか数メートルと離れていない場所を恭助の乗る車は通過した。

罪もない恭助の妻と子を殺した男をのせたバスは、ラッシュの車群をぬけ、遠ざかっていった。

パトカーはようやく駅構内に入った。

エミリオがいち早く運転席から下り、ビクトル警部と恭助を長距離列車が発着するホームにある、荷物預り所に案内していった。

低いカウンターを乗り越えたエミリオは、係員に警察手帳を突きつけ、捜査だと怒鳴った。

「日本人からあずかった荷はないか」

ビクトルが係員にたずねた。へい、いくつかと棚のリュックを指差した。同じ段の端に黒いカバンが見えた。

「あれはだれがあずけたんでしょう」

恭助の言葉に係員は棚からカバンを下ろし、預り札を調べていたが、

「だれがあずけたか判りませんが受け付けたのは昨日の夕方ですね、マノロの字ですから」

と答えた。

「キョウ、梟《ブーホ》が下げていたのも黒カバンだったな。時間的にも合う」

黒革に赤い糸で等間隔にステッチが入ったバッグには、ナザレーノ・ガブリエリとある。どうやらイタリア製の高級品らしい。

名札には名前がなかった。チャックには小さな錠がおりていた。

おい、ペンチはないか？　とビクトルが係員に訊いた。

「ありますけど。でも、それは預かり物で」

「かまわん、責任はおれがとる」

係員は、頭をふりながら机の引出しから大型ペンチを出してきた。エミリオがチャックの引き具を乱暴に壊した。

「気をつけろ。プラスチック爆弾がセットされているかもしれんぞ」

エミリオの手つきが慎重になった。チャックをそろりと引いた。茶のセーターが見えた。エミリオが衣類のしたに手を差しこみ、探った。そして、引き出した。

一〇〇ドル紙幣の札束。

ビクトル警部が、やつの持物だと呻いた。エミリオがカバンの中身を床にならべた。

小磯信樹当人のパスポート、五万三〇〇〇ドル、一一万ペセタ、32口径の銃弾が装塡《そうてん》されたクリップ二個、衣類、洗面用具、眼鏡のケース……。

「こいつを預からせてもらうぞ」

ビクトルが宣言した。

「旦那方は日本人の荷物を探しているとおっしゃいましたね」

怖《お》ず怖《お》ずと係員が訊いた。

「ああ、そうだ。が、寝袋をくりつけたリュックならいいぞ」

「学生の持物じゃあありません。あずけたのはスペイン人ですがね」

ビクトル警部の顔色を窺《うかが》うように見た。

「つづけてくれ」

「わしが手続きを済ませて荷物を棚におき、ホームの方をひょいと見ると、バッグをあずけたスペイン人と背の高い日本人が一緒に歩き去ったんで。それが最終の夜行が出た午前一時過ぎのことなんです。それがあの荷物です」

係員はカウンターの下におかれたビニール・バッグを指差した。

「最初、棚においていたんですがね、なにか液体が染み出てきますんで床に移したんですよ」

恭助はバッグの底に滲《にじ》んだ汁を指で触った。

「血だ」

エミリオは、カウンターの下から安物のカバンを引き出すとチャックを無雑作にあけた。真っ赤な布切れが見えた。血の臭いがふわっと一時預り所の中にひろがった。

ビクトルは、大勢の旅行者が行き来するプラットホームとの仕切りの窓を締めさせた。

蛍光灯の明りが力を増し、赤い布切れは濁りをおびて不気味な感じだった。ビクトルの合図にエミリオが布をつかんだ。

「赤い布切れじゃあない、血に塗《まみ》れているんだ!」

昂奮《こうふん》したエミリオが一気に摑みあげた。その途端、布がほどけ、丸い物体がごろりと床に転がった。

人間の首。

エミリオが悲鳴をあげてとび退《さ》がった。係員が絶叫した。ハンカチで鼻と口を押さえたビクトルが無雑作に頭髪をつかんで恭助に顔を見せた。

「小磯かね？」

「いや、ちがう。でも、日本人ですよ」

吐気をこらえて、ようやく言葉を絞り出した。

「エミリオ、マンサナーレス河の鑑識班をよべ」

ビクトルは胸ポケットから葉巻を出し、吸い口を歯で咬《か》みきると火をつけた。ビクトルの葉巻の香りをこれほどありがたく感じたことはないと恭助は思った。

「どうして、ここに日本人の首をあずけたんだ」

「ビクトル、小磯はこの男性にすり替わっているんじゃあないかな」

「すり替わる」

「やつは塒を失《な》くした。どこかに隠れ家を見つける必要があったがホテルは危ない。しかし、盲点を見つけた。年齢、体格など似かよった個人客をさがして、言葉たくみに接近し、殺害した。すでに何日も滞在している客の調査は、そうきびしくないからね。ホテル側だって日本人の宿泊客すべての顔をおぼえているわけじゃあないだろう。部屋番号をいわれれば、鍵をわたす」

「そうか、梟おじさん《セニョール・ブーホ》は、この首の人物の部屋に潜んでいるのか」

充血し恐怖に見開かれた両眼が無念そうに、アトチャ駅の荷物預り所の棚を睨《にら》んでいる。

恭助は、胸の奥から突きあげてくる嘔吐感《おうとかん》とともに北ホテルのフロントマンの職業的第六感に畏怖《いふ》の念を感じていた。

第七章　梟おじさん潜入《セニョール・ブーホ》

1

午前八時二十七分。

終身国家元首フランシスコ・フランコ・バーモンデは、いつも通りベッドの中で娘婿《むこ》の主治医ヴィリァベルデ博士の検診をうけ、かすかな不整脈があるのが発見された。

博士は一日の休養を進言した。義父は、

「楽しみにしていた闘牛のテレビ観戦もだめか」

と呟《つぶや》くと軍人らしく潔く納得した。五分後、カルメン・ポロ総統夫人が洗面用具をもった二名の召使をつれ、寝室に入ってきた。

ラッシュ・アワーの都心をぬけたイマサ観光の大型バスは、国道四号線、通称アンダルシア街道を南下していた。

岐山《きざん》観光の見習い社員になりすました小磯信樹《こいそのぶき》は先輩社員後藤昭子《ごとうあきこ》の隣に坐《すわ》ることが

できた。

日本を出発して六日目のツアー一行は、旅の疲れからかバスが快調に走りはじめるとこっくりこっくり居眠りしていた。

「チンチョンってどんな村です？」

「中世の佇まいがそっくり残っている鄙《ひな》びた村よ。中心の広場でおこなわれる闘牛は、評判でね、観光省のポスターになったこともあるの」

トレドの料理店ホスタル・デ・カルデナーレのメニューを確認していた昭子が同僚に話しかけるように砕けた調子で言った。彼女の声音になにか不安が混じっているのを小磯は察した。

「なにか心配ごとですか」

「ええ、まあ」

三十四人中十一名の者がどうしてもオリーブ油をうけつけなかった。カルデナーレでは名物の子豚の丸焼きを賞味する予定だったが、これまた脂っこい料理だ。不平や不満が続出するだろう、わりとあっさりした舌平目《したびらめ》かメルルーサに変えたほうがいいかもしれない。となると電話をスペイン語でかけなくてはならない。これが昭子の憂鬱《ゆううつ》の種だった。そんなことを新入りの部下にぼそぼそ説明した。

「それなら簡単、私にまかせてください」

「スペイン語ができるの」

「大学はスペイン語学科、この数年は中南米まわりばかりですよ」

「なあんだ、そうなの。助かったな」

昭子は顔をほころばせた。

「スペイン語の本家は初めてですがなんとかなるでしょう。次の町からトレドに電話を入れましょう」

胸をたたく小磯を昭子はたのもしげに見返した。テロリストは自分自身の不安の種を彼女に訊《き》いた。

「夕方、ホテルにもどるんですか」

「いや、そりゃあ無理よ」

昭子は小磯の危惧《きぐ》をあっさりとうち消した。

「大体が欲張ったプランでしょう。チンチョン、アランフェス、トレド、さらにアビラまで足をのばして、午後五時までにマドリードに帰る。九時間足らずで四か所を見物し、昼食をとり、お土産《みやげ》を買って、四〇〇キロも走るのよ、最初から不可能なの。最後のアビラはカットね」

昭子はぺろりと舌を出した。

「でも、お客さんにはぎりぎりまで知らせない。午後、疲れたときに変更を告げるの、それがこつ」

バスは国道四号線を左折するとチンチョンへの田舎道《いなか》に入っていった。

パラセ・ホテルの五〇四号室で騒ぎがおこった。

女性週刊誌「レディ」の特派記者青嶋大吾《あおしまだいご》は、無遠慮に叩《たた》かれるノックの音に目を醒《さ》まされた。反射的に目覚し時計と同僚のカメラマンを見た。同僚は熟睡していた。

午前八時四十二分。

(よせよ、ゆっくり寝かせてくれ)

スペイン取材も今日と明日かぎりだ。昨晩、いや、今朝方まで他誌の記者連中と大騒ぎした。念願の娼婦《しょうふ》街にくりこんだのだ。ベッドに入ったのは午前四時に近い。今日の取材予定を思い浮かべた。正午、リッツ・ホテルでの在西邦人との懇親パーティ、あと三時間は眠れる。

「うるさいぞ！」

青嶋は日本語で怒鳴《どな》ると枕《まくら》に頭を突っこんだ。すると前よりはげしい勢いでドアが叩かれ、スペイン語が鋭く、酒ののこる頭に突き刺さってきた。

(畜生！)

毛布を足でけとばして起きた。頭がずきずきする。三十を越えて、酒が残るようになった。体力だけは自信あったのにと柔道三段の大男はふらふらとドアに歩み寄り、ドアを開けると喚《わめ》いた。

「さっさと失《う》せろ！」

顔を紅潮させた若い警官が警棒を握りしめて、怒鳴りかえした。

「パサポルテ」

スペインに来て何十回聞いた言葉だろう。どこに行くにもパサポルテ、パサポルテだ。青嶋は癇癪玉《かんしやくだま》を破裂させた。

「おい、何度、パスポートを調べりゃあ、気が済むんだ。おれたちはプレスだ。怪しい者じゃあないぞ」

いつもの習慣で首から下げたプレスカードを探った。パジャマ姿で記者証をぶら下げているわけもない。青嶋はベッドのサイドテーブルに置いたプレスカードを取りにもどろうと体を回した。それを若い警官が何気なく制止した。

「野郎！」

青嶋はおまわりの襟首をつかむと大学時代に得意とした腰車で室内に跳ねとばした。コルドバ生まれの警官の不運は、カメラ器材のジュラルミン・ボックスの上に仰向けに落下したことだ。腰の骨を折って、悶絶《もんぜつ》した。週刊誌記者の不幸は、もう一人、スペイン人の警官がうしろに控えていたことだ。後頭部を警棒で殴りつけられ、床に崩れ落ちた。

アトチャ駅にいた端上恭助《はしがみきようすけ》が無線で呼びだされ、ホテルに急行したとき、騒ぎはおさまっていた。

投げとばされた警官、殴られた週刊誌記者、二人仲よく救急車に同乗し、病院に運ばれていった。

ロビーには丹下《たんげ》龍明《たつあき》が渋い顔で立っていた。

「また死体が発見されたんだって、何人、人が死ねばいいんだね」

「いま、首をアトチャ駅で発見したところです。丹下さん、日本人でした」

「なに、日本人！ 貴子《たかこ》さん、奈津《なつ》ちゃん、川杉昶子《かわすぎひさこ》、そして新しい死体。小磯は、四人も手にかけたことになるのか」

呻《うめ》く丹下のかたわらに斜視の中年男が歩み寄り、エミリオ、調べは済んだ、ここはすべて白だ、と言った。

「二十代から三十代の日本人の個人客は何人泊まっているんだ？」

ビクトルがエミリオ刑事の同僚と見当をつけたのだろう。中年の男に訊いた。するとマドリードの刑事がじろりとサラゴサから派遣されてきた警部を見返した。

「ゴメス、この方は男爵の特別捜査本部に詰めておられるサラゴサのビクトル警部だ。それとこの日本人の紳士方も協力者だよ」

エミリオが異色の捜査員を紹介すると、ゴメス刑事は、ふうんと鼻で笑った。

ゴメスは田舎者の警部と東洋人になにができるという顔で平然とビクトルを見た。

「不審な人物はいませんね。三十前後の日本人の個人宿泊客は二名。ひとりは面談しました。背の低い男です。もうひとりにも会いました」

とゴメスは他県警部に報告しながらスペイン語を流暢《りゅうちょう》に喋《しゃべ》る男は、個人客ではなかったなと思い出していた。が、そのことは黙っていた。彼はツアーの添乗員なのだ、身分ははっきりしている。

「その二人の名前と年齢を教えて下さい」

恭助はゴメスの差し出すリストから、日本人二人の氏名と年齢をメモした。

ミツル・コブチ（29）

シゲミ・ワダ（31）

午前十時。

事件は岐山観光の一行にも起きていた。

集合時間になってもチンチョンのマヨル広場に川崎米子《かわさきよねこ》という名の婦人が姿をあらわさなかった。後藤昭子は、時間通り集合した三十三名の小羊たちに、再び、買物の許可を与えた。そして、小磯信樹をともなって村内を探して歩いた。

川崎はすでに海外旅行の経験があった。一人歩きできるうえ、団体旅行には最低限度のルールが存在するということを都合よく忘れるタイプの女性だった。

チンチョンは昭子の説明通りの、中世的佇まいをいまにとどめる人口四千足らずの村だ。

マヨル広場を囲むように村里が小高い円形状に広がっていた。中心の広場がすり鉢の底にあたる。

二人は見物して歩いた古城、酒蔵、町、広場と川崎を探してまわる。昭子が自由時間を与えたのは、家々のバルコニーが魅力的な広場に到着したあとだ。川崎はその時点までツアーの一行とともに行動していた。それが忽然《こつぜん》と姿を消した。捜索は小一時間が過ぎ、探す場所もなくなった。昭子は途方にくれ、警察にとどけると言いはじめた。男のツアー客の中には村名物のアニス酒を飲みすぎて、足もとが怪しい者も出はじめた。

「昭子さん、もう少し待ってみましょう」

と小磯が高台にそびえる教会に目をやったとき、白い帽子をかぶった川崎米子が両手いっぱいにパンをかかえ、得意げな様子で坂道を下りてくるのが見えた。

川崎さん！　と疲れきった昭子が怒りに声をふるわせた。

「私、パン屋さんにお邪魔していたの、大歓迎されちゃった。この村じゃあ、昔ながらのカマで焼くのよ、昭子さん、ご存じ？」

平然としたものだ。小磯が二の句の継げない昭子に代わって問いただすと、川崎は一時間にわたる冒険を意気揚々と喋り出した。

川崎が村を散歩していると、二人の少年が板の上にこねたパン種をのせて運んでいくのに出会った。パンやケーキを焼く趣味の持主川崎は少年たちがカマ場に運んでいくところだと推測した。

カマ場は奥まった路地にあって、少年たちが姿を消した家をのぞきこむと、かみさん連がパンを焼いてもらおうと順番を待っていた。川崎が手真似《てまね》で見せてくれというと大声で招じ入れられた。あとは主婦同士だ、パン屋の親父《おやじ》も加わって日西のパン談議に花が咲き、ついには日本風のパンの作り方まで披露してきたらしい。

かくて、岐山観光のツアーは予定より大幅に遅れて次の目的地へ出発していった。

午前十時五十七分。

マドリード市ピントール・ロサレス大通りに住む俳優アンドレ・ボルヒアは、突然、大物プロデューサーのドン・ロドリゲスの訪問をうけ、急ぎの仕事を頼まれた。

破格のギャラが提案されたが、アンドレは、その日、友人たちとのパーティを愉《たの》しみにしていた。そこで申し訳ないがと断ると、大物プロデューサーが言った。

「アンドレ、この役は、君しか演じられんのだよ、断ることはできん」

抗議しかける俳優にプロデューサー氏の随行者が脅すように接近してきた。

「キョウスケ、ほんとにコイソなる人物は存在するのかい。梟《ブーホ》の立ち回ったあとには、首を締められ、血塗《ちまみ》れになった死体がいくつも残されていた。しかし、だれひとりとしてやつの実像を見た者はいない」

ビクトルの嘆きが理解できた。恭助だってこの一月、小磯信樹を見ていない。わずかに三度、梟《やつ》の啼《な》き声を聴いたきりだ。

マグダレイナのアパートにかかってきた二回の電話、そして、最後はゴヤの家の中でだ。わずか数メートル離れた場所で話す小磯の肉声を聴いた。しかし、ビクトルは姿を見たこともなければ声に接したこともない。

「いる。小磯は息を潜めて、この闘牛場に潜りこもうとしている」

パトカーはラス・ベンタスを見下ろす闘牛士街に駐車していた。すでにアルカラ大通り、ホセ・カンバ街、闘牛士街の三本の通りに円形の警備線が完成していた。

「そろそろ抽選《ソルテオ》がはじまる」

恭助は同僚二人に声をかけた。車を下りると闘牛士街を下り、第一の関所を写真入りの特別許可証を提示してぬけようとした。

「おい、キョウ」

闘牛写真家のヴィセンテの声がした。牡牛《おうし》の抽選を見物に来て、立ち入りを断られた一般客の中に丸々した顔が見えた。

「どうなってんだ？　抽選《ソルテオ》に闘牛写真家歴三十二年のヴィセンテ・アロヨを締め出すんて。どこに行けばその魔法のカードがもらえるのかね？」

恭助はヴィセンテに背信の思いを感じながら言った。

「今日のおれは闘牛写真家じゃあないんだ。大使館の手伝いでね、悪いな」

「大使館だって、糞《くそ》くらえだ！」

ヴィセンテは毒づいた。

「いくらなんでも午後の闘牛まで立ち入り禁止ってことはあるまい」

ヴィセンテは、アディオスと立ち去りかけたが、そうだ、こいつを牧場主のカンポに渡してくれないか、と手にもった茶封筒を恭助に差し出した。

「ほれ、この間、おまえと会ったとき、撮影したのさ。なにしろ花のラス・ベンタス登場は十五、六年ぶりだろう。囲い場で勇姿を写してやったんだ。あんとき、カンポのやつ、元気なくてね、病み上りみたいだったんで、気になってな」

「わかった。渡しとくよ」

恭助は闘牛場を一周する広大な駐車場に入った。今日の午後は、警備車以外、立ち入りが禁止されている。つまり、第一の警備ラインから闘牛場の外壁まで距離にして七、八〇メートルの無人地帯《ノーマンズ・ランド》がラス・ベンタス一級闘牛場をかこんでいた。

裏庭の出入口で恭助を待っていた警部が、

「抽選《ソルテオ》ってのはなんだ」

と質問した。

「うん、一般的な闘牛興行はね、三人の闘牛士が六頭の牡牛と対戦するスタイルだ。今日もその形式で行われる。でね、闘牛士はそれぞれ、牡牛に対する好みがある。大きな牡牛の好きな剣士、スピードのある牡牛と相性がいい闘牛士ってね。それが、力のある闘牛士が好みの二頭を最初にとったらどうなる」

「あとの二人が騒ぐな」

「そこで抽選をやって牡牛を決める」

裏庭に入ると係員が検査に合格した六頭のデータ表をくれた。恭助は体重の項を見た。軽い牡牛で四八二キロ、重い牡牛で五六二キロ。どれも立派な体格の四歳牡牛《トーロ・ブラボー》だ。

牧童宿舎と闘牛博物館のある裏庭を突っきり、囲い場への暗い階段をのぼる。土塀上に辿《たど》りつくと、いきなりセバスチャン・パロモ・リナレスの助手頭ラファエル・コルベジェと顔を合わせた。

「なんだ、今日は背広なんか着て、めかしこんでいるな」

コルベジェが大声で恭助を冷やかした。彼はつい最近、助手頭に昇格したばかりで張り切っていた。

「牡牛《トーロ》は見たかい？」

「ああ、悪くない。一頭を除いてな」

「どこの牡牛だ」

「自分の目で確かめな。ありゃあ、コンクルソに出る牡牛じゃあない」

コルベジェは仲間たちのところに戻っていった。

「いつもは見物人でこの土塀上の通路はごった返すのだがね、今日は寂しいな」

「なに！　牡牛を見物に来る暇人がいるのか」

「そりゃあ、いるさ。闘牛の好きな人間の半分は闘牛士ファン、もう半分は牡牛ファンだもの」

「驚いたね」

ひとつ向こうの土塀上ではコルベジェらが牡牛の品定めをはじめていた。恭助の足下の囲い場では、鋭い角をもつバルタサール牧場の牡牛が悠々と草を食《は》み、その背中の上には、無数のハエが飛びまわっていた。

「闘牛士はどの男だ」

「闘牛士はまだベッドの中だ。彼らは伝統的に下見、抽選《ソルテオ》には顔を見せない。おたがい一期一会《いちごいちえ》の戦いというわけさ」

「ふうん、一期一会ね」

「ほれ、コルベジェらが牡牛を指差して喋っているだろう。六頭の牡牛の体重体型、角のかたち、気性、癖などを勘案して、二頭ずつの組を三つ作る。そいつを煙草《たばこ》の紙に、焼印番号で書きこむ。例えば、このイバンの52番と、パブロの17番を組み合わせて、52、17とかね。三つの組ができたら紙を丸めて数字がわからないようにし、抽選をする。助手頭が引きあてた数字の牡牛が、その午後の主人の戦う相手さ。あとは暗い小部屋に押しこめられて、戦いの時刻を待つだけだ」

どこかに姿を消していたエミリオ刑事が足早に二人のところにもどってきた。

「警部、コロセウムで最後の爆発物調査が行われるそうです。行ってみますか?」

「ああ、そうしよう」

闘牛に興味をもてないビクトルが承知の返事をした。恭助は囲い場に心を残しながら砂場《アレーナ》に歩いていった。


午後十二時五十二分。

黄色い落葉が晩秋の風に舞うアランフェスは閑散とした印象で、岐山観光の一行をうんざりさせた。

「後藤さんよ、もっとぱっとはなやかな町はないのかね。夏の離宮だかなんだか知らないが、これじゃあ幽霊屋敷だ。孫にお土産のひとつも買えん」

岐阜駅前で衣料問屋を経営する君田治助《きみたじすけ》がはげ頭をつるりとなでて文句を言った。君田も、川崎の迷い子事件の間、赤ワインをたっぷり飲んだ口だ。真っ赤な顔をしている。昭子は苦笑すると、

「次の訪問地トレドはいいところですわ。日本でいえば京都みたいな王城の地、土産物屋もたくさん軒をならべてますよ。ね、和田君」

「はい、あの町は食物もおいしいし、見物するところも、土産物屋もたくさんありますよ。アビラを止《や》めてトレドでのんびり買物されることを奨めますね」

「ほう、そうかい、スペインの京都ね。みなさん、その町で少しゆったりしませんか。わしゃ、正直言ってくたびれた」

君田の提案は圧倒的多数で支持された。すでにアビラ周辺のキャンセルの電話を済ませていた昭子と小磯は顔を見合わせ、にんまり笑った。


ラス・ベンタス闘牛場の屋根、通路、階段、各入口、観客席にはすでに警官が配置についていた。

恭助らは牡牛が登場してくる死の門《トリル》の上のバルコニーに佇《たたず》んで、この十日間で六度目の爆発物検査の光景をながめていた。

「今日はアメリカさんの検査チームが五組協力しているそうです。彼らも、もう調べるところはないとぼやいているそうですよ」

エミリオの言葉に首肯《しゅこう》したビクトルが、

「捜査本部にもどろう」

と言った。三人は栄光の門の通用口を抜けると正面広場に出た。いつもは声をからして闘牛のポスターや葉巻を売る露店の姿もなく、うら寂しさの漂うノーマンズ・ランドだった。

「車はアルカラ通りにまわします。少し待って下さい」

エミリオが無人地帯を走っていった。恭助は不安に襲われていた。

(なにか見落としている……)

パトカーが音もなく走ってくる。何気なくポケットに手を突っこんだ恭助は、しまった！　と叫んでいた。警部が期待と怯《おび》えが半ばした顔で見詰める。

「いや、ヴィセンテに頼まれた写真を牧場主に渡すのを忘れた」

「なんだ、そんなことか」

いったんポケットから引き出した茶封筒を元の場所にもどした。そのとき、メモ用紙がぽろりと落ちた。パラセ・ホテルに泊まる二名の日本人個人客の名を書いた紙片だ。

ミツル・コブチ（29）

シゲミ・ワダ（31）

恭助は不安の種を探りあてた。

「これだよ、警部」

「なにか訝《おか》しいか？」

二人のそばにはパトカーが停車し、ドアが開けられた。

「ゴメスって刑事の調べを疑うわけじゃあないが、気になる」

「ねちっこい調べで有名な一匹狼《いっぴきおおかみ》ですよ。でも、時折、気に入らないとポカをする」

若いエミリオ刑事が先輩の一匹狼刑事を評した。

「奴の態度と言葉だな、ちょっと気に入らん」

「あのとき、ゴメスは、こう言わなかったか。三十前後の日本人の個人宿泊客は二名。ひとりは面談しました。背の低い男です。もうひとりにも会いましたって。どうして、ゴメス刑事は二人とも面談しましたって言わなかったのだろう」

「それだ、おれも気になった。が、おれは他県からの応援だ。彼はマドリードの叩《たた》き上げの刑事だ。おれがいきなり高飛車に口をはさんだものだから、あんな奥歯にもののはさまったような言い方をしたんだと思ったんだが、エミリオ、もう一度、ゴメスに糺《ただ》そう」

恭助とビクトルはパトカーの後部席に飛びこんだ。同時にサイレンが鳴りひびき、アルカラ大通りを中心部に向かって走りだした。

2

ゴメス刑事はパラセ・ホテルのロビーで首なし死体の顔写真を眺めていた。写真には下手な修正がほどこされてあったが、死者の無念を十分に残す凄《すご》みのあるものだった。

「これがマンサナーレス河に浮いた首なしの日本人かね」

エミリオの顔を見つけた一匹狼が訊いた。エミリオがうなずくと、

「そちらの人には悪いが、おれにはこのホテルに泊まっている日本人の顔はみんな同じに見えるぜ。もっとも男と女の区別ぐらいつくが」

と恭助をにらんで笑った。

「ゴメス、あんたはさっき、この個人の宿泊客を調べたと言ったな。二人ともちゃんと会ったんだろうね」

「もちろん、会いましたぜ。それがなにか」

刑事は不満そうに顔をしかめた。

「コブチにも、ワダにもですね」

念を押す恭助に、ゴメスは当り前だ、嘘《うそ》は言わんと吐きすてた。

「コブチは小柄と言いましたね、ワダの風体はどんなです？」

「日本人にしては背が高い、あんたと同じくらいか少し低いくらいだ。イギリス野郎が着る毛の背広を粋に着こなしていた」

「ツイードですね」

「そうそう、それだ。流暢なスペイン語を喋ったな。もっとも旅行会社のツアー・コンダクターだからな」

「待った！　君はさきほど個人客と言ったじゃないか。それがツアー・コンダクターとはどういうことだ？」

語気鋭く質問するビクトルの眉間《みけん》が細かくけいれんしていた。

「ええ、リストでは個人客になっていますがね、ワダは団体旅行の添乗員だったんですよ。旗をおっ立てて、日本人グループをバスに案内していったんですから」

「言っていることがわからん。君はなぜワダが個人宿泊客の部に入っていたか、ホテルに確かめたかね」

「警部《セニョール・インスペクトール》さん、なにがおかしいんです。ワダはツアーの添乗員なんですよ。そいつがテロリストのわけがない」

ビクトルはレセプションに直行すると宿泊カードの提出を求めた。恭助はキーボックスのあちこちにパスポートが差してあるのを見て、シゲミ・ワダのパスポートはどうなってますか、とたずねてみた。金髪の受付嬢は、恭助の首に下げた特別身分証明書をちらりと見、宿泊カードを調べた。そして、テーブルの下から青表紙の旅券をひょいと抜きとり、まだお返ししていませんでしたわ、と差し出した。

恭助がページを開くと、アトチャ駅の荷物預り所で発見された首が紺の背広を着て写っていた。

エミリオがひやっと叫び、ビクトルがごくりと固唾《かたず》を飲んだ。

「なにか不審なことでもありますかい」

ゴメス刑事が恭助の手にするパスポートを覗《のぞ》きこんだ。なにごとか、言葉を発しようとして止め、まだ手にしていた手配写真の日本人を見た。ゴメスの体がびくっとはねあがり、硬直した。

四人は黙って顔を見合わせた。

「……じ、じゃあ、お、おれが会った、あの男はだれなんだ」

「梟《ブーホ》だ。おまえが話した男が何万人もの警察官が探し求める殺人者だ」

頑固一徹のゴメス刑事を見るビクトルの目は、冷ややかで怒りがこめられていた。

「わあっ！　おれは知らなかったんだ」

真っ青の顔のゴメスの体がわなわな震えだした。一匹狼の刑事は生涯最悪のミスを犯した。

「鍵をくれ」

受付の金髪嬢にビクトルが命じた。

「鍵と申しましても、責任者の許可を」

受付嬢が渋った。

「セニョリータ、緊急事態だ。いま、支配人の許可をとる時間がない」

警官たちの会話から異常を察していた娘は、ヘルマン！　と手近にいるドア・ボーイをよんで鍵を渡した。

ビクトルは呆然自失《ぼうぜんじしつ》しているゴメス刑事に、

「君はワダに扮《ふん》した梟《ブーホ》がどこのツアーに潜りこんだか調べてくれ。時間は十五分。それ以上、一秒たりとも遅れれば、君は警察におれんと思え。わかったか、ゴメス」

「シィ、警部さん」

命令を与えられた刑事に生気が浮かんだ。

「なにも梟《ブーホ》の痕跡《こんせき》はないな」

七三一号室は、すでに朝の掃除が終わっていた。残された荷物は太洋通商の和田茂美《しげみ》の持物ばかりだった。

「梟はここにもどってくる気はないのだ。一夜の潜伏場所のために罪なきビジネスマンは殺され、首を切断されて、マンサナーレス河に投げこまれた」

警部の嘆きを聴きながらわずか一年四か月前のパンプロナの河原《かわら》の小磯を思い出し

た。彼は背を丸めて、真剣に汚れものを洗濯していた。あれはひとりの留学生だった。それが残忍非道な殺人鬼と化して、マドリード中をさ迷っている。

午後一時四十九分。

後藤昭子の予想をうわまわり、肉料理から魚料理に変更する者が続出した。小磯は昭子を助け、調理場と交渉して舌平目、メルルーサを二十七人分確保して、なんとか岐阜の繊維問屋の旦那《だんな》衆《しゅう》や奥さん方の希望をみたした。ようやく、小磯は昭子とバスの運転手のマノロと食堂の隅のテーブルに腰を落ち着けた。

マノロが赤ワインを炭酸飲料でうすめながら、アビラは無理だったな、と言った。

「闘牛見物がなければ問題ないんだけどね」

小磯のあいづちに、運転手が応じた。

「そうなんだ。ともかく日本人の旅は忙しすぎるよ、なんのために旅に出るんだか」

カルデナーレ名物の羊の炙り焼き《コルディロ・アサード》がテーブルに運ばれてきて、マノロがうれしそうに手をすり合わせた。

マドリード観光（東部ツーリスト）——セゴビア、アビラ、エル・エスコリアル周遊コース。

半島旅行社（東洋通船観光）——トレド、タラベラ・デ・ラ・レイナ陶器ツアー。

イマサ観光（岐山観光）——チンチョン、アランフェス、トレド、アビラ観光巡り。

この三つのツアーの中に小磯信樹が潜りこんでいる可能性があった。

「警部、マドリード観光は連絡がつきました。日本を出発して以来、添乗員の交代、客の増員など一時的にせよないそうです。あとの二つは鋭意行方を追っています」

あぶら汗を顔に浮き出させたゴメス刑事がロビーに下りてきたビクトルに報告した。

「どのツアーも昼食時間だ、この機を逃すな。私たちは捜査本部にもどる。ゴメス、君は二つのツアーに連絡がついたらウェリントン・ホテルに顔を出せ。先ほどの失敗は自分の手で取りもどしてもらうぞ」

「はい、警部」

一匹狼の頑固刑事ゴメスが直立不動で答えた。三人がホテルを出た直後、バス一台で観光業を経営するイマサ観光と連絡がついた。唯一の従業員らしい若い女性が、

「この時間ですと社長はトレドのカルデナーレで羊の肉にかぶりついてますわ」

と教えてくれた。

ゴメス刑事は電話をいったん切ると交換手にトレドのレストランへつなぐように命じた。

小磯がビーフ・ステーキを食べ終えたとき、給仕がテーブルに寄ってきて、

「マドリードから電話が入っています。なんでも警察のようですよ」

と告げた。イマサ観光の社長兼運転手のマノロがスペイン語のわからない昭子のために通訳しようとしたとき、小磯が素早く口をはさんだ。

「スペイン語の電話が昭子さんあてに入っているようですね。どうも闘牛見物についての連絡らしい」

昭子が困惑した様子で小磯を見た。

「私が出ましょうか」

「そうお願いできますか。なにからなにまで和田さんにお世話になって」

「昭子さん、高くつくかもしれませんよ」

と笑った。昭子は小磯の顔に口を寄せ、

「いいですわ。和田さんなら、なんでも」

と嫣然《えんぜん》と笑い返した。

小磯は電話ボックスに入ると受話器にハンカチを重ねた。そして、アンダルシア訛《なまり》の
マノロの言葉を真似《まね》た。

「もしもし、イマサ観光じゃが」

「あんたはだれかね？」

横柄な声が訊いた。

小磯は今朝方、ホテルのレセプション前で話した中年の刑事を思い出し、緊張した。

「運転手のマノロだよ。添乗員が席を外しているのでな」

「あんたのツアーに新しい客か、添乗員が加わらなかったか？　日本人の男性だが」

「いや、一人も増えもしないし減りもしないだよ。女性の添乗員以下三十四人、羊の肉にかぶりついてるね」

「あんたのグループの添乗員は女かね」

「そうじゃあ」

「トレドのあとの予定を聞こう」

「昼食後、トレド見物、それからアビラをまわってマドリードにもどる。パラセ・ホテル到着は九時過ぎかね」

「アビラであんたらと連絡のつく場所はあるかい」

小磯は、そうさな……、と時間を稼ぎ、ようやく、断りの電話を入れた酒場の名前を思い出した。

「ああ、メゾン・デル・ラストロで夕方六時から七時ごろ、一休みするよ」

「食事の邪魔をしたね」

ビクトルらがウェリントン・ホテルの特別捜査本部に入室したのと、ゴメス刑事から

電話が入ったのが同時だった。受話器をとるビクトルに、

「イマサ観光は白です。新たに加わった日本人はいません。アビラにこれから回るそうで、マドリードに帰着するのは、九時過ぎと言っています。闘牛は見物しないそうです」

「半島旅行社のツアーに潜りこんだ可能性が強まったな」

「ええ、闘牛見物もしますしね」

「よし、半島旅行社の行方を追ってくれ」

緊急の捜査会議が追いつめられた雰囲気の中でひらかれた。

ビクトルは梟《ブーホ》が団体旅行にまぎれて、闘牛場潜入を計っているかもしれないことを報告した。

「警視、タラベラの県警本部の協力をあおぎ、窯元《かまもと》をあたらせてくれ。捜査はくれぐれも慎重にとな、そいつも言い添えてくれ」

国家公安部長シモン男爵が腹心の部下である首都圏テロ対策最高責任者マヌエル・ヒメネス警視に命じた。

「小磯信樹が日本人ツアーに潜りこんだ」

丹下龍明二等書記官が呻いた。

「そうとばかりは言い切れませんよ」

恭助の反論に出席者が素人《しろうと》捜査員を見た。

「いえ、確たる裏づけがあるわけじゃありませんが、残りのツアーにも小磯は加わっていないような気がするんですよ」

「どうしてだ」

サラゴサ県治安本部のビクトル警部がたずねた。

「小磯の目標はラス・ベンタスです。時刻は午後六時、いや、一番多くの入場者が殺到する一時間から三十分前を狙《ねら》っているだろう。となると午後五時から五時半には、闘牛場にいなければならない。一方、マドリードからタラベラまでは一一三キロある。車で一時間半から二時間の距離だ。いよいよ押しせまった段階でテロリストが現場から一〇〇キロ以上も遠ざかるだろうか。帰り道、バスが故障するかもしれない、渋滞に巻きこまれる恐れもある。心理的にはかなり勇気のいる、いえ、私は小磯信樹が日本人ツアーに潜りこんでないと言っているわけではない。小磯は頭のいい男だ、ゴメスが捜査官と知ってなにか芝居したことも考えられる。ツアーの添乗員を装いながらバスまで日本人一行を送っていく。しかし、バスには乗らない。ゴメス刑事にはバス旅行に出向いたと思わせながら梟《ブーホ》は首都に残る」

電話が鳴った。

太った体にもかかわらず機敏な動作でヒメネス警視が受話器をつかんだ。受話器から悲鳴に近い声がもれてきた。

「半島旅行社にもやつはいないんです。あの日本人はどこに消えたんですか！」

「ゴメス、落ち着け。こちらに来て詳しく報告しろ」

ヒメネス警視が受話器をおくと同時にシモン男爵が言った。

「各県の警察にいま一度調べさせよう。それにハシガミのいうように時間稼ぎに奇妙な芝居をしたことも考えられる」

「いよいよ厳しくなりましたね」

丹下龍明が面に苦汁を滲《にじ》ませ、時計を見た。


午後三時二十分。

「あと四十分後には、ラス・ベンタスの開場だ。水際で梟《ブーホ》のやつをくいとめるしか道は残されてないのか」

ヒメネス警視が背広の袖《そで》で頬《ほお》の汗をふいた。

「ヒメネス、いま一度訊いておきたい。現時点でテロリストが闘牛場に入りこみ、爆発物が仕掛けられている事実はないな」

「男爵、闘牛場内は無菌状態です。こいつだけは私の白髪《しらが》頭をかけても誓えます」

「よし。となれば四十分後に場内に入る三万余の人間のチェックを厳重におこなえば、惨事は防ぐことができる。テロリストの逮捕は二の次だ。テロをラス・ベンタスで起こさせてはいけない。頼む、紳士諸君」

シモン男爵の声音にも疲労と苦悩と重圧が濃くはりついていた。

「われわれに残されたことは神にお祈りするしかない。が、神におすがりするまでに最後の数時間が残されている」


午後三時三十八分。

小磯信樹にはお祈りする時間すらなかった。腕の中に絞殺したばかりの後藤昭子の死体があった。だんだん人肌の温《ぬく》もりが消えていくのがわかる。

もう十数分すれば買物中のツアー客たちが戻ってくる。いや、その前にガソリンを補給にいったマノロが帰ってくるだろう。

眼下には、古都トレドを半円をえがいてうねり流れるタホ河が見える。石のサンマルティン橋の河面《かわも》から冷たい風が吹いてきて、錯乱した小磯信樹の気を鎮めた。

(まず昭子の死体の処分だ)

枯草を薙《な》ぐ秋の風が微妙に方向を転じるところにコンクリートの壁が見えた。

市民戦争名残《なごり》のトーチカらしい。

小磯はあたりに視線をくばった。鈍色《にびいろ》の空の下、聞こえる音は自分の心臓の鼓動と風のざわめきだけ。小磯は昭子の死体をずるずると引っぱっていった。

予想外の出来ごとが発生したのは、市内観光を終え、客たちを五組に分けて買物に送り出したあとだ。

バスはカンブロン門のそばに駐車してあった。マノロがガソリンを入れてくるよと断り、バスを運転して走り去った。

昭子と小磯の二人だけが道路っぱたの石のベンチに残された。昭子は三十四名のパスポートと闘牛の入場券の数を再確認しながら、一日助手の小磯に訊いた。

「和田さん、奥さんにお土産を買わなくていいの」

「いやだな、ぼくはまだ独身ですよ。家族への買物は仕事が済んでからマドリードでやりますよ」

それより処分するものがあった。

「タホの流れでも眺めながらトレドの悠久の歴史にでも想《おも》いを馳《は》せているほうがいいですね。ちょっと散歩してきます」

立ち上がる小磯に上気した顔の昭子が、想いを馳せるお方がいらっしゃるのではありませんか？　と訊いた。

「いえいえ、そんな女性《ひと》はいませんね。仕事に追われて、相手を見つけることもままならんのです」

小磯はぼやくと甃《いしだたみ》の坂道を下り、立ち枯れの雑草がしげる崖《がけ》っぷちに入っていった。

立小便をしながらあたりを見まわす。

風が黄色い液体を吹き散らした。

ポルトガルへと流れていく河面に目をやった小磯は腰をふり、チャックを締めた。

昭子は和田のパスポートを確認していないことに気づいた。闘牛見物を岐山観光のツアーに組み入れたのは三度目だが旅券持参なんて初めてのことだった。

やはり日本の皇太子ご夫妻が見物されることと関係あるのだろうか。

同行の雑誌記者が噂《うわさ》しているのを耳に入れたが、まさかテロへの予防対策ではあるまい。

和田を探してパスポートの確認をとろう。散歩する時間が十五分くらいとれるかもしれない。昭子は、中南米勤務が長いというビジネスマンに、そこはかとない好意を抱きはじめていた。

手早くパスポートと闘牛の切符をカバンに納めた。

和田が歩み去った坂道を辿った。昭子が道を外れ、崖っぷちの斜面にわけ入ると、和田が地面にしゃがんでいるのが目についた。まるで子供みたいに足もとの土くれを動かしている。

(なにをしているのかしら?)

昭子はそっと近づいていった。

小磯は護身用に持ち歩いてきた拳銃《けんじゅう》を処分しようとしていた。バスの座席のシートの間に隠すことも考えた。が、マノロが発見したら……トレドの崖っぷちに一時隠しておこう。ことが終わったら取りにくればいい。

革バッグから32口径の自動拳銃を出し、土産物屋でもらったビニール袋に包みこもうとして、人の気配を感じた。

呆然《ぼうぜん》とした昭子が口をひらいて、うしろを見た。小磯の拳銃を凝視していた。

「おもちゃですよ、昭子さん」

ビジネスマンがゆっくり立った。人相が一変している。

昭子はなにか言おうとしたが声が出なかった。

(この人は何者なんだ?)

(なぜ、和田茂美さんはツアーを断ったのか)

接近してくる相手の五体から危険な臭《にお》いがぴりぴりと放射されてくる。

昭子は踵《きびす》を返そうとした。足がふるえて動かない。一歩、二歩、背中に悪寒が走った。駆けろ、逃げろ、恐怖に硬直した体を叱咤《しった》した。

「昭子さん、おもちゃですよ、触って見て」

耳もとで開き覚えのない声が囁《ささや》き、首に手が巻きついてきた。くるりと体の向きが変えられた。まるで相愛の恋人同士が抱擁するように抱きついてきた男の両手が、昭子の首をぐいぐい締めていった。

（いや、死ぬのは嫌……）

小磯はトーチカの中に昭子を投げ落として、ほっと安心した。昭子の持物をチェックした。私物は死体と一緒に捨てた。

三十四名のツアー客のパスポートと、闘牛の入場券とスケジュール表だけを書類カバンに入れた。

死体の上に枯草を撒《ま》きかけて、隠した。トーチカに入ってこないかぎり、まず、見つからないだろう。腕時計を見た。

午後三時四十五分。

拳銃を先ほど掘った穴に隠し、小石を積んだ。服装を点検した。ネクタイの歪《ゆが》みを直し、靴の泥をハンカチでふいた。

書類バッグを小脇《こわき》に抱え、ゆっくりと坂道を登っていった。

カンブロン門の前にはバスが到着し、買物袋を下げたツアー客が乗りこむところだ。

「川崎さん、トレドではパン屋さんは見つけられませんでしたか」

大きな紙バッグからダマスカス織りの布地をのぞかせた米子が、

「まあ、和田君はいじわるね。チンチョンじゃあ、みなさんに迷惑をかけたから、トレドじゃあ、おとなしくしていたわよ」

と金歯を見せると大笑いした。

新しい煙草に火をつけたマノロが、アキコはどこに行ったんだい？　とたずねてきた。

「いや、大騒ぎさ。パラセ・ホテルに電話を入れたらね、東京から緊急の連絡が入ったとかで、アキコはタクシーを拾ってマドリードに急行しているよ。みなさんには悪いが闘牛場でお目にかかりますとさ」

3

晩秋の陽光が西の空から斜めに落ちている。ラス・ベンタス闘牛場のイスラム風のレンガの外壁が赤く染まっている。

スペイン警察庁所属108E号のヘリ機上からながめるベルマン・アルカルデ警部補の目には、ラス・ベンタスが人類が死に絶えたあと、ぽつんと廃都の中にとり残された神殿のように見えた。

神殿のあちこちにベルマンの同僚たちが配置についていた。東の屋根の一郭で鈍く反射したものがあった。双眼鏡で確かめると同僚の狙撃手《そげきしゅ》がライフル銃を点検していた。

高度五〇〇メートルから見下ろす闘牛場は、穴あき硬貨の外円部に五つの出っぱりをつけたかっこうで、北側に大きく囲い場が張りだしていた。硬貨の穴の部分の闘牛場は、光と影にくっきりと二分されている。影が二分で、光が八分。

さらにコロセウムの外側に広大な無人の帯が丸く広がっていた。

闘牛場の大時計の長針がことりと進んだ。


午後四時。

封鎖線の外の四つの長い行列が動きはじめた。検問ゲートを潜《くぐ》った男がノーマンズ・ランドを小走りに横切り、無人の廃都が蘇《よみがえ》った。


牧場主ルセロ・ゴメス・カンポはのろのろとベッドから起きると、洗面所に入っていった。

窓際から裏庭の様子をながめていた彼の牧童が、洗面所の中が見えるように場所を移動した。

（おれの牡牛《おうし》はどこに行ったんだね？）

生涯最高の午後を迎えるはずだったルセロは、鏡の中の老人に話しかけた。

三日前の深夜、ラ・ルイシアナの飯屋枢機卿《ベンタ・カルデナーレ》を上機嫌に出た。牡牛を積んだトラックのかたわらにフランス・ナンバーの乗用車が停車していた。

トラックのステップに足をかけた途端、首筋に冷たいものが押しあてられた。

「セニョール・ルセロ、電話をしてほしい」

「どこにだい？　わしらは牡牛を運んでいるだけだ。悪い冗談はよしてくれ」

「わかっているとも。まず、あんたの自宅に電話をするんだ。変な気をおこすとルピートが死ぬことになる」

牧場主は牡牛の様子を確認する運転手を返り見た。彼もまた二人の男たちに銃を突きつけられていた。

あれが悪夢のはじまりだった。

牧場に電話してみると、男たちの仲間が押し入り、家族を人質にしていることが判《わか》った。

牧場主と運転手は、ばらばらに車にのせられ、国道四号線をコルドバに向かって運ばれていった。

「悪いいたずらだよ」

「そうでもないさ」

ルセロの隣で拳銃をつきつける中年の男の訛は、バルセロナの人間の発音とも、マドリードのアクセントとも異なっていた。そうだ、これはスペインの中の異国バスク地方の連中の話すスペイン語だ。

（まさか、ＥＴＡではあるまいな）

小さな闘牛牧場の経営者が政治テロに巻きこまれるわけもない。

ルセロを乗せたフランス・ナンバーの車は主街道をはなれ、農道に入っていった。後をふりかえった。カンポ牧場のトラックもついてくる。運転席に二つの人影、ハンドルをにぎるルピートの体が強張《こわば》っているのがわかる。彼の口に煙草がくわえられてないのを見るのは何年ぶりのことか。

前方に視線をもどす。茶褐色の休耕地をヘッドライトの光が薙《な》いだ。どこにも人家など一軒も見えなかった。ルセロは言い知れぬ恐怖をおぼえた。

がたがたの農道を七、八分進んだか。濃い闇の中に小さな明りが弧をえがいていた。乗用車とトラックは明りに向かってなだらかな坂を下っていった。

休耕地の窪《くぼ》みにトラックが一台停車していた。荷台にはルセロ馴染《なじ》みの、鉄板で角を補強した牡牛を運ぶ特製の箱が二つならんで積まれていた。

（牛泥棒《と》だろうか？）

車が停まり、エンジンがきられると、広大な耕作地は深い静寂につつまれた。

ルピートの運転してきたトラックは、待機していた運搬車とぴたりとならんで駐車させられていた。

ルピートが短機関銃の銃口にせかされて、牡牛をつめた箱の上に登らされた。

「揚げ蓋《ぶた》を上げて、お前らの牡牛をこっちの空箱に移しな」

短機関銃の男が命じる声が聞こえた。

「あんたらは牛泥棒かい？」

「まあ、そんなとこだ」

ルピートは待機していた運搬車の箱の揚げ蓋をロックするピンを抜き、板戸を上方にスライドさせた。さらに同じ手順でシスネイロの入る箱の蓋をあげた。これでカンポ牧場の牡牛は、これまで閉じこめられた小屋の二倍の自由を得たことになった。が、シスネイロは新しく得た空間に気がつかなかった。尻《しり》を向けていたからだ。箱は牡牛の体の幅ぎりぎりに作ってあり、方向を転ずることができなかった。

「追いこめよ！」

ルピートは箱の上にくくりつけてあった最新型の脅し棒をつかんだ。彼は、箱の上に切りこんである覗《のぞ》き窓から棒を突っこみ、牡牛を後退させた。大あばれしながら後退していく蹄《ひづめ》の音がルセロにも聞こえた。最近、流行《はやり》だした電気棒が威力を発揮したのだろう。ルピートが手にする棒の先端には、二本の鉄針がならんでいて、こいつを牡牛の体にあてると弱電流が流れる仕組になっていた。

ルセロが今年の春、カディスの家畜市の会場で見つけ、購入したものだ。

板戸が下ろされ、ルセロの牡牛はナバラ県ナンバーのトラックに移し替えられた。そして、二メートルほど前進し、第三の箱がこれまでシスネイロの入っていた箱の口に合わされた。男たちは、どういう理由か知らないがカンポ牧場の箱に別の牡牛を移し替えた。

（不思議なことをするもんだ）

そう思ったとき、ルピートが行動をおこした。電気棒の先端を短機関銃の男の首筋に押しつけた。

ぎゃあっ……。

悲鳴とともに短機関銃をもった小男は、トラックの荷台から転がり落ちた。

ルピートが得意げに仁王《におう》立ちになって電気棒をふりかざした。乗用車のかたわらから銃声がひびいた。

「ルピート！」

牧場主がドアの外に出ようとすると脇腹《わきばら》に銃口が押しあてられた。

「静かにするんだ」

二十二年余り、カンポ牧場で働いてきた独身の牧童兼運転手ルピートが体を折り曲げ、ゆっくりと地表に崩れ落ちていった。

ドアが外から開けられた。ルピートを撃った男がルセロに硝煙ただよう拳銃を突きつけ、にやりと笑った。なんと東洋人だ。

ルセロの隣に坐る中年の男が話しかけてきた。

「これから私があんたの牧童だ、闘牛が終わる日まで寝食をともにさせてもらう。変な気がおきたときは、あんたの家族のことを考えるんだ」

あの夜、ルセロが五年近く丹誠してきた勇敢な牡牛《トーロ・ブラボー》シスネイロは、何処《いずこ》かへ姿を消した。

そして、ルセロとルピートに成りすました中年男は、病みあがりの動物のように覇気のない牡牛をともなって、ラス・ベンタス闘牛場にやってきたのだった。

「なぜ、こんな面倒な真似をするんだね」

ルセロは無駄を承知でルピートに尋ねた。

「まあ、ちょっとした悪戯《いたずら》さ」

「闘牛場の内外はすごい警備だ。まさか、ファン・カルロス王子がどこかの国の皇太子夫妻を招待されることに関係したことでは、あるまいね」

「そんな心配はいらんよ。闘牛の歴史をちょいと塗り替える悪戯なんだよ。明日になれば大笑いで終わる」

ドアがノックされた。牧童に扮《ふん》した男が、だれだい、入りな、と命じた。ドアが開くと、戸口に若い警官が立っていた。

「なにか変わったことはありませんか？」

ルセロは髭剃《ひげそ》りを顔からはずし、こいつがテロリストだ！　と叫びだしたい衝動にかられた。人質にとらわれている家族のことを思い浮かべ、言葉を飲みこんだ。

「ないね、万事順調さ」

妙に動物について精《くわ》しい男が答えている。

「牧場主の姿が見えないが」

念を押す警官に牧童が鏡をのぞくように教えた。壁にはめこまれた鏡を見ると洗面所の内部が見えた。

「おっ、おめかしだね」

ルセロは二枚の鏡に反射して映る警官に、異常事態を知らせようと目をしばたいた。

「怪我《けが》をするんじゃあないぜ、ルセロ」

若い警官はあっさりと引き下がった。牧場主は剃り残した髭にカミソリをあてた。

場内からフラメンコの調べが流れてきた。二時間近くも闘牛の開始をまつ観客たちのために、カンテ・ホンドの偉大な歌手アントニオ・マイレーナがよばれ、パコ・デ・セペロのギターで渋いのどを披露しはじめた。

ゴメス刑事はアルカラ大通りのバルに入りビールの小壜《こびん》を注文した。

朝、パラセ・ホテルのロビーで会話を交わした日本人が、ラス・ベンタス闘牛場を舞台になにか途轍もないことを計画しているらしい。

ウェリントン・ホテルに特別捜査本部をかまえている連中は、ゴメスのような下っぱ刑事に情報の二〇パーセントも教えてくれなかった。だが、ゴメス刑事の第六感は、ファン・カルロス王子夫妻か、日本の皇太子夫妻を目標にテロが決行されようとしていることを教えていた。

闘牛にやけに精しい日本人を思い浮かべた。捜査本部に二人も日本人が加わっている。テロの目標は日本の皇太子かもしれないぞ、とゴメスは狙《ねら》いをつけた。

いま少し情報を知っていればこんなドジを踏むこともなかったろう。おれの手でテロリストを捕える大手柄がたてられたかもしれないのだ。

シモン男爵がじきじきに言葉をかけ、

「ゴメス、捜査官の中で暗殺者の梟《ブーホ》と対面したのは君ひとりだ。奴《やつ》をいぶり出せ、そうすれば不始末を帳消しにしてやるぞ」

と命じた。こいつは悪くない。

しかし、あの日本人は、おれが梟とやらに騙《だま》されたかもしれないと言いやがった。ツアーの添乗員に見せかけて、テロリストは首都に残っているかもしれんというのだ。

（くそっ、そんなことがあるものか）

ゴメスは、クルスカンポの小壜をつかむと一口飲んだ。そして、三つのツアーのうち、一番最後に連絡のついた半島旅行社の日本人添乗員との会話を思いかえした。彼のスペイン語はかろうじて意志が伝えられる程度だった。しかし、朝、話した梟《ブーホ》のスペイン語は、完璧《かんぺき》なアクセントだった。強いて特徴を見つけるとすれば、カタルニア地方のインテリ階級が話す言い回しが耳に残ったくらいだ。ゴメスは、オリーブの実をつまみ、口に入れる。種は床にはじきとばした。

（もう一度、あの情景を思い出せ）

男は日本人の女二人にはさまれて玄関に向かった。その前に、ドン・キホーテの人形を売っている場所を教えてやった。

確かにおれは彼がバスにのりこむ瞬間は見ていない。しかし、やつがおれを騙して、郊外に出たバス・ツアーに関心を向けるよう小細工したとは思えなかった。

あの時刻に出発していった三台の観光バスのどれかに、殺戮者《さつりくしゃ》は乗った。これがゴメスの結論だった。

しかし、三組とも人数に変化はないという。マドリード観光はスペイン人のガイドが電話に出た。ラ・マンチャ地方生れの大学生、そんな若々しい声だった。イマサ観光は、アンダルシア訛丸出しのスペイン人運転手だった。半島旅行社は、再帰動詞も満足につかいこなせない日本人だった。

どこかに陥し穴がある。

ゴメスはオリーブを食べ尽くしていた。新たに飲物とつまみを注文した。

朝、会ったテロリストの声の質は、甲高《かんだか》いボーイ・ソプラノだった。半島旅行社の日本人は、ひび割れた、ががら声だ。

上手なスペイン語を喋るボーイ・ソプラノの男がめちゃくちゃなスペイン語をがらがら声で話す。できない芸当ではないだろう。しかし、根本的に声の質が異なっている。

二本目のビールが来た。

「なんで、こんだら警戒が厳重だべ」

「なんでもどごがの王子さまが闘牛見物なさるちゅう話だが」

アンダルシア訛の男たちが酒場の窓越しに闘牛場の方角を覗《のぞ》き見ていた。コルドバあたりから出稼ぎに来た農民たちだろう。ハンチングの男が着古した背広の左の袖口《そでぐち》から汚れたハンカチを出し、片手で鼻をかんだ。

アンダルシア訛、ハンカチ、電話。

マノロと名のった運転手は、ひどい訛だった。あの男ならとなりの出稼ぎ農民たちが喋っている早口、省略音、濁りを難なく真似するかもしれない。

しかし、待てよ、イマサ観光は闘牛見物をコースに入れてない唯一のツアーだ。ラス・ベンタスを目標にするテロリストがわざわざ闘牛見物をしないツアーに潜りこむだろうか。壁を見た。

シェリー酒の宣伝用時計が、午後四時二十七分を差している。

いま時分、トレドからアビラに向かう道中のはずだ。ゴメスは叫んでいた。

「おい、電話はどこだ」

バーテンが大声で喚《わめ》き返した。

「うちのは壊れていやしてね」

ビール代を放《ほう》り出すとゴメスは外に出た。

午後四時三十二分。

岐山観光の一行をのせたバスは、国道四〇一号線を快調にマドリードに向けて、走っていた。

社長兼運転手のマノロは自信たっぷりのワダという男に不安を感じていた。これまでアキコと三度、仕事をしていた。責任感の強い、あの女性が突然、朝から一行に加わった男に後事を託したのを訝《いぶか》しく思っていた。あの時間からタクシーをとばしたところでマドリード到着はこのバスと三十分も違わないだろう。

スペイン語のべらぼうにうまいワダはどこか不気味な体臭をもっている。アキコの身になにかが起こったんじゃあないか。マドリードに到着したらホテルに電話を入れてみよう。

マノロはバックミラーをのぞいた。客の大半は旅の疲れか、熟睡していた。前方に視線をもどした。前を走るイギリス・ナンバーのオースチンがスピードを緩め、渋滞に巻きこまれたのを知った。首都まで二十数キロの地点だ。

「どうしたんだ、マノロ?」

「道路工事で渋滞してるんでしょう」

「時間までに闘牛場に入れるかな」

自信たっぷりだったワダの態度が崩れた。どこか不安に怯《おび》えているように思えた。それがマノロを安心させた。

ビクトルと恭助は日本の皇太子と、スペイン王子両夫妻が坐るテンディド10の円周通路《カイエホン》にいた。

二階席手摺《てすり》から赤・黄・赤のスペイン・カラーの横幕がたれ、場内を一周していた。さらに瓦《かわら》屋根には日本とスペインの国旗が交互にならんで、風にはためいていた。

コロセウムではセビリャの老歌手マイレーナがのどを震わせ、アンダルシア人の魂を紡ぎだしていた。

恭助はラス・ベンタスをこの位置から眺め回したことがない。闘牛写真家にとって羨《せん》望《ぼう》の場所だが今日の恭助にはカメラがない。

「もし、われらがどこかでミスを犯しているとしたら、まず確実に十数人の若者たちが皇太子、王子両ご夫妻の御楯《みたて》となって死んでいくだろう」

屈強な体格の警官十二名が皇太子、王子両夫妻の席の前にならんでいた。足もとのボックスには、いつでも取り出せるように防毒マスクが用意されてあった。

「そうなってほしくありませんね」

頭上から声が降ってきた。ふり仰ぐと茶の背広を着た丹下が観客席に立っていた。

「リッツ・ホテルの歓迎パーティはいかがでしたか？」

「ああ、両殿下をお囲みして出席した在留邦人が記念撮影したり、なごやかなうちに終わったよ」

恭助は丹下の言葉で闘牛写真家、ヴィセンテから預かった茶封筒を思い出した。牧場主ルセロ・ゴメス・カンポの晴れがましい記念写真だ。

「ビクトル、ぼくはちょっと牧童宿舎まで行ってくるよ。例の写真をルセロに渡してくるだけだ」

恭助は二人に事情を説明すると円周通路を右回りに闘牛士たちの門へ歩いていった。

場内は身体検査で手間どるせいか、せいぜい三、四千人の入りだ。予測通り、午後五時半前後に混み合いそうな気配だ。

「牧場主のルセロを見かけなかったかい？」

肥えた馬にまたがる槍方《やりかた》アティエンサに声をかけた。

「ルセロ？　知らんな」

槍方はルセロ自身を知らない様子だ。

「そいつが牧場主なら宿舎にいるだろうよ」

裏庭では赤いシャツを着た馬手たちが槍方の馬の耳に、水で濡《ぬ》らし固くしぼった新聞紙を突っこみ、耳たぶを木綿糸でしばって聴力を弱めていた。さらに牡牛が攻撃をしかけてくる右側の目に眼帯がはめられた。

恐怖に怯えて馬上のピカドールを振り落とさないようにする準備だった。

恭助は牧童宿舎の二階の窓に向かって、ルセロ！　と呼んだ。髭面《ひげづら》のやせた男が顔をのぞかせ、うちの牧場主になにか用か！　と怒鳴り返してきた。

「セニョール・ルセロはいるかい？」

男が引っこむと老人があらわれた。晴れの舞台に出場する牡牛の飼育者らしく、アンダルシア人の男の正装、つば広帽子《ゴーロ》に黒の短衣《チャレコ》を着ていた。下半身は見えないが縦縞《たてじま》の七分ズボンに、拍車をつけた革長靴《ボータ》のはずだ。

「ヴィセンテから預り物があるんだ、写真だ。持っていこうか」

老人が答える前に先ほどの男が顔をのぞかせ、おれが下にいくよ、と答えた。

「ドン・ルセロ、ラス・ベンタスに十六年ぶりに出場する気持は、どうだい」

「変わりない、闘牛はどこでやっても闘牛だ」

吐き捨てるように言った。

恭助は牧場主生涯最高の晴れ舞台というのに、感激のないアンダルシア人だな、と思った。動物を相手にしている人間には、まれにこんなへそ曲りがいるもんだ。

「グラシアス」

窓を見上げる恭助の手から茶封筒が消えた。見ると中年の牧童が宿舎に入っていくところだった。二階の牧場主の姿もない。主従そろって愛想の悪いアンダルシア人だ。

午後五時二分。

闘牛場周辺では大混乱がはじまっていた。通達にもかかわらず車を乗りつけ、一悶《ひともん》着《ちゃく》のあとで方向を転じる紳士方。遅々として進まぬ行列に業をにやし、大騒ぎする労働者風の男たち。広場から占めだされた露天商たちが屋台の車を引っぱってアルカラ通りをうろつき、追いかえされた乗用車と睨《にら》み合っている。ダフ屋は地下鉄の出口で声をからして、新たな遅滞の原因を作り出していた。

あと一時間足らずで一万七、八千人の観客が入場しなければならないのに、作業は手際よく進んでいるとは思えなかった。

プラド美術館裏の高級アパートから二人のコロンビア人が姿をあらわし、フランス・ナンバーのシトロエンに乗りこんだ。彼らはレティロ公園を突っきり、メンデス通り、イビサ通り、ドクトル通り、さらに未舗装の裏通りをいくつも抜けて、首都の東の外れからアルカラ通りに到達、方向を転じて闘牛場へと接近していった。そして、闘牛場の外壁が望遠できるベンタス橋の手前で車をUターンさせ、路上に停車させた。

午後五時十一分。

サンタンデールのヨット・ハーバーから食糧の補給を終えた豪華なクルーザーが出港した。船尾にブルボン王家の紋章を飾ったヨットは、湾内を水すましのように走る渡し船《フェリー》に注意をはらいながら船足を早め、マヨル岬を右に見ながら、カンタブリコ海の荒れた海に突進していった。

カタルニア・ピレネー山脈のセトカサス村の僧院で鷲鼻《わしばな》の神父が夕暮れの勤行《ミサ》を終えた。寺院を出た神父の僧服の肩にひらひらと雪が舞い落ちてきた。

神父は足をとめた。コスタボネ山の頂きは、この年初めての吹雪《ふぶき》に見舞われ、白く煙

って見えた。付き従う少年僧が、

「神父さま、冬が来ましたね」

と山を眺めあげた。

「ああ、冬が到来した」


午後五時十八分過ぎ。

「どうにか間に合ったな、マノロ」

小磯はアトチャ駅の大時計に目を向けて、運転手の労をねぎらう言葉をかけた。この二〇キロ余り、苛々《いらいら》のドライブだった。が、どうやらマドリードに戻りついた。渋滞と日本人の貧乏揺すりに不機嫌になっていたマノロからは答えが返ってこなかった。

プラド大通りからアルカラ門に抜けるのに、さらに十分を要した。そして、ローマ広場まで辿《たど》りついたとき、車ではこれ以上、先に進めないことがわかった。

「この辺で待機できないかい？」

「なんとか駐車場所を見つけるよ」

「じゃあ、徒歩で引率していく」

「アキコとはどこで会うんだね」

運転手は気にかかる女性のことを新入りの添乗員にたずねた。

「席で会うことになっている。彼女は心配いらんよ」

小脇《こわき》に書類カバンを抱え、手に岐山観光の旗をもった和田直治こと小磯信樹は、

「みなさん、ここから四〇〇メートルばかり徒歩で願います。日の丸の小旗を用意された方は、忘れないようにして下さい。それから、さきほどお返ししたパスポートを持参されているかどうか、いま一度、確かめて下さい」

と三十四人の小羊たちに注意を与えた。


午後五時三十二分。

ウェリントン・ホテル。

闘牛士セバスチャン・パロモ・リナレスの部屋のドアがひそやかに叩かれ、助手頭のコルベジェが顔をのぞかせた。

「時間ですよ、闘牛士《トレーロ》」

かたちばかり祭壇に頭をたれていたパロモが頷《うなず》いた。

「昨年の再現ってのはどうです」

白い衣裳《いしょう》を身につけたパロモが微笑《ほほえ》んだ。

そう、昨年、ラス・ベンタス闘牛場で三十六年ぶりの奇跡がおこなわれた。なんと大観衆を総立ちにさせ、牡牛の尾っぽ《ラボ》を切りとる闘牛を、この若者が見せたのだ。

あの午後の再現をと、助手頭が煽《あお》り立てているのだ。

「奇跡ってのは二度はおこらないから奇跡なのさ」

二人はオリーブ油をうかせた灯明にちらりと目をやり、ホテルの部屋を出ていった。

小磯は眼鏡《めがね》をかけ直すと岐山観光の旗を頭上に高々とかかげ、三十四人の客を集めた。想像した以上の人混みと警戒だ。

闘牛の入場券は三十八枚持っていた。娼婦《しょうふ》マルタといくはずだった二枚の入場券をふくめ三枚は永久に使用されることはあるまい。吉村直治名義のパスポートは、内ポケットにあった。

よし、プロの添乗員に徹することだ。

「迷い子にならないようにしてくださいよ」

午後五時三十五分。

恭助とビクトルは正面の第二検問所に立って、押し寄せる日本人に目をこらしていた。

「日本人の見物客は、二番の門からしか入場できません!」

大使館にやとわれた日本人留学生が声をからして叫んでいる。

警備の総責任者マヌエル・ヒメネス警視は、主催者側のボス、シュツィクから烈《はげ》しい抗議をうけていた。

「警視、検査がきびしいことには文句はいわん。しかし、日本人を一か所から入場させるアイデアはいただけん。長い行列をしたあと、別の門に追いやられるので不必要な混乱が処々方々におきている。開始時間まで三十分もないというのに、半分も入場しておらん。このままのペースでいくと闘牛がはじまったとき、三分の一以上の観客が場外にとり残されていることだろう。大騒ぎになることうけあいだぞ。なんとか、どこの検問所からも日本人を入れさせてくれ」

ヒメネス警視は腕時計を見た。あと二十四分……。

スペインでは汽車の出発時刻はしばしば遅れることはあっても、闘牛は定刻通りはじめられる。それに今日は、日西の両王室の後継者が見物されるのだ。絶対、遅らすことはできない。

「よし、五か所の検問所すべてから日本人の入場を許可する」

五人の警官が検問所に命令変更をもって走った。

このとき、小磯は三十四名の日本人の先頭に立ち、第二検問所へと近づきつつあった。前方の人垣の向こうから、どの検問所からでも日本人を通せ！　というスペイン語が聞こえた。小磯は立ち止まり、前方の行列といま通り過ぎてきた行列の長さを比較した。

「あとにもどりましょう、その方が早い」

端上恭助は命令変更に不安を感じた。機械よりもスペイン人警官よりも自分の目を信じていた。小磯信樹をだれよりも恭助が知っていた。だからこそ日本人を一か所に集めてもらうよう提案し、受け入れられた。それがいま変更された。

「ビクトル、まずい。五分の一の確率に減少したぞ」

恭助は、第二検問所から望める第一と第三の混み具合を見比べた。町の中心により近い第一検問所に団体旅行の旗が二本見えた。

「第一に移ろう」

恭助とビクトルが警戒線の内側の無人地帯を西に移動しようとしたとき、エミリオが駆けてきて、騒ぎを告げた。

「第三で日本人の若い旅行者がパスポートもなしに押し入ろうとしています。スペイン語で説明しても言うことききません」

恭助は第一に向かう足を止め、第三検問所へと走っていった。

このとき、小磯信樹はわずか数メートル離れた人垣の向こうにいた。

「同じ国技でも名古屋場所の混み具合とは、えらい違いやな」

手製の日の丸の小旗を持った衣料問屋の主人君田治助がうんざりした顔で言った。

午後五時四十二分。

白バイに先導された三人の闘牛士の一行が裏庭に到着した。

信仰心のあついパコ・カミノはただちに小礼拝堂に籠《こも》った。引退を発表したディエゴ・プエルタは、赤シャツを着た係員に囲まれ、真疑をたずねられていた。若いパロモ・リナレスは、手術室にいき、医者団に血液型を口頭で告げた。

マドリード首都警察所属の婦人警官カルメン・ロサーノは、岐山観光の旗をかかげて立った日本人の人相を見た。そして、ちらりと机の陰に張られた手配写真に目をやった。小磯信樹がバルセロナのオプス・ディの秘密本部に入る姿を望遠レンズで撮影したものだ。

粒子の荒れた写真の主は暗い翳《かげ》をおびていた。眼前の男は、にこやかに笑っていた。手配写真には注意書きが添付されていた。人相風体は、考慮におよばず。身長、年齢の合致する者は徹底的に調べよ、と。しかし、思い出す暇がなかった。

「トイレ、トイレ」

と婦人のひとりが必死の形相でカルメンに訴えた。またしても騒ぎの主は川崎米子だ。男が困惑の顔で婦人警官を見た。カルメンは恥ずかしげもない日本婦人に軽蔑《けいべつ》の目を向けると、この婦人を早くトイレに連れていきなさい、その前にゲートで検査をうけるのよ、と言った。

　恭助は三人の日本人大学生の提示したユース・ホステルの会員証を形式的に調べ、ビクトルに頷いた。

「よし、通してやれ」

　事情が理解できないまま、三人が恭助に礼を述べた。

　小磯は川崎をともなうと検査台に進んだ。書類カバン、バッグ、川崎のハンドバッグが調べられた。いまや、川崎は顔面蒼白《そうはく》になり汗さえ流している。ツァイスの双眼鏡をとりあげた警官が、どうかしたのかね？　と小磯に訊《き》いた。

　お腹《なか》がしぶっているらしいんです、と小磯から事情を聞き知った警官は、

「そりゃあ、大変だ」

　と双眼鏡を早々に小磯の手に返してくれた。

　私服を着ていたがアメリカ軍人と察しのつく二人組の立つ探知ゲートを小磯と川崎は潜り、無人の緩衝帯に入った。

　梟《ブーホ》のラス・ベンタス潜入をはからずも助けてくれた川崎に、

「トイレは、正面ゲートを入った左手にあります。ほら、あの門です。用が終わったらトイレの前で待っていてください」

と念を押した。川崎は頷くのももどかしげに小走りに駆けていった。

小磯は、つぎつぎに検問所を通過してきた岐山観光のツアー客を集合させた。

このとき、恭助は第二検問所にもどってきた。

午後五時四十六分。

旗をかかげ、三十二名の男女を引率したテロリスト、梟《ブーホ》は隊列を組んで、ノーマンズ・ランドを横切り、世界の闘牛諸国の総本山ラス・ベンタスに堂々と侵入していった。

第八章　慈善闘牛

1

午後五時四十八分。

ラス・ベンタス闘牛場から直線距離にして一キロと離れていないセラノ通り四十一番地の地下で二人の男が握手を交わした。

「どうやら難所のガス管を迂回《うかい》できたようだな」

「ああ、これであと半分」

二人の若い抽象画家がセラノ通りの古びた建物の一階と地下を借りうけたのは、一月前のことだ。彼らは来春の展覧会に出品する大作を共同制作するとかで、毎日、地下のアトリエに籠《こも》っていた。しかし、アトリエの半分以上が、通りの中央に向かって掘り進められていくトンネルから運び出された泥や石に埋まっていることを、大家は知らなかった。

「今日はこの辺で区切りにしないか」

「いいね」

栗色《くりいろ》の髪を額《ひたい》に張りつかせた若者が手製のトロッコに張られたカレンダーに×印をつけた。

すでに×が三十二個並んでいる。そして、目標の日をあらわす骸骨《がいこつ》マークが十二月二十日につけられてあった。


「イマサのツアーは来ませんよ」

ワインを素焼の器で飲ませることで観光客に人気のある、アビラのメゾン・デル・ラストロの女主人の返事を聞いたゴメス刑事は慄然《りつぜん》とした。電話を探し歩き、小一時間もいらいら待った答えがこれだった。

「そんな馬鹿《ばか》な。午後の六時過ぎに立ち寄る予定でしょうが」

「いや、確かに予定には入っていたのよ。それがね、チンチョンでお客さんが迷い子になったとかで、アビラに来る時間が失《な》くなったんですって。トレドからアビラを周遊して、マドリードで闘牛を見物するなんて欲張ったプランよね、最初から無理があるのよ、刑事さん」

「闘牛見物だって？　闘牛を見るのかね」

「そう言いましたよ。日本でもなかなか皇太子ご夫妻にお目にかかるチャンスはないから闘牛見物はぬかせないんだって」

冷汗が出た、何度目だろう。

「電話があったのは何時かね」

斜視の目玉が落ち着きなく動きまわる。

「昼前かしらね。早い断りなのでうちは料理を仕込まなくていいと考えたくらいだから」

騙《だま》された。運転手の野郎、マドリードの一匹狼《いっぴきおおかみ》刑事ゴメスを虚仮《こけ》にしやがった。いや、あれは運転手なんかじゃあない。梟おじさん《セニョール・ブーホ》とみながよぶテロリストだ。

礼を言うのも忘れ、電話を切った。よろよろとローマ広場に面したカフェを出た。遠くサイレンの音がひびいて、アルカラ大通りに緊張がさっと走った。

(売女野郎《イーホ・デ・プータ》！)

目を瞑《つぶ》って拳《こぶし》で額の汗をふいた。おれとしたことが二度三度と騙された。闘牛場にどって報告しなければ、と目を開いた。眼前に観光バスが駐車していた。イマサ観光の字が目にとびこんできた。乗降口に突進し、警察だと叫んでいた。

「そう、ドアを叩《たた》かないでくれ」

煙草《たばこ》をくわえた運転手がドアの間から、怒鳴《どな》った。

「旦那《だんな》、二重駐車はわかっているよ。でも、おれはここで日本人ツアー客と落ち合わなければならないんだよ」

「お前はマノロって名前か」

「私ですかい。確かにマノロだが」

「おれと先ほど電話で話したな。トレドのレストラン、カルデナーレで電話に出て、おれの質問に答えたのはお前だな」

「刑事さん、あんたも騙されたんだよ。ワダって、突然、ツアーに加わった日本人の青二才にな。奴《やつ》がスペイン語のわからないアキコの代りに電話に出たんだ。ワダは、おれの名前を名乗ったのかね」

「しまった！　奴はどこに行った」

「闘牛場さ。アキコが急用でトレドからマドリードにもどったとかなんとか嘘《うそ》をいってね。やつは三十四人の日本人を引き連れて、添乗員気取りでさ、いまごろは観客席だね」

全身から汗が吹きだしてきた。目の前のマノロの顔がかすむ。

サイレンの音が一際高く鳴りわたり、白バイに先導された数台のリムジンが人垣の向こうのアルカラ通りを疾走していった。日本とスペインの国旗がゴメスのくらくらする視界をかすめて、流れ去っていく。

「刑事さん、アキコはパラセ・ホテルにいないんだ。急にトレドの街中で姿を消した。

おれはなんだか、心配でね」

午後五時五十三分過ぎ。

十一月の黄昏《たそがれ》の陽《ひ》が雲間に消えた。するとカスティリアの厳しい冬がちらりと顔をのぞかせた。

端上恭助《はしがみきょうすけ》は闘牛士たちの門に移動していた。

場内はようやく八分通りの観客を飲みこんだところだ。

小柄ながら、がっちりした体格の大剣士ディエゴ・プエルタが行進用のケープの端を左脇腹《わきばら》にたぐりよせ、かたちを作っていた。正闘牛士になって十五年目、ディエゴは最後の戦いのときを迎えようとしていた。

「パコ、今日はえらく警備が厳重だな」

「フランコ総統がお見えになるときでも、こうは厳しくないね」

同じセビリャ出身の貴公子パコ・カミノが答えた。さらに若手のパロモ・リナレスが、

「マエストロ、写真屋ひとりいないってのも不思議ですね」

と恭助を視《み》た。

「おい、キョウ。あんただけ、なぜここにいるんだい?」

恭助が三人の闘牛士のほうに動き出そうとしたとき、円周通路《カイエホン》の木戸を潜《くぐ》ってスペイン警察庁国家公安部長にして王位第一継承者の親友、シモン男爵が瀟洒《しょうしゃ》な姿を見せた。

「マエストロ、こんにちは《ブェノス・タルデス》」

闘牛士たちはスペインの保安対策の最高責任者を知っていた。

「今日の警備の厳しさを不思議に思っておられることだろう。これから説明をする。そして、マエストロ諸君の力を借りたい」

〝光の衣裳《いしょう》〟とよばれるきらびやかな戦いの装束を身につけた闘牛士三人と助手たちが、疲れを全身に滲《にじ》ませたシモン男爵の周りに集まってきた。

「くわしい話は抜きにする。時間がない。闘牛場にテロリストたちが数人まぎれこんだようだ。日本人とバスク人のグループだ。彼らの目標はファン・カルロス王子……」

予想外の話を聞かされた闘牛士たちの間から息を飲む音がもれた。さすがに騒ぎ出す者はいなかった。

「当然、隣にお坐《すわ》りになっておられる日本の皇太子ご夫妻にも迷惑がおよぶことになる。われわれはテロリストたちの事前の逮捕に全力をあげてきた。が、残念ながら失敗した。マエストロ諸氏にも余計な負担がかかるだろう。すまなく思う」

寝不足の目を充血させた若き貴族シモン男爵は、アンダルシアの男たちに謝った。

「現段階で闘牛場内に銃器、刃物、爆発物などいっさいの凶器を持ち込ませていないと言いきることができる、諸君の剣をのぞいてだ。しかし、テロリストたちは意表をつく作戦に出るやも知れぬ。もし、万が一、騒ぎが発生したとき、マエストロの技芸《アルテ》の力で群衆のパニックを鎮めてほしい。主賓の高貴な方々と、マエストロたちが泰然自若としていれば、騒ぎは最小でおさまる。ともかく闘牛がはじまればここはあなた方の戦場だ。われわれといえども手出しはできん」

三人の闘牛士は顔を見合わせた。沈黙のうちに相談を終えた。毎日、死を覚悟して生きている戦闘者の潔さが顔面にみなぎった。

「男爵、事前にお話しいただいたことを感謝します。もしものことがあれば私たちは、日ごろ研鑽《けんさん》した芸を役に立ててみせますよ」

パコ・カミノが三人の闘牛士を代表して言った。

「ありがとう。千万の味方を得たようだ。どうかこの話を他《ほか》の者に伝えないでほしい。無益な騒ぎはおこしたくないのでな」

闘牛士全員が頷《うなず》いた。

「それから諸君の目に不審な挙動をする人物がとまったとき、この二人にそっと知らせて欲しいのだ。私の部下のビクトル警部と……」

といったん言葉をきったシモン男爵は、

「君らは顔見知りの仲と思うが日本大使館員セニョール・ハシガミにだ」

と二人を闘牛士たちに引き合わせた。パロモがにたりと嗤《わら》った。

「キョウ、お前さんはいったい何者かね」

スペイン国歌が鳴りひびいた。闘牛士たちはその場で直立した。男爵は足早に円周通路に姿を消した。

岐山《きざん》観光の三十五名はテンディド10の上段の九段目から十三段目に一かたまりになって坐ることができた。皇太子、王子の席から数えて、二十六列から三十列後方にあたる。やれやれと一行が腰を落ち着けたとき、スペイン国歌が鳴りわたり、全員が立ち上がった。

小磯信樹《こいそのぶき》はグループの最後列でゆっくりと起立した。大勢の見物人の頭ごしに長身のファン・カルロス王子が明仁《あきひと》殿下と美智子《みちこ》妃殿下を案内して姿をあらわした。つづいて全身に優雅な気品を漂わせたソフィア妃が……。

四殿下は通路で立ち止まられ、場内の大歓声に手をあげて応《こた》えた。

美智子妃は秋の花、竜胆《りんどう》をあしらった本綸子《ほんりんず》の着物、ソフィア妃は、淡い芥子《けし》色のお召物、うすい影《ソンブラ》に妃殿下二人の衣裳が匂《にお》い立つように浮かびあがった。

「美智子さまは少しお太りになられたわね」

ふしぎそうな面持ちで川崎米子《かわさきよねこ》が呟《つぶや》いた。

演奏は少し間のびした君が代に変わった。すると場内の歓声は鎮まり、黙って日出づる国のメロディに聴き入った。

マヌエル・ヒメネス警視は、予定外にも通路に立ち止まり、両国国歌吹奏に耳を傾ける四殿下に、胆《きも》をつぶしていた。もし、テロリストが銃器をもち、自らの死を覚悟したとするならば、いまほど絶好の機会はない。

君が代吹奏が終わり、四殿下が席に着くのをしおに、三万余の観衆もざわざわ、腰を下ろした。ラス・ベンタスの大時計の長針がかたりと動いた。

午後六時ちょうど。

躍動感とはなやかさにつつまれたリズムが鳴りわたった。パソドブレとよばれる行進曲。闘牛士たちの門の木戸が左右にひらかれ、三人の闘牛士がまず、陽の射《さ》す砂場に出た。

真中に若い白い鳩《パロモ》、左に大剣士《ディエゴ》、右に貴公子《カミノ》。スペイン闘牛界の人気役者三人の顔見せだ。黄金色の秋の陽光がやわらかく、きらびやかな衣裳に照り映え、真夏の闘牛とはまた一風変わった雰囲気をかもしだしていた。

「良き運をな《ブエナ・スエルテ》！」

一番年長のディエゴが同僚や助手たちに平穏の戦いを祈る言葉を投げかけた。

恭助とビクトルは顔を見合った。闘牛士たちばかりではない、ここに詰めかけた三万余の観衆が唯一希求するものが、ブエナ・スエルテであった。

闘牛士たちは西に傾いた光に向かって行進をはじめた。コロセウム中央でくの字に方向を転ずると四殿下が坐っている席に向かった。

恭助とビクトルが円周通路《カイエホン》を歩いていくと、ヒメネス警視に会わせろと昂奮《こうふん》した男が目についた。栄光の門の木戸口から顔をのぞかせているのは、ゴメス刑事だ。

「あんたはここに入っちゃあいけないんだ。許可証もってないだろ」

若い同僚が困惑の様子で阻止していた。

「ゴメス、なにがあった」

ビクトルがたずねた。

ああ、あんたですかい？　と口走った刑事は、一瞬迷った風に言い淀《よど》み、叫んでいた。

「梟《ブーホ》がラス・ベンタスに潜入しました！」

警部は素早くゴメスの口を封じると、一匹狼の扱いに困っていた警官に、ヒメネス警視を呼んでこい、と命じた。

「ゴメス、落ち着くんだ」

額から大粒の汗をしたたらせ、荒い息を吐くゴメスが大きく頷いた。

ゆさゆさと巨体を揺すってヒメネス警視がマドリード門の木戸口を入ってきた。

「やつはイマサ観光のツアーにまぎれこんでいたのです。私がトレドに連絡をとったとき、運転手のマノロと自称するスペイン人が電話に出ました。アンダルシア訛《なまり》の、くぐもった声でした。そいつがあの男だったんです」

ゴメスは虚仮《こけ》にされた一部始終を語り終えると苦い溜息《ためいき》を何度もついた。

「小磯がツアーを引率してラス・ベンタスに潜りこんだ」

恭助は敗北感にうちのめされた。

「アキコって添乗員は殺されたな」

ビクトルの声が恭助を現実に引き戻した。

立錐《りっすい》の余地もないほど埋まった観客席からひとりの日本人を探す。砂漠の中で一粒の砂を見つけるのと同じくらい難しい。

「ゴメス、いま一度、運転手のマノロに会え。おれの名前をつかって一台パトカーを調達しろ。いいか、トレドのどの付近でアキコの姿を見失ったか、梟《ブーホ》はどんな服装か、持物はなにか、克明に聞くのだ。それからイマサ観光に電話してツアー一行はどの辺に席をとったかを調べてくれ」

ヒメネス警視の命にゴメスは走り去っていった。

小磯はまず双眼鏡を牡牛《おうし》の出てくる死の門《トリル》に向けた。木製の扉には鉄の閂《かんぬき》がかけられてあった。左へ視界を転じる。

円周通路《カイエホン》の観客席下の、コンクリート壁に押しつけられるように板壁《ブルラディロ》が建てられ、つば広帽子をかぶった牧童たちが行儀よくならんで午後の陽光をあびていた。

二番目のブルラディロに仲間の獣医師イニァキ・オロベンシアがいた。コルドバの夜の休耕地で別れて以来、三日ぶりだ。その隣にはやつれはてた牧場主ルセロ・ゴメス・カンポがいた。イニァキは真っ赤に塗られた板壁の前に右手をたらしていた。親指と小指はしっかり握りこまれ、残りの三本の指が大きくのばされて見えた。

目標は三番目。双眼鏡を目から外した。

闘牛士たちは行進を終え、本日の闘牛祭の主宰者のマドリード市長ハビエル・ミランダに片手をあげて挨拶《あいさつ》した。そして、この午後の真の賓客、スペイン王位第一継承者ブルボン王朝のファン・カルロス王子、ギリシアから嫁いできたソフィア妃、日本国皇太子明仁殿下、美智子妃殿下の、四方に闘牛士三名を代表して、パコ・カミノが、

「日本皇室の皇太子アキヒト殿下、皇太子妃ミチコ殿下、ブルボン王朝のドン・ファン・カルロス王子、ソフィア妃のご臨席をあおぎ、われら闘牛士一同この喜びにまさるものはありません。どうかスペイン民族の古き伝統芸能、闘牛をお愉《たの》しみ下さい」

と丁重な挨拶を送った。

四人の王族方が会釈された。三人の闘牛士は肩にかけたケープを小粋に脱ぎ、高貴な

方々に差し出した。待機していた小者が受けとり、殿下の前に宝石を縫いこんだケープを広げてかけた。

小磯はファン・カルロス王子の隣の席がひとつ空いているのに気づいて不安になった。なぜ、だれも坐らないのか？　二万五千九百席中、ただひとつの空席だった。

小磯はマドリード門の木戸口に、旧知の日本人の姿を認めた。端上はパラセ・ホテルの受付で会った刑事と話している。電話で騙した中年の刑事の顔がひきつっているのが肉眼でも視認できた。

恭助は扉の陰に隠れて見えなくなった。円周通路を警官が走ってくる。

じんわりとした恐怖につつまれた。どこかでそごをきたしたようだ。新たな軌道修正をおこなうときがきた。

戦い用のカポーテを手にした闘牛士たちは、思い思いのポーズで風の吹き具合を調べている。

パロモ・リナレスの助手頭コルベジェは、新聞紙を小さくきった紙片を宙にとばして、風の巻き方、スピードを知ろうとした。

その結果、時計の針と同じ右まわりに微風が舞っていることがわかった。まずまずのコンディションだ。

「寒いわね」

岐山観光グループの中ほどで白っぽい帽子にニットのスーツの川崎米子がつぶやいた。

〈情熱の国スペイン〉といったキャッチフレーズについ惑わされ、軽装で旅に来た。情熱はスペイン人の心のうちであって、気候ではない。スペインにも雪の降る地もあれば、凍《い》てつく湖もある。小磯はツイードの上着を脱ぐと、どうぞ、おつかいください、と川崎に差し出した。びっくり顔の女が、和田君は寒くないのと訊《き》いてきた。

「若いですからね」

「感激だわ」

「お安くないぞ。これは」

ひとしきり、グループがわいた。ネクタイをはずす小磯に衣料問屋の主人君田治助《きみたじすけ》が、後藤《ごとう》さん、遅いね、とトレドの街から姿を消した昭子《あきこ》をなじるように言った。

「入口の警備が厳重だから入場するのに手間どっているのでしょう」

「しかし、すごい警備だね。やっぱり独裁者の国ってのは恐《こわ》いもんだ」

大観衆に埋まった闘牛場の雰囲気に飲まれたのか、君田は手にしていた日の丸の旗を丸め、ショルダー・バッグに納《しま》いこんだ。

「あ、そうだ。こんなもん用意しとるが、着るかね」

君田は黒っぽいウールのカーディガンをバッグから出した。

「ありがたいな。正直言って、川崎さんに上着を貸すんじゃあなかったと後悔していたところですよ」

小さな声でぼやいて見せた。金歯を光らせた君田が笑いながらカーディガンを渡してくれた。

髪の毛をくちゃくちゃに乱し、ボストン・フレームの眼鏡《めがね》をサングラスに替えた。これでだいぶ外見は異なるはずだ。

2

トランペットが高らかに吹奏された。場内のざわめきが静まり、期待感が急速にふくらんでいった。時代ものの闘牛士の服を着た老人が、死の門《トリル》の閂を外した。

黒い牡牛が秋の光の中にあらわれた。

牡牛が出てきた門の上にプラカードがかかげられた。

パブロ・ロメロ牧場

体重五一二キロ　グラナディノ

テロリスト潜入の報をうけた国家公安部長シモン男爵の顔は見る見る険しくなった。視線を未来の国王に投げた。王子は皇太子となにごとか話していた。

「三万人の人間の中に何千人かの日本人が混じっている。そして、その中のひとりが梟《ブーホ》か。立錐の余地もない観客席に捜査官を入れるのは不可能だ。ともかく……」

シモン男爵は言葉を切って、捜査員を見渡した。

「暗殺者が潜入したことを認めよう。次の問題は、やつらがなにを仕掛けてくるかだ、その方法がつかみきれん。私たちはなにかを見落としている」

「男爵、凶器だけは水際で阻止しました。あらゆる人間の持物はすべて調べた」

ヒメネス警視が心の臓を絞り出すように言った。

「いや、私たちはなにかを見落としている。この場内のどこかに凶器が仕掛けられている。私たちは闘牛場を十数日にわたって殺菌してきた。が、風にのって微細な菌が入りこみ、かたちを変えて危険な菌に成長している。テロリストたちが意味もなく闘牛見物に来るはずはない」

歓声がした。恭助がちらりと砂場に目をやると大剣士ディエゴがパブロ・ロメロの牡牛とすれ違ったところだった。戦いはすでに始まっていた。胸の厚い牡牛は円周通路《カイエホン》の一郭で捜査会議をひらく恭助らのほうに突進してきた。全力疾走する牡牛は板壁を飛びこえない。四年の闘牛場暮しで得た知識だ。すり足で斜めに板壁に近づく牡牛こそ要注意だ。

四肢を踏ん張って制動した牡牛は、くるりと向きを変え、敵に向かった。

ディエゴがカポーテの襟口を無雑作につかんで構えている。牡牛は頭を上げたまま突っこんだ。小さく折りたたまれていたカポーテが大きく広がり、大輪の花をあざやかに咲かせた。

ディエゴは二合目にして牡牛を自分の勢力圏内におさめていた。あとは独特の小気味よい技《ランセ》がたたみかけられるはずだ。パブロ・ロメロの牡牛の仕上りも悪くない。

ビクトル警部は牡牛の出場表の裏に小さな字でサラゴサの米軍武器庫から盗まれ、いまだ回収されていない武器弾薬を書き出した。

M16A1ライフル銃二挺《ちょう》、M203擲弾《てきだん》発射器装置のライフル銃一挺、コルトM911A1ピストル五挺、ミルス型手榴弾《しゅりゅうだん》十二個、特殊化学爆薬、通称VCキラー一セット……。

(どの組合せが可能性ありか?)

「警視」

マドリード門の木戸口に立っている刑事がヒメネスに呼びかけた。

「ゴメス刑事が戻ってきました。なにか話がある様子です」

「ここに呼べ」

「いや、私たちが人目につかぬマドリード門の下に移動しよう」

シモン男爵の提案に捜査会議は二〇メートルほど場所を変えた。ゴメスの顔色は白っぽく変わっていた。唇が乾いているのか、何度も舌先を唇に這《は》わせた末、言った。

「日本人添乗員の死体が発見されました」

「くそっ！」

だれかが吐き棄てた。

「パトカーの無線をつかってトレドに連絡をつけたんです。そしたら、トレド県警は、日本人女性の死体をすでに発見していました。なんでも挙動不審の少年をパトカーの警官が尋問したら、真新しいコルト自動拳銃を所持していたのだそうです。少年を追及したところ、日本人らしい男が女を絞殺する現場を見たとかで、奴は関《かか》わり合いになるのを恐れて、いったんその場を離れたのですが、十分後に舞い戻ったそうです。そしたら男も女も姿が消えていた。少年は男が女を殺した場所で拳銃を発見しました。その直後、パトカーの尋問をうけているのです。県警が拳銃をみつけたという付近一帯を捜索したところ、古いトーチカの中に絞殺された女性の死体が遺棄されていたそうです」

「梟《ブーホ》は何人殺せば気が済むのだ。このラス・ベンタスに接近するためだけでも、娼婦《しょうふ》、日本人ビジネスマン、そして、女性の添乗員と三人も手にかけている」

ヒメネス警視の呻《うめ》き声に男爵のけわしい質問がかぶさった。

「なぜ、コイツは武器を捨てたのだ？」

「厳しい警備線を通過するためでしょうね」

ビクトル警部が答えた。

「テロリストが凶器も持たず、目標に接近することはない。やつらはすでにこの場内のどこかに武器を持ちこんだということだよ」

大きな歓声が立て続けに挙がった。闘牛はいつの間にか、最後のムレータの場まで進行していた。

わざ師ディエゴは切れのよい技《パセ》を連続して仕掛け、一瞬も牡牛を休ませなかった。

オーレ！

〈光《ソル》〉から祈りにも似た叫びがもれた。するとそれは次の祈りを呼び、だんだんオーレ！の輪が広がり、大合唱に変わっていった。

ディエゴはこの午後の、死の祝祭に火をつけた。

ミューシカ（音楽）だ！

と尾を引くような大声が、オーレ！に混じった。が、音楽隊は楽器を足もとに置いたまま、取りあげようともしなかった。

タブーはタブーというわけだ。

ディエゴの右手にもたれた赤い布切れ《ムレータ》は剣と木の棒を利用して半円に広げられていた。

左手をちょいと胸の前に突き出すディエゴ特有のスタイルで四度行き来させ、五度目のパセ《パセ》のときは、血に染まった牡牛の背にその手がまわされた。小さな剣士が大きな牡牛を抱えこんでぐるぐるとその場で回転させた。

「ディエゴ、引退は早いぞ！」

牡牛から長い間合をとったディエゴは、新たに誘った。

胸もとの技《パセ・デ・ペチオ・ポル・アルト》。

両雄が絡み合った。牡牛の角先と死を凝視するディエゴの目が数センチと接近した。

ディエゴはムレータから剣を外し、背に回した。

パセ・ナチュラル。

不動の姿勢で牡牛を左手で誘い、送る。基本の技であり、奥の深いパセだ。あらゆる闘牛士がこの技の解釈に悩み、自分のスタイルを模索する。

ディエゴは牡牛の頭を地表すれすれに下げさせ、ゆったりしたテンポで通過させた。

「男爵、テロリストたちは武器をこの場内のどこかに持ちこんでいます」

ビクトル警部が全員の迷いをふっきるように断言した。恭助は、ディエゴの闘技から、目を寝食をともにする捜査員に向けた。

「どこに？　ファン・カルロス王子のお席近くは一センチ刻みの調査がされたはずだ。やつが身につけて場内を移動するなんて無理だぞ」

オーレ！

祈りの声は悲鳴と変わっていた。恭助はちらりと皇太子殿下に目をやった。初めてスペインの国技を見物するご夫妻は、セビリャの闘牛士の豪胆ぶりに魅了されているように見受けられた。

牡牛のスピードが落ちた。

ディエゴは技を変えた。自分のほうから牡牛の鼻先にとびこんで刺激をあたえる風車《モリネーテ》。一連のモリネーテが終わると牡牛との距離を十分とった。半身に構え、牡牛を背の側から前方に送りこむパセ・デ・ペチォ・ポル・アルト。

ぴたりと決まった。完璧《かんぺき》な計算と手練だ。

恭助は、四年間の円周通路《カイエホン》暮しの習性でディエゴの出来を素早く分析した。

(待てよ)

頭の奥で警告のベルが甲高《かんだか》く鳴り響いた。

「ありゃあ、コンクルソに出る牡牛じゃあない」

だれが言ったか。

一九七三年の掉尾《とうび》をかざる大闘牛。スペインと日本の両国王室の王族方が臨席しての慈善闘牛《ベネフィシオ》。

選ばれた牧場はどこも選《よ》りすぐりの一頭を出場させるはずだ。

(だれが言ったか?)

恭助は円周通路の一郭からディエゴ・プエルタ生涯最後の戦いを凝視する同僚たちの顔を順に追っていった。

そうだ、ラファエル・コルベジェだ。

この午後、三頭目と六頭目に出番が予定されているパロモの助手頭コルベジェは、恭助らのいる場所から約三分の一周はなれた板壁の上に大きな顔をのせて、大剣士の闘技に見入っていた。

左回りに移動すればわずか六〇メートルの距離だ。しかし、四人の王族方の前を通ることになる。恭助は右回りに三分の二周することにした。

「ビクトル、パロモの助手頭に会ってくる」

「気になることでもあるのか」

武器リストを凝視したまま警部が訊《き》いた。

「わからん、あんたもコルベジェの言葉を聞いたろう。ぼくが牡牛はどうだって聞いたら、彼は、『ああ、悪くない、一頭を除いてな』と答えた。こうも言った、『ありゃあ、コンクルソに出る牡牛じゃあない』ってね。その牡牛がどこのものか知りたい」

ビクトルはなんだそんなことかって顔で恭助を見た。

「ビクトル、この闘牛は今シーズン催された六百近くの興行の頂点に立つものだ。どんな名門牧場も最高の牡牛を送ってくる。見てみろ、ディエゴが相手しているパブロ・ロメロの牡牛を。あれほど勇敢で、ねばり強い牡牛は、こんな大舞台でしか見ることができない。それを……」

「おれも行く」

　と答えた警部が近回りするぞと左回りに方向を転じて先に歩き出した。

　小磯は、赤毛の男と端上が皇太子と王子の前を通り過ぎるのを見ていた。二人は大男の闘牛士の前で足をとめた。

　双眼鏡をとりあげ、同志を見た。

　牧童になりきった獣医師イニァキは、闘牛を愉しんでいるように見えた。小磯はイニァキがベレッタM20小型拳銃を携帯しているかどうかを考えた。イニァキは、牡牛の配合飼料の中に突っこんで宿舎までもちこんでいるはずだ。とすれば、いま、身につけていても不思議はない。

　ブーツか、いや違う。つば広帽子の中だ。全長一二六ミリ、重さ三〇六グラム。装弾数九発の小型拳銃は、間違いなく帽子の中だと確信した。顎紐《あごひも》をきちんとかけているのはイニァキだけだ。

　場内に拍手が起こり、急速に静まった。

　牡牛の吐く、荒い息が三万余の人間の耳に達していた。

　ディエゴが剣を構えた。

「まだ、まだ」

声がとんだ。

闘牛士は声をあげた観客を制し、左手のムレータを牡牛の鼻先にかまし、右に振った。

牡牛は誘いこまれるように、約十五度角度を変え、前肢《まえあし》を踏みかえた。これで前肢がぴたりと揃《そろ》った。牡牛の足が前後に不揃いであったり、大きく左右に開いていると背骨の配列に歪《ひず》みが生じる。背骨のわずか数センチの間隙《かんげき》をぬって刺しこまれる剣先は、歪みの分だけ、通りが悪くなる。

「アオラ、アオラ」

と女の声が言った。

ディエゴは剣とムレータを構え直し、いまよ《アオラ》、の声を無視した。気力を溜《た》めた。なめらかに腰を引き、息を止めた。

闘牛場の時間が止まった。

ラス・ベンタスから音がすうっと消えた。

うおおぅ……。

小さな体のディエゴの口から裂帛《れっぱく》の気合がもれ、ラス・ベンタスが震えた。

危険を察知した牡牛がディエゴの雄叫《おたけ》びに突き動かされたか、死に向かって突進した。

ディエゴも七四センチの刃《やいば》に身を託し、宙にとんだ。

生と生が激突した。

荒ぶる牡牛の意地と引退をきめた男の気力がからんだ。グラナディノの角先よりディエゴの切先が数分の一秒早く死をとらえた。剣はなんの抵抗もなく、肉に潜りこんだ。

闘牛士は剣の柄《つか》から手をはなし、砂の上に転がった。牡牛は空を虚《むな》しく攻撃し、四、五歩たたらを踏んで、ドドッと横倒しになった。ディエゴが立ち上がり、砂をはらった。

オレッハ、耳だぞ！

歓声がおこり、白いハンカチの波が観客席にゆれた。

小磯は身を屈《かが》めると靴の踵《かかと》を横に外し、小型のリモコン装置を取り出し、ツァイスの双眼鏡の二つのレンズの間に螺子《ねじ》で止め、固定した。濃緑色に塗られた精密機器は、双眼鏡の一部と化した。

恭助は助手頭コルベジェに話しかけた。

「ディエゴは引退する闘牛士じゃあないね。すごい迫力だ」

「ああ、まだ四、五年は十分に働けるよ。ディエゴより前に引退してほしい闘牛士は、いくらでもいるのにな」

そうぼやくとコルベジェは板壁《ブルラディロ》に手をかけ、屈伸運動をはじめた。

「あんたは抽選のとき、コンクルソに出場するに値しない牡牛が一頭混じっていると言ったな」

コルベジェは苦笑して、運動をやめた。

「まだ見つけられんのかい。牡牛《やつ》が出てくりゃあ、キョウスケにだってわかるよ」

「待てない、教えてくれ」

ディエゴに耳一個が切り与えられ、闘牛士一家が場内一周の挨拶をはじめていた。

コルベジェの顔つきが変わった。

「さっきの、男爵の話と関係あるのか?」

「わからん、気になる」

「おれたちの一頭目、ルセロ・ゴメス・カンポの牡牛だ」

「カンポか、どこがおかしい」

「見てないのか」

「囲い場が一番奥だったからね」

「体格《なり》も悪くない。武器《つの》も立派だ。が、なぜか、覇気が感じられない。病み上りの老人みたいな牡牛さ」

「他の牧場にくらべれば、カンポの牧場は小さいし、歴史も浅い」

「そんな問題じゃあない、病気の牡牛だよ、あれは。まったくついてないぜ」

ヴィセンテも牧場主のルセロが元気がないのが気になると言った。

不協和音が頭の中に鳴りひびく。

「ビクトル、おれが先ほど、牧場主に写真を届けたろう。裏庭からよぶと髭面《ひげづら》の男が顔をのぞかせ、ルセロと代わった。おれが二階にもっていこうかというと、それを嫌がるように髭の牧童が下りてきて、写真を引ったくった」

トランペットが鳴り、二頭目の牡牛の出が告げられた。


午後六時二十二分。

「病み上りの牡牛の飼主はどこにいる？」

「ほれ、あそこだよ」

コルベジェが死の門のかたわらの板壁《ブルラディロ》を差した。


ルセロは二頭目の牡牛を待ちながら、おれはなんのために、ここに坐っているのだと、考えていた。

となりの席ではイニァキが胸騒ぎをおぼえていた。通信は送った。梟《ブーホ》はちゃんと受信したのか。いや、あの日本人はラス・ベンタスに潜入できたろうか。

視線を全身に感じた。目標のファン・カルロス王子に目をやった。不安の源はそのすぐそばに見つかった。大男の助手頭と日本人写真家とサラゴサの赤毛の警部がイニァキを視ていた。

「ルセロ、裏庭にもどるぞ」

牡牛が出てくるところだよ、と抵抗するルセロを狭い板壁《ブルラデイロ》の間から引っぱり出した。

ビクトルと恭助は円周通路《カイエホン》を駆け出した。観客たちが、

「牡牛の出だ。走るんじゃあない！」

と怒鳴り声を二人にあびせた。

ガタン！

ラス・ベンタスの名物門番《トリネーロ》ペピン老が扉の門をぬくと後退した。円周通路は遮断され、恭助とビクトルは行手を塞《ふさ》がれた。恭助は砂場に身をのりだして見た。ルセロの手を引く牧童が恭助を睨《にら》んだ。

「やつがサンセバスチャンのホテルでバルセロナ伯と会談したイニァキ・オロベンシアだ」

ビクトルが悲鳴をあげた。

「あれがイニァキだって、おれはさっき会ったぞ」

「そいつを捉《つか》まえてくれ！」

ビクトルは闘牛士たちの門の木戸をかためる警官に叫んだ。だが、警部の必死の叫びは観客の歓声に重なって虚しく消えた。

バルタサール・イバンの牡牛は巨大な角の持主だった。観客の驚きの声は、立派な武器に向けられたものだ。

イニァキとルセロは木戸口をすり抜けた。

「おい、扉をなんとかしろ！」

ビクトルは門番に怒りを向けた。頑固者で知られるペピンは、

「この板戸の向こうに黒牡牛が頑張っているのが見えんのか」

と怒鳴り返してきた。

牡牛は傲然《ごうぜん》と頭をあげ、円い砂場の入口に佇《たたず》んで、万余の視線をあびていた。

「くそっ、たのむ！」

ビクトルが地団駄《じだんだ》を踏んだ。恭助はコルベジェのところに走りもどり、助けを求めた。

すでにパコの助手たちが三か所の退避柵に身を潜めていた。この牡牛に手を下せる者は、パコ・カミノと三人の助手だけだ。しかし、コルベジェは迷うことなく、カポーテを板壁の内側にたらしこみ、

トーロ、トーロ！

と牡牛《トーロ》の気を引いた。牡牛がコルベジェの挑発にのって走り出した。ペピンが牡牛小屋の扉を、つづいて、砂場《リング》の板扉を閉じた。

イニァキはうす暗い観客席下の空虚《うつろ》なトンネルに入った。ルセロの荒い息が巨大な空間に大きくひびく。砂場の歓声が潮騒《しおさい》のように伝わってくる。

「おれはもうどこにも行きたくない」

ルセロが足をふん張り、頭をふった。

「娘はどうなってもいいんだな」

「あんたらはなにを企《たくら》んでいるんだ。もう、言いなりになるのはごめんだ」

ルセロは心身ともに草臥《くたび》れはてていた。なにより得体《えたい》の知れない男たちの計画が恐かった。

おれは六十四の今日まで闘牛世界でまっとうに生きてきた。幸せにめぐまれた人生といえないまでも人の心に残る牡牛を育てようと生きてきた。生涯一度しかめぐってこないビッグチャンスを、こいつらはあっさりと奪いとったのだ。そのうえ、病み上りの牡牛になにかをさせようとしている。

イニァキが帽子をぬぐと小さな拳銃を出し、ルセロの腹に突きつけた。

「いやだね、殺したきゃあ殺せ」

闘牛士たちの門から二つの影が飛びだしてきた。前方の扉も開かれ、うす闇《やみ》に光が走った。巨大なトンネルに入ってきたのは赤シャツを着た馬手だった。

「イニァキ！」

追手の声がした。

イニァキはルセロの手を引いた。援軍に力を得たルセロは、拳銃をはらいのけ、奪いとろうとした。

「死ね！」

ルセロは腹部に熱い痛みを感じた。四十年ほど前、三歳の牡牛の細い角先が刺さったと同じ寒気が全身を二度走りぬけた。男を捕えなきゃあと、両手を前に出した。が、ルセロが二本の足で立っていられたのはそこまでだった。崩れる老人を突きのけてイニァキは走った。

ビクトルがアストラを構えて、

「止まれ！」

と叫んだ。しかし、引金を引くことができなかった。殺人者の火線上にピカドールの馬の世話係ペペが轡《くつわ》を手に立っているのが見えた。

ペペは裏庭からうす闇に入ったばかりで目が慣れていなかった。が、前方でくぐもった銃声と小さな火が二度走り、男が崩れ落ちるのがわかった。こちらに向かって瘦《や》せた男が走ってくる。男の後方では、二人の影が、止まれ！　と叫びながら拳銃のようなものを構えていた。

ペペはこの瞬間悟った。裏庭で仲間たちが噂《うわさ》していたテロリスト潜入事件と関係あることが自分の眼前に起こっていることを。馬手は轡をふりかぶると走り来る男を殴りつけた。目の前でちかちか光が走った。鈍い衝撃を胸部に感じた。よろよろと男にしなだれかかった。が、相手はペペの手をすり抜けると裏口のドアに体当りをくれた。

裏庭の出入口を固める警備隊の注意は、ラス・ベンタスの外に向けられていた。銃声は場内の歓声にまぎれ、まったく聞こえなかった。

裏庭に立ち止まった獣医師イニァキは、瞬時に判断した。警官たちの警戒線を通りぬけたとしても無人の駐車場を横切ることは不可能だ。ならば、牡牛を搬入した囲い場の狭い出口から外に出ようと。そこで囲い場にのぼる階段に向かってゆっくりした歩調で近づいていった。

午後六時二十七分。

マドリード近郊のアルカラ・デ・エナレスの町から応援に駆りだされた警官イシドロは、同僚のヘルマンにぼやいた。

「ついてないな。おれたち」

「なにが？」

「なにがって、わずか十数メートル向こうの警備につけりゃあ、仕事しながら闘牛が見物できるんだぜ。聴けよ、あの歓声を、パコ・カミノに対してだぜ。それがおれたちは去勢牛しかいない囲い場の見張りときた」

イシドロは南部スペインのウェルバ県出身だ。子供のころの遊びといえば、草闘牛の真似《まね》ごとか、サッカーだった。十三、四歳のころには、真剣に闘牛士になろうと悩んだこともあった。

この日、運良くラス・ベンタス大闘牛場の警備を命ぜられたというのに、囲い場ときた。

「イシドロ、なんで警備がすごいんだ」

「テロリストが潜りこんだって噂だが」

「ここはマドリードだぜ、バスクじゃあないよ」

ヘルマンが言ったとき、囲い場の土塀の上をひとりの牧童が走ってくるのが見えた。確かカディスから牡牛を運んできた男だと、イシドロは声をかけた。

「おい、牧童《バケイロ》、なにか問題でも起こったかい」

一瞬立ち止まったイニァキ・オロベンシアと二人の警官は一五メートルの囲い場をはさんで睨《にら》み合った。若い警官たちは牧童の手にある銃器をぽかんと視た。

「イシドロ、拳銃だぜ」

どう見てもおもちゃの銃ではなかった。

牧童が銃を、呆然《ぼうぜん》としている若者に向けた。

「イニァキ、逃げられんぞ！」

囲い場にもう一人、拳銃をかまえた男が走りこんできた。イニァキは身をひるがえす
と、牡牛の搬入口に向かって駆けだした。

イシドロは首から吊《つる》したマリエッタ短機関銃を向けた。ビクトル警部が若い警官に、

「撃つな！」

と制止の叫びを投げたが、錯乱した元闘牛少年は引金に力を入れていた。

乾いた銃声がひびき、土塀を逃げる牧童姿のテロリスト、イニァキの体がくにゃくに
ゃと踊るようにけいれんして、イシドロの方を向いた。

（ま、まさか……）

おれの銃から発射された銃弾が拳銃を持ちあげようとする男の胸に吸いこまれてい
く。顔面蒼白《そうはく》になった二十一歳の青年は、なおも七・六二ミリ弾を撃ちつづけた。

「馬鹿野郎！」

いきなり頬《ほお》を張りとばされ、引金から指をはなした。赤毛の男がすごい形相で、撃つ
なといったのが聞こえなかったかと怒鳴った。

「でも、や、やつは拳銃をおれに向けたんで……」

赤毛の男ビクトルはもうイシドロを見ていなかった。鉄柵《てっさく》に身を寄りかからせた牧童姿のイニァキを凝視していた。小型の拳銃がきらりと光って、男の手から落ちた。頭が後方に反りかえり、足が浮きあがると、銃声に怯《おび》えた去勢牛が体を寄せ合う真中に落下していった。


恭助は不運な牧場主の名を呼んでいた。

「ルセロ」

老人の目蓋《まぶた》がわずかに開いた。

「牧場にテロリストどもが入りこんでいる……おれの……」

「家族を人質にとっているんだな」

老人の目蓋が二度三度と動いた。赤十字の救急隊員がタンカを下げて走ってくる。ルセロは舌を唇に這《は》わせた。

「教えてくれ、奴らはなにをやったんだ」

救急隊員が恭助のそばに坐りこむと傷口を調べる。

「ルセロ、あんたはなにを強請《きょうせい》されたんだ」

牧場主は口を開きかけたが、がくんと頭をたれ、息を引きとった。

ビクトル警部が悄然《しょうぜん》とした足どりでもどってきて、不運なアンダルシア人を眺め下ろした。

「イニァキも死んだよ。事情のわからないひよっこ警官の銃弾を十数発も撃ちこまれて、絶命した」

「ルセロは梟《ブーホ》たちに脅迫されていたんだ。カディスの彼の牧場に小磯の仲間が入りこんでいる。警官をすぐに差し向けてくれ」

「よし、わかった、すぐに手配する」

救急隊員がタンカを巻いて、戻っていく。

「キョウスケ、梟《ブーホ》たちの仕掛けたことがわかったか?」

「いや、まだだ」

恭助は力無く首を振った。

3

小磯信樹の目にはパコ・カミノの闘技がまどろっこしいほど緩慢に思えた。ディエゴの演技より、はるかに間合いがゆったりしている。そのくせ、牡牛を自己の支配の外に解き放ってはいない。まるで闘牛士と牡牛の間に見えない糸が張りわたされているように、ある距離はなれれば、引きもどされた。

三万余の人間の視線がパコの芸に惹《ひ》きつけられていた。

ディエゴの闘牛がかっちりした職人芸とするならば、パコのそれはかたちと時間を抽象化した芸術家の作品、といった趣《おもむき》があった。

それが小磯を苛立《いらだ》たせた。

（早く終われ！）

それだけを念じた。イニァキが牧場主ルセロを連れて姿を消してから、すでに五分が経過していた。恭助と刑事らしい痩身《そうしん》の男があとを追っていたが、イニァキは逃げきれたのか。

バルタサールの牡牛は光の消えた〈光《ソル》〉の前に佇んでいた。パコがムレータを構えると右手の掌《てのひら》を天にむけて軽くひらき、牡牛を呼んだ。

その瞬間、川崎米子が隣に坐る山東美津《さんとうみつ》の膝《ひざ》に寄りかかるように倒れこんだ。

「まあ、川崎さんが貧血を……大変よ」

山東が喚《わめ》きたてた。旅の疲れと流血の闘牛を見たせいで血圧が下がったらしい。

「和田さん」

君田治助に言われるまでもなく小磯は騒ぎに気づいていた。まわりの視線がいっせいに岐山観光のグループに集中した。円周通路《カイエホン》にいる捜査員たちもこちらを見上げている。

濃緑色の制服に赤十字の腕章をつけた救急隊員がタンカをかつぎ、人波をかきわけて、川崎に近づいてくる。

小磯は決断を迫られた。救護室に川崎が運ばれていくとするならば、添乗員たる和田が付き添っていくべきだろう。しかし、無数の捜査員の目が注視する中、立ち上がるのは勇気がいることだった。いや、身の破滅かもしれない。

「早う行って下さらんか」

君田はいつまでも席を立とうとしない添乗員をあからさまな非難の目で睨んだ。

救急隊員たちはすでに川崎のそばに到着して、小磯の上着を脱がせていた。

(端上がいないのが救いだ)

小磯は顔を下に向け、中腰の姿勢で階段席の人垣をかきわけた。

「どんな具合です」

若い救急隊員はスペイン語を話す小磯を添乗員と判断したのだろう。説明してくれた。

「貧血です。ここから運び出して裏庭の救護室に連れていきましょう。あなたも来て下さい」

パコ・カミノは一瞬緊張した。男爵の話してくれた事件がおこったのかと思った。が、どうやら観客のひとりが気分を悪くしただけらしい。散じた集中心をとりもどすべく、肚《はら》に力をこめ、牡牛を呼んだ。戦いが中断したことで牡牛も戦闘意欲を失くしている。数回、無益な駆引きがくりかえされた。

パコは板壁に歩み寄り、演技用の木剣から刺殺用の真剣に換えた。実兄の剣係アントニオが、

「あの騒ぎがなければな」

とぼやき、耳を稼げたのに、という言葉をかみ殺した。

恭助とビクトルは円周通路《カイエホン》への木戸を潜ろうとして止められた。恭助がパコを見ると、剣を構えようとしていた。ビクトルが場内のざわめきの原因を小声で係員に訊いた。

「観光客が倒れたんですよ」

恭助はパコから観客席に視線を移した。タンカのかたわらに黒いカーディガンの小磯信樹がいた。ゴメス刑事の報告では、茶系のツイード上下ということだったが、確かに奴だ。

「ビクトル、梟《ブーホ》だ」

恭助は静かな声で教えた。

「どこに？」

聞き返すビクトルの声は切迫していた。タンカも小磯も階段口に辿《たど》りつき、姿を消そうとしていた。

「あれか？」

「ああ、間違いない、小磯信樹だ」

恭助は、ついに妻と子を殺した殺戮者《さつりくしゃ》をとらえたぞ、と心の中で叫んだ。

「救護室だ！」

二人は〈光《ソル》〉席前の円周通路を腰を低くして走った。

この午後、二度目の〈真実の瞬間《オラ・デ・ラ・ベルダー》〉——静謐《せいひつ》なときをラス・ベンタスはむかえようとしていた。二人の忍びやかな足音が殺しのときを妨げている。背に、しっしっと制止する声が降ってくる。

栄光の門の木戸口を潜りぬけると恭助は深い吐息をついた。場内から小さなざわめきがもれた。

やはりパコと牡牛は呼吸が合わなかったようだ。

ドン・ルセロが銃撃されたところとはちょうど反対側の、巨大なトンネルを走った。

血と死の臭いが漂ってきた。死んだ牡牛の解体場《マタデイロ》からだ。赤十字のマークをつけた大型バスがマタデイロの一郭に駐車して、いましも、タンカが車内に運びこまれようとしていた。

「この女性に付き添っていた男はどうした。黒いカーディガンの日本人だ」

牧場主のルセロの血に汚れた背広姿の恭助におどろいた救急隊員が、目をぱちくりさせた。

「おい、答えろ」

血相を変えたビクトルも詰め寄った。

「いままで一緒でしたが」

ベッドに移された日本人女性は真っ青な顔で目を瞑《つむ》っている。

「ドクトル、この女性と話をさせてください」

医師が席を外した。

話せますか？　という日本語に川崎米子が目をあけた。

「岐山観光のツアーの方ですね」

女は首肯した。

「男の添乗員はどうしたか知りませんか」

意外としっかりした声で女が答えた。

「あの人、添乗員なんかじゃあないわ。昭子さんも昭子さんよね、正体の知れない男を添乗員見習いだなんて言い出すんだもの」

大歓声がラス・ベンタスに轟《とどろ》いた。

恭助らは見ていなかったが、セビリア県カマス村生れの闘牛の天才が、天啓に満ちた跳躍技ボラピエをあざやかにきめた直後、湧きおこった歓呼であった。

オレッハ！

賞を要求する声が再びはじまっていた。

「ビクトル、やはり奴が小磯信樹だ。この近くに隠れている」

危険を察知したのか、小磯は巨大なコロセウムの闇に潜んでしまった。

二人はバスを出ると解体場の庭に立ち竦《すく》んだ。パコに殺されたバルタサールの牡牛が四頭のラバに引かれて、運ばれてくる。濁った血の跡がトンネル下を通って砂場までのびているのが見えた。が、それは一瞬だった。新しい戦いのために何重もの板戸が閉じられ、砂場も観客席の一部も、恭助の目から消えた。

「くそっ！　獣医《アルベイタール》は死んだ。梟《ブーホ》は逃げた。暗殺者たちがなにを考えているのか、さっぱり見当もつかん」

ビクトルが吐き捨て、悔やしがった。

「待て、いまなんと言った！」

形相を変えて睨む恭助を、ぎらついたビクトルの目が見返した。

「おれがなんと言ったかって。獣医《アルベイタール》は死んだ。梟《ブーホ》は……」

「それだ。おれはなんて馬鹿なんだ。円周通路にもどろう」

恭助は駆け出した。事情のわからないまま、警部も彼のあとを追った。

午後六時四十二分。

いましも三頭目の牡牛が砂場に姿をあらわした。角のかたちは風見型《ベレート》と美しかったが腰の締りが悪い。この世界で、肉が流れていると嫌われる仕上り具合だ。

恭助は、引退する闘牛士ディエゴに駆け寄った。小柄なディエゴは、テンディド9と10の境界から牡牛を見ていた。かたわらでは一仕事済ませたパコがウェリントン・ホテルのネーム入りのタオルで顔をふいていた。

「マエストロ」

ディエゴが四角い顔を向けた。恭助は、二十数年も牡牛との戦いにあけくれ、生と死のはざまを見つづけてきた男の顔が少年のように輝いているのを見た。

「牡牛を見て下さい、あの牡牛をです」

「なにを見る」

「こいつはカディスのルセロ・ゴメス・カンポ牧場で飼育されたものだ」

ディエゴはいましも右の後肢《あとあし》を引きずるように走りはじめた牡牛に目をやった。シモン男爵、ヒメネス警視らが恭助の行動に異常を察したのか集まってきた。

「なにか変わったことないですか」

「ある」

この午後を最後に引退するマエストロが言下に言った。そして、同僚に顔を向けた。

「こいつがカンポの牡牛だって」

びんに数本白髪《しらが》の混じった貴公子《カミノ》は目を細めて牡牛を見た。

「違うな。こりゃ、予備牛《ソベラーノ》だろう」

「ドン・パコ、予備牛は使っていません」

「とすると、おかしい」

ディエゴが呟《つぶや》き、語を継いだ。

「おれは二、三年前からアンダルシア各地の牧場の牡牛を見てまわっている。引退後の生活設計というやつだ。とくにカディスの山際の牡牛はよく見た。おれの牧場の立地と似ているからな。山の牧場で育った牡牛は気は荒いがスタミナがない。運動量が少ないからだ。こいつを見ろ。腰の肉はだぶついているが、平原を毎日何キロも走らされた骨格をしている」

「ディエゴ、右の耳だ」

パコが同僚の注意を促した。

闘牛の牡牛の耳は成人式ともいうべき、母親との別れの日、生まれた牧場特有のかたちに切り揃《そろ》えられる。

恭助は牡牛の出場表を確かめた。カンポ牧場の耳形は、右がかにの鋏《はさみ》のような〝さすまた《オルケータ》〟、左は〝槍の穂先《プンタ・デ・ランサ》〟。

「キョウ、この牡牛はカンポの牡牛じゃあない。パコの言うように右耳を見ろ、〝さすまた《オルケータ》〟に似ているようだが微妙に違う。あれは〝さすまた《オルケータ》〟の先端を直角に切った〝亀裂《エンディハ》〟だ」

すり替えられた牡牛、獣医のテロリスト、米軍基地から盗まれた音響感知信管と特殊爆薬、小磯信樹の思考パターン……恭助は考えをまとめようとした。

牡牛はゆるやかな駆足で場内を三角に走り終わり、二周目に入ろうとしていた。

セバスチャン・パロモ・リナレスこと白い鳩《ブランコ・パロモ》がカポーテを小脇《こわき》に抱え、牡牛に突進していくのが見えた。

「わかったぞ！」

恭助の叫びにシモン男爵以下捜査員と二人の闘牛士が彼を見た。

「男爵、テロリストがなにを仕掛けたか、わかりましたよ。やはり、奴らはVCキラーをラス・ベンタスにセットしていた」

「待て。おれたちは何度も闘牛場の隅から隅まで調べ尽くした」

ヒメネス警視が憤然と反論した。

「盲点があったのです。あれですよ」

恭助は牡牛を指差した。

「いや、あれしかない。奴らはカンポ牧場の牡牛に似た牡牛をどこからか探してラス・ベンタスに送りこんだ。イニァキ・オロベンシアの本職は獣医です。奴がVCキラーをあの牡牛の体内に埋めこんだのですよ。ぼくは助手頭のコルベジェの、あれはコンクルソに出場する牡牛じゃあない、まるで病み上りの牡牛だぜ、という言葉を真剣に聴くべきでした。あれは病気ではない、VCキラーを埋めこまれた手術の疲れだったのです」

「ま、まさか」

「大変だ」

ヒメネスが震え声で呟いた。

「爆破装置は例の音響感知タイプかね」

シモン男爵は葉巻をポケットから抜き、口の端で吸口を咬《か》みきると、火をつけた。

「おそらく、そうでしょう。これは小磯信樹が考えた犯罪です。昨年七月のパンプロナでぼくは小磯に闘牛技を教えこみました。暗殺者が識《し》っている知識は、ぼくがこの四年、スペインから教わったあれこれです。師匠はこのぼくなんです……ぼくはこの十数日、小磯信樹の影とばかり付き合ってきました。その間に奴の性格を、暗く、歪《いびつ》な性格を考えてきました。彼がラス・ベンタス闘牛場を惨劇の場に変える瞬間《タイミング》は一瞬しかありません。自分の身を安全な場所まで逃げのびさせ、かつ、劇的な瞬間、こいつを狙《ねら》っているのです」

「それはいつだね？」

とシモン男爵。

「真実の瞬間《オラ・デ・ラ・ベルダー》」

「なんてこった！」

ディエゴが呻いた。

「ラス・ベンタスにはいつも騒音があります。しかし、一瞬だけ音が消える瞬間がある。それが殺しの一瞬前……」

「真実の瞬間か？」

「ええ、ヒメネス警視、私たちは手抜かりを犯したのです。何度も闘牛場内を検査しました。だが、スペインには何人《なんぴと》も、いや闘牛士以外寄せつけない勇敢な牡牛《トーロ・ブラボー》の支配する神苑《しんえん》が残されていた。おそらく体内に埋めこまれた装置の電波は米軍の計算以下の微弱なものになっている。だから、検査からもれた」

白い鳩《パロモ》はベロニカで牡牛を誘いこんでいた。四回、五回……歓声がだんだん大きくなっていく。しかし、シモン男爵を中心に集う捜査陣と闘牛士の輪だけは、凍《い》てついた氷の世界のように深閑としていた。

「……ということは音が無くなったとき、われわれは死ぬ運命《さだめ》ということになる」

葉巻の煙をゆっくり吐いたシモン男爵が言った。

「ええ、死が訪れないためにも、牡牛とパロモの戦いはつづけてもらわねばなりません」

「いつまでもというわけにはいかんよ。手術直後の牡牛ということだしな。ともかく、あの牡牛がどの地方の、どの牧場のものか知りたい。そうすればいくぶん戦法が立てられる」

ディエゴが最初の反撃を提案した。

「よし、エミリオ、牧場関係者の席に走って彼らの知恵をかりてこい」

ヒメネス警視が輪の外に立つ部下に命じた。

「こいつができればなんとか惨劇は食いとめられるかもしれん」

恭助の呟きを聴いたシモン男爵が微笑した。

「なんだね、ハシガミ。君の意見は神のおぼしめしと考え、拝聴するよ」

「男爵、まずラス・ベンタスの禁忌をすべて破る許可をください。二人のマエストロには、全面的に協力してもらわねばならない。ただちにこの事態をパロモに知らせる必要がある。ディエゴ、彼に伝えてくれませんか、昨年のサンイシドロ祭の再現をたのむと。場内を昂奮のるつぼと変えてほしい。時間は十分……」

ディエゴが頷いた。

恭助は思いつきを整理しながら話しはじめた。

三分後、警官たちが散った。

「剣士生活最後の闘牛は少々変わった趣向だな」

と引退する闘牛士ディエゴが笑った。

「引退のお祝いですよ」

くっくっくと笑ったディエゴは、カポーテを抱えると、

「どれ、パロモの尻を叩きに行くか」

と砂場《アレーナ》の中に入っていった。

「よし、私もこの祭りを司る主宰者に会ってラス・ベンタスの禁忌を破る承諾を得てこよう」

シモン男爵はマドリード市長ハビエル・ミランダの坐るバルコニーを見上げた。

「男爵、私とハシガミは梟《ブーホ》を追います」

「ビクトル、無理をするな。奴を逮捕することは重要ではない、危険を回避することに全力をあげよう。私たちにまわってきた唯一の反撃の機会をつかってな」

「男爵、小磯にわれわれの計画を悟られないためにも、ビクトルと私は奴を追いつづけたほうがいいのではないでしょうか。私の推測を私は確信していますが、推測はあくまで推測でしかありません。が、私たちが梟《ブーホ》を追えば、やつはいよいよ真実の瞬間を狙わ

ざるをえない羽目に追いこまれます」

闘技場では予期せぬときに登場してきたディエゴに、パロモが声をかけていた。

「どうしました。マエストロ？」

「立ちん坊《アリモン》をやらないか？」

「ドン・ディエゴ、初めてですね。一緒にやるなんて」

「そして、最後だ」

引退する剣士ディエゴと若い人気闘牛士パロモは肩をならべて、胸の前にカポーテを広げた。立ちん坊の人の間のせまい隙間《すきま》にVCキラーを埋めこんだ牡牛を誘いこむ。そして、技をかけながら事態を告げる。それが老練な闘牛士の計画だった。

牡牛が突進してきた。

二人の闘牛士は左右対称にカポーテを操り、固い木綿地がこすれ合う境界に牡牛を誘いこんだ。それはまるで黄色の花畑にピンクの蝶《ちょう》が舞うように、あざやかに決まった。

オーレ！

パロモ、耳をかせ、とディエゴが言った。

「男爵、マエストロたちは、闘牛史に輝く昂奮を創造するため動きはじめました。今度は、私たちが戦場に出る番です。梟《ブーホ》を追いつめ、ボタンを押させましょう。ほかに選択の余地のないようにね」

「いいだろう、君のやり方で梟《ブーホ》を狩り出したまえ。どういう事態がおころうと、責任は、このシモンがとらせてもらうよ」

端上恭助は男爵の決然とした言葉を聴きながら胸のポケットに潜ませた、妻と子の写真に語りかけた。

(復讐《ふくしゅう》の時がきたよ、貴子《たかこ》、奈津子《なつこ》。君らの仇《かたき》はこのおれが討《う》つ。小磯の妄想をすべて破壊してやるよ、見ててくれ)

第九章　真実の瞬間

1

午後六時四十分。

スペイン国民の皆さん

神に私の生命をあけわたし、神の絶対的な裁きの法廷《にわ》にたつときがきました。この厳粛なときに当たって、つねにカトリック信者として生き、死ぬことを希望してきた私を、どうか神がいつくしみをもって御前《みまえ》に迎えてくださいますように。私は、教会のよき子であることを名誉としており、教会のふところの中に深く抱かれて死ぬことが私の不断の念願でした。私は、国民の皆さんにゆるしをお願いします。およそ私の敵と自ら公言しているすべての人びと——私は敵と思っていないのです——を、私が心からゆるすと同じように、どうか私をおゆるしください。私は、自分が心から愛し、最後の息をひき取るまで、奉仕することを誓った祖国の敵以外、敵はいなかったと深く信じ、そう思っています……。

ここでフランコ総統は筆を休め、考えに陥《お》ちた。しばらく考えた末、『……最後の息をひき取るまで』のあとに長音棒を引っぱり、その時は近い——と書込みを入れた。

そして、遺書の後段を書き進めた。

私は、スペインを統合された偉大な自由の国とする仕事に、熱意をこめて徹底的に献身し、協力した人びとすべてに深い感謝を表明します。

どうか、祖国への愛のために、皆さんが協力と平和のうちにとどまり、新たに国王としてたつファン・カルロス一世を、これまで私に対して示して下さったのと同じ愛情と忠誠をもっておし包み、つねに支え、よき協力者となってくださるようにお願いします。スペインおよびキリスト教文明に対する敵が絶えずすきをねらっています。皆さんもつねにめざめて、祖国と国民全体の大いなる益を前にして、自分の個人的生活を優先させることなく、社会正義と文化の達成を第一目標においてください。スペイン国の地理的状況に基づく豊かな多様性を、祖国の協和一致の力の源泉として尊び、何よりまずスペイン人同士がよく一致して、自分たちのあいだで祖国をますます愛すべき所として下さい。

強迫観念にかられた老フランコは二年後に公表されることになる「永訣《えいけつ》の言辞」を書きあげた。いったん執務机のスタンドを消しかけたが、再びペンを執り、数行、付け加えた。

死に臨んだ私の生涯のこの瞬間、愛する神とスペインの名とを結びつけ、皆さんを心より抱擁し、皆さんと共に熱き叫びをあげたいと思います。
万歳《アリバ》　エスパニャ。
ビバ　エスパニャ。

小磯信樹《こいそのぶき》はファン・カルロス王子からわずか十数メートルと離れてない階段のうす闇《やみ》に立っていた。

あの男の死が小磯信樹の未来を保証するのだ。スペインの正統な王であるべきバルセロナ伯の下、オプス・ディの支配する新生スペインの中で、研究生活が待っていた。

血塗《ちまみ》れの殺戮者《さつりくしゃ》は砂場《リング》に目を移した。

二人の闘牛士がカポーテを左右対称に、蝶《ちょう》の羽根のように自在に操り、羽根と羽根がこすれ合う線上に牡牛《おうし》を誘いこんでいた。

小磯が初めて見る技《ランセ》であった。観衆も牡牛がカポーテとカポーテの間を通過するたび

に、
オーレ！

の大声を発した。警備の警官が日本人の姿に目をとめた。

「先ほど倒れた日本女性の付添いでね。軽い貧血だというから席にもどろうと思っているんですよ。三十三人のツアー客が待っていますから」

二人の警官は目と目を合わせ、席にもどすべきかどうか語り合った。

「闘牛が行われている間は、観客席から動いちゃあいけないのでしょう」

小磯は二人の警官に言った。案内係の男が聞きとがめ、

「そうなんだよ、旦那《セニョール》。悪いがこの牡牛が倒れてからにしてほしいね。入場券の裏に印刷されてある通り、規則で認められないのさ」

と予定された答えを返してきた。

「邪魔にならないように、ここから覗《のぞ》かせてもらうよ」

小磯は小さく折った五〇〇ペセタ札を案内係の手に握らせた。男は二人の警官の目を気にしながらも、素早くポケットに入れた。

「ここの方がよく見えますぜ」

案内係は自分の立っていた通路に小磯を押しあげた。予期せぬ男の行動であった。小磯は何千もの目を意識し、身を竦《すく》めた。

国家公安部長シモン男爵は無人のロイヤル・ボックスにちらりと目をやった。あの貴賓席にファン・カルロス王子が王として坐《すわ》るとき、スペインは市民戦争の呪縛《じゅばく》から解放される。長い王制の歴史をもつスペインにあって、王なき王国は、不運な、悲劇の時代であった。

王政復古《レスタウラシオン》であれ、新王制創設《インスタウラシオン》であれ、新しいスペインにふさわしい人物でなければならない。老いた王は必要ないのだ。若く、たくましい国王こそ玉座につかれるべきだ。

シモンは国家の命運をかけた戦いを信念通り戦っている自分に、誇りを感じていた。総統の夢見るスペインなど永遠にこないぞ、と葉巻の吸差しをすて、足で踏みつぶした。これが四十余年にわたる独裁政治のあと、ただひとつ選択すべき道であることをあらためて確認した。

「セニョール・アルカルデ」

市長の坐る主宰者のボックス席から三人の男女がふり向き、スペイン警察の中枢で絶大な権力を行使するシモン男爵を見た。

「一分ほどお邪魔していいですかな」

「もちろんですとも、男爵」

ハビエル・ミランダ市長は不安な面持ちで答えた。

「セニョーラ、お元気そうで。この前、お目にかかったのはいつでしたかな」

「先月、リリア宮でもよおされたアルバ家のパーティですわ」

市長夫人ブエナベンツゥラ・デ・ベラスコは太った体を大儀そうにねじると、貴族夫人の間でとかく艶聞《えんぶん》の絶えない美男のシモン男爵をにっこりと見た。

ボックス席に控えるもうひとりの男ペドロ・ゴンサレスは、祭りの主宰者の相談役で、耳などの賞を切り与える権限をもつ市長の判断を助ける任務を負っていた。男爵は元闘牛士のペドロ・ゴンサレスに笑顔を向けると、大変恐縮だが市長と私の二人にしてくれんかね、とおだやかに命じた。一瞬、気まずい沈黙がボックス席を支配した。この場の主賓が日本国の皇太子夫妻であれ、形式上、祭りを司る人間はマドリード市長ハビエル・ミランダである。だからこそ、山高帽子にフロック・コートの正装でボックス席についたのだ。それをシモン男爵はあっさりと一蹴《いっしゅう》しようとしていた。

「どうやら厄介ごとが出来《しゅったい》したらしいね」

シモン男爵はただ微笑した。

「おまえ、ペドロ、悪いが数分、どなたかの席に移っておくれ」

市長夫人は椅子《いす》を弾《はじ》きとばす勢いで立ち上がり、フランシスカのバルコニーにおりますわ、とのしのし出て行った。ペドロは二人に目礼すると静かに退場した。

「女子と小人は養い難《がた》しですな」

市長の嘆きをさえぎったシモン男爵は、

「手短に言おう。テロリストが闘牛場内に潜入しているのが確認された」

と言った。

市長の顔に怯《おび》えが走った。

「どうやら、あの牡牛の体内に小型ながら強力な爆発物が埋めこまれている。信管は音量差に反応して作動するタイプだ」

シモン男爵は二人の闘牛士が相手する牡牛に目をやった。

「米軍がベトナム戦用に開発した最新の秘密兵器だ。サラゴサの武器庫をテロリストたちが襲ったとき、彼らは実験した。その被害状況から押しはかって闘牛場にいる半数の人間が死傷する。前列席におられる日西の王族方も被害は免れん」

「た、たいへんだ」

市長の額《ひたい》に脂汗が滲《にじ》んできた。

「いま、われわれは被害を最小限度に食いとめる計画を遂行中だ。市長、ラス・ベンタスのあらゆるタブーを破ることを了解してほしい」

市長は何度も頷《うなず》いた。

「それから、あんたにはなによりも自若としていてもらう必要がある、市長夫人もだよ。闘牛士から場の進行の要請があったとき、拒むことなく速やかに承知してくれ」

「わかった。いちばんの難関はわが妻を納得させることだろうね、男爵」

「雌鶏《めんどり》の飼育は最初が肝心。市長、今日だけはなんとしても歌わせないでくれよ」

シモン男爵がきびしい声で命令した。

「梟《ブーホ》はテンディド9、10、1、2の四ブロックのどこかに潜んでいる。三階席へは別階段を登らなければならないからここは除外していい。さらに心理的には下《バッホ》へは接近できないだろう。ということはあの一郭だ」

ビクトルがうす闇の〈影《ソンブラ》〉上部席《アルト》を差した。何千もの目が一心にパロモとディエゴの闘技を注視していた。

エミリオ刑事が走ってきて、あの牡牛の出所がわかりました、とパコ・カミノに報告した。

「サラマンカのサンチェス・ペーニァ牧場から、この九月に一頭買いとられたもののようです。サラマンカから本日の闘牛のために来ているガラチェ牧場の牧童頭があの牡牛のことをおぼえていたのです。ペーニァ牧場に連絡をつけましたところ、フィリピンで闘牛をやるとかで、夏に売った土竜《トポ》という名の牡牛と似ていると証言してくれました。耳のかたちは、〝亀裂《エンディハ》〟と〝槍の穂先《プンタ・デ・ランサ》〟、焼印番号は11だそうです」

「こいつは土竜《トポ》だ。焼印番号は手術したとき、14に変更されたんだ。まだ、傷口にすりこんだコールタールが残っているだろう。こいつの生まれ育った牧場は、どんな立地か、尋ねたかね?」

「はい、ゆるやかな起伏の平原だそうです。真中に河が流れていて、毎朝、水飲みに二キロほどは走らされていたそうです。電話口に出た牧場主はこの二月《ふたつき》、どんな過ごしかたをしていたかわからんが、スタミナはあるはずだと言っていました」

「それだけわかれば、だいぶ助かる」

パコ・カミノが言ったとき、トランペットが鳴り、槍方《やりかた》が二騎場内に入ってきた。貴公子《カミノ》はミネラル・ウォーターを口に含み、勢いよく砂場に吐き出した。

「キョウスケ」

ビクトル警部が端上恭助《はしがみきょうすけ》の肩を小突く。

警部の目は観客席上段の階段にそそがれていた。

「梟おじさん《セニョール・ブーホ》だ」

黒いカーディガンを着た暗殺者小磯信樹は双眼鏡を目にあて、牡牛を見ていた。

サラマンカ、マドリード近郊、アンダルシアと、名もない闘牛牧場から一頭ずつ五頭の牡牛を買い集めたのは九月の初めだ。焼印番号、紋章もはっきりしない牡牛だった。慈善闘牛に出場する六牧場の名前をマドリード興行の切符売りから耳うちされたのが十月中旬。買い集めた五頭の牡牛と選抜された名門六牧場の六頭の、類似した体型、顔つき、雰囲気のペアを組み合わせた結果、トレドの小さな牧場で買った牡牛とミウラ牧場の出場牛のネグリートがよく似ていることがわかった。しかし、ミウラはスペイン一有名な闘牛牧場であり、闘牛士も、関係者も、数多くの人々がネグリートを幼牛のころから知っている。うまくすり替えたとしても、すぐにだれかが気づく。

計画は頓坐《とんざ》した。そこへドメク伯爵の牡牛の代りに小さな牧場ルセロ・ゴメス・カンポの牡牛が選ばれたという情報が入った。小磯はイニァキと一緒に、カンポ牧場のシスネイロを見た。獣医が驚くほど手もちの牡牛、サンチェス・ペーニァ牧場から買った土竜《トポ》に似ていた。

狙《ねら》いは決まった。

黒いビスタエルモウサ種のトポの改造手術がピレネーの谷間の小さな牧場で行われた。焼印番号11のトポ、14のシスネイロ。麻酔で眠らせた牡牛の横腹の11が14に変更された。牧場の紋はそのまま手をつけないことにした。カンポはⓇで、ペーニャはⓅと遠目には区別がつかないほど似通っていた。耳のかたちも〝さすまた《オルケータ》〟と〝亀裂《エンディハ》〟では、さほど変りはない。あえて手を加えないことにした。

問題は幅五センチ、厚さ三センチ、長さ二〇センチ、重量五六〇グラムのVCキラーを体内に埋めこむ手術だった。イニァキは、牡牛の体力を削《そ》ぐことなく衝撃をあまりうけない下腹部に、集音マイクを皮膚のすぐ下に固定させた。手術のあと、四肢を固く縛って体力の回復を待った。

手術は成功した。

しかし、イニァキと小磯の不安は体内に入れられた高性能爆薬が牡牛の動きによって決行前に爆発しないかということだった。

土竜《トポ》は術後、いちじくの樹々《きぎ》が生い繁《しげ》る、小さな囲い場で時を過ごしてきた。ピレネー山麓《さんろく》からコルドバの牡牛すり替えの現場までの旅にも耐えた。最大の難関ラス・ベンタスの検査にもパスした。

そして、いま、二週間前に手術をうけた土竜《トポ》は、けなげにも昨年のサンイシドロ闘牛祭の覇者パロモ・リナレスと対決していた。

小磯信樹は、満席となったラス・ベンタス闘牛場の騒音が七五ホンから九五ホンあることを、五月の連続闘牛に通って識《し》っていた。どんな場合にも七〇ホン以下に下がることはなかったが、殺しに入る前の一瞬、騒音計の針は五〇ホンを割った。そこで深夜の住宅地と同じ静寂の度合四五ホンを爆発点とし、マイクが牡牛の表皮でくるまれた分、音が削減されて感応することを計算に入れ、セッティングした。

牡牛は後肢《あとあし》をばたつかせ、ピカドールの馬に突進していった。

小磯信樹は、このとき、危険な視線を肌に感じた。双眼鏡から目を外す。端上恭助が観客席によじのぼり、手摺《てすり》を乗りこえるのが見えた。

恭助は何千もの非難の目を意識しながら小磯信樹を睨《にら》んだ。

スペイン美術史の研究者だった男の顔に、暗い嗤いが浮かんだ。首に下げた双眼鏡を恭助に向かって差し出し、大きな動作で発信機のボタンを押した。恭助に向かって、わーんと犬の吠《ほ》え真似《まね》をすると階段の奥へと姿を没した。

殺戮者梟《セニョール・ブーホ》おじさんに先をこされた。今度はおれたちが後《ご》の先《せん》を決めるまでだ。心の中で快哉《かいさい》を叫ぶと円周通路《カイエホン》に下りた。

ヒメネス警視は三年もかかったラス・ベンタス闘牛場の建造を、わずか十分で完成させるという大命題に没頭していた。

警察車輌《しゃりょう》を総動員して、マドリード門の出入口をかこむ一辺七〇メートルほどの第二闘牛場を無人地帯に建設する。そこへ土竜《トポ》を誘導しようというのが端上恭助の考えだった。

ノーマンズ・ランドを設置していたことがわずか十分で闘牛場建設を可能にするかもしれなかった。すでに八分どおり即席のコロセウムは完成しつつあった。あと南側の一辺をふさげば、事は成る。刑事のひとりが仁王《におう》立ちのヒメネス警視に駆け寄り、

「四、五台分、車が足りません。すべて警察車は動員しました」

と報告した。ヒメネス警視はあたりを見回した。今度は駐車場に車を入れなかったことが災いした。アルカラ大通りに目を移した。

「よし、バス停に駐車しているバスを徴発しろ。客がのっていたら叩《たた》き出せ」

「シィ、警視」

刑事はラス・ベンタス前バス停にすっ飛んでいった。

ラス・ベンタス橋をはさんで対岸から闘牛場を見守るバスク人プリエト・アンソレアは、シトロエンGSに駆け戻った。

「パウリーノ、闘牛場がなんだか変だ」

「変？」

「警察のやつら、車を動員して闘牛場の外壁に接して大きな囲いを作っているぞ。まるで秋祭りの草闘牛場のようだ」

年長のテロリストは運転席から飛び下りると橋のたもとまで走った。小高い此岸《しがん》から対岸の作業がはっきり視認できた。いましも一台の路線バスが封鎖線の中に消えていこうとするのが見えた。

事態は明白だ。

「牡牛を闘牛場外に連れ出す気だ」

「そんなことできないよ」

「できるからやっているんだ。二人に知らせなければ……」

午後六時五十二分
パロモの助手頭ラファエル・コルベジェは一対の飾り銛《もり》を手にすると握り手の先端を砂にこすりつけ、ささくれをとった。

「銛は一回だけでいい。君が技を終えたと同時に私が出る」

主人のパロモ・リナレスがコルベジェに命じた。白い衣裳《いしょう》しか身につけないところから名前のパロモと鳩《パロモ》をひっかけ、白い鳩《ブランコ・パロモ》とよばれる闘牛士に緊張があるのをコルベジェは見た。

「パロモ、あんたは昨年、歴史を作った。ラス・ベンタスで尾《ラ》っぽ《ボ》を獲得するというな。今年はどうやらあんたの両腕にスペインの未来とやらがかかっているらしい」

「両腕じゃあない、両膝《ひざ》だろう」

闘牛士パロモがにやりと笑った。パロモの得意技は、地面に両膝をついて牡牛を邀《むか》え撃つパセ・ローディジァスだった。笑い返したコルベジェは、

「人間はいつかは死ぬ。あんたが死ぬ気になりゃあ、スペインが救われるんだ。伝説をもうひとつ作ろうぜ、闘牛士《トレーロ》」

と言い残すと牡牛に向かって走っていった。

剣係のホルヘがグラスを差し出した。パロモは、水を口に含み、吐き出した。その間も目はコルベジェの動きを追っている。

真新しい布切れ《ムレータ》に真剣が重ねられた殺しの道具を受けとった。

コルベジェは銛をもった両手を頭上にあげ、本来、ラス・ベンタスに出場する資格のない牡牛の注意を引いた。大きな円を描くように横走りに足を運ぶ。四分の一周走りこんだ地点で両手をふりかぶり、上体を反らすと突進してきた牡牛の背に飾り銛を撃った。

牡牛とコルベジェの体が入れ替わった。

技が完結したと見て、パロモは、そこから目を逸《そ》らした。予想をこえたスピードで角先が地表から迫《せ》りあがってきたのをパロモ主従は見落とした。

コルベジェの左足が土竜《トポ》の前肢《まえあし》とからんだ。バランスを崩したコルベジェの左の太股《ふともも》を角先が刺しつらぬき、彼をぽんと宙に放りあげた。

ああ！

場内の悲鳴にパロモは部下の失敗に気づかされた。一歩も動かなかった。順番ではない他の二人のマエストロが救出に駆け寄るのがこの場の規則だった。

体重九二キロのコルベジェは、四メートル先の砂場に落下した。土竜《トポ》は地を這《は》うように接近し、第二撃の構えを見せた。そこへパコ・カミノのカポーテが視界をふさぐように投げかけられた。

コルベジェは砂の上をごろごろ転がり、立ちあがった。窮地を脱した彼は牡牛を見た。パコが安全圏に誘導していく。ほっとすると同時に頭がくらくらした。血が大腿部《だいたいぶ》から流れ出すのを意識した。道化闘牛から闘牛士人生を歩きはじめて以来、二十八回目の負傷だ。

ディエゴが歩み寄ってきて、傷口を調べた。かぎ裂きのズボンの下から血がぱっと吹き出てきた。

「コルベジェ、自力で歩けるか」

頷いたコルベジェは貴賓席に会釈をし、手術室に歩いていった。

パロモ・リナレスは部下の姿が砂場から消えるのを待った。

パロモはひとつ深呼吸すると、その場から山高帽をかぶった祭りの司祭者ハビエル・ミランダに戦いの許しを乞《こ》うた。市長が頷くのを確かめるとテンディド10に歩み寄り、板壁の下方に設けられた足《エストリポ》がかりに乗った。

闘牛士の舟形帽子《モンティラ》を淡い紫地の着物をお召しになったプリンセッサ・ミチコに差し出した。

美智子《みちこ》妃の顔はたったいま起こった流血事故に蒼《あお》ざめたが、パロモがご挨拶《あいさつ》するのを硬い笑いとともにうけられた。

「プリンセッサ・ミチコ、私の部下の事故に驚かれたことでしょう。お赦《ゆる》し下さい」

ソフィア妃が英語でパロモの謝罪を美智子妃に伝えた。

「スペインの男たちの勇気と芸と牡牛の神秘を日出づる国の美しき皇太子妃に捧《ささ》げます」

帽子が山なりに投げられ、美智子妃殿下が強張《こわば》った表情でうけとめられた。

2

白い鳩《パロモ》は土竜《トポ》の右角の先端がコルベジェの血に塗れているのを見ながら、一年半前のサンイシドロ祭の午後を思い出そうとしていた。

あの奇跡のおこなわれた五月二十二日、小寒い午後だった。光が差したり陰ったりするめまぐるしい夕暮れだった。

十一月中旬のラス・ベンタスの砂場には一片の光も残っていなかった。ざわざわした〈光《ソル》〉の階段席に弱々しい晩秋の陽光が散っているばかりだ。

あの日の相手は、名門牧場アタナシオ・フェルナンデスのバッタという名の黒牡牛だった。戦いの軌跡を正確に思い出した。

(よし)

昨年とまったく同じ技の構成でマドリードのうるさい観客を屈伏させてやる。

牡牛はコロセウムの真中に佇《たたず》んでいた。パロモは歩みを止めた。姿勢を正した。

「トポ、トポ!」

闘牛士は荒い息の牡牛の名をよんだ。背からわずかに二筋、血がしたたり流れているばかりだ。荒い息は、いまうけた傷のダメージというより異物を体内に埋めこまれた手術の後遺症だろう。牡牛は反応しない。パロモは二、三歩接近する。

「トポ！」

この瞬間、小磯は気づいた。

端上たちはこちらの計画を完全に察知していることを。若い闘牛士は、小磯たちがサンチェス・ペーニァ牧場から買いつけた牡牛の名前を呼んでいる。

（まさか、どこでもれたのか）

闘牛場の外から聞こえる車の移動の音も気になった。

端上らはなにを考えているのだ？　小磯は予定を変更して二階席の通路をマドリード門のほうに忍んでいった。

トポがパロモを見た。それでも動く気配《けはい》はない。観客席から、

「トーロ・マンソ！」

の罵《ののし》り声が挙がった。

恭助はトポが臆病な牡牛《トーロ・マンソ》でないことを念じた。

ラス・ベンタスの昂奮《こうふん》が急速に醒《さ》めていく、音が消えていく。

死が急接近してくる……。

白い鳩《パロモ》が両膝《りようひざ》をついて、赤い布《ムレータ》を大きく振った。

場内にざわめきが走った。

トポが後肢で砂をかいた。首を下げ、半歩ほど踏みこみ、また、後退した。

パロモは牡牛に半身の構えで向き合っていた。ムレータを体の陰で前後に大きく振った。両膝をちょこまか動かし、トポに接近した。

トポはその分、退《さ》がった。が、かまわず相手の領域《テレノ》に攻めこんだ。間合が切られた。

闘牛士も牡牛もそれぞれ死守すべき領域をもっている。闘牛士の領域はいま立つ場から砂場の中心点まで、牡牛の領域は、いまいる地から板壁までだ。

パロモがトポの領域にどんどん侵入してくる。

トポは後退することを止《や》めた。頭を下げ、小さな的に向かって突進した。

かくて第一楽章がはじまった。

パロモはムレータをトポの鼻先に差しだし、大きくスウィングさせながら、胸もとに呼びこみ、前方に送りこんだ。

トポは目標を見失った。素早いフットワークで反転した。首をねじるように傾け、再攻撃に移った。

闘牛場の周辺には交通規制が急遽《きゆうきよ》しかれ、騒音の原因となるものはすべて排除された。

ヘリ機上のベルマン・アルカルデ警部補の耳には、闘牛場から伝わってくる歓声がだんだん大きくなってくるのがわかった。

白い点に黒いごま粒が接近し、絡み合ったあと、離れた。そして、反転した。離合の間隔が少しずつ縮まってくる。

「ベルマン、移動指令だ。ラス・ベンタスから二キロ離れろとよ」

パイロットがスコープ装着のライフル銃を抱えた狙撃手《そげきしゅ》に怒鳴《どな》った。警部補は心をコロセウムの戦いに残しながら、親指をたてて、了解した。

プリエトとパウリーノは、ラス・ベンタス橋の下の、水も流れていない河原《かわら》に張られたサーカスのテント小屋の陰からヘリコプターが遠ざかっていくのを眺めていた。

「これ以上、接近できそうにないよ」

プリエトが泣きごとを言った。

「待ってろ、考えがある」

パウリーノはそう言い残すとジンタの調べが流れるサーカス・テントに潜りこんでいった。数分後、パウリーノはピエロのだんだら模様の衣裳を手にもどってきた。手早く着替えた二人はズック袋を背負い、河底から土手を這い登っていった。土手伝いに横へ移動する。顔を上げると、無人のバス停に路線バスが放置されているのが目に映った。

「あれに潜りこもう」

ファン・プイグ巡査はアルカラ大通りのビルの屋上からサーカスのピエロが二人、闘牛場の騒ぎを見物にくるのを眺めていた。

「警視、どうやら間に合いましたね」

プエブロ・ヌエボ行きのバスが東南のコーナーに停止し、第二のラス・ベンタス闘牛場が完成した。

「エミリオ、男爵に報告してくれ、いつでもお祭りをはじめてくださいとな」


パロモは膝《ひざ》に砂をつけたまま立ち上がった。

第一楽章アレグロ・マノントロッポは弾き終えた。

トポは全身の筋肉を波うたせ、喘《あえ》いでいた。術後の疲労が極限に達していた。

パロモは土竜《トポ》に背を向けた。ちょうどこの牡牛の死を捧《ささ》げたプリンセッサ・ミチコと対面する恰好《かっこう》になった。

東洋の国から親善訪問に来られた皇太子妃は、神秘的な微笑を両の頰《ほお》に浮かべ、戦いをごらんになっていた。

パロモはにっこりと笑みを返すと後手で布切れ《ムレータ》をふった。

トポは素早く反応した。

パロモの耳に砂を蹴《け》たてる蹄《ひづめ》の音がひびきわたる。音量を距離に換算し直す。パロモの背に二メートルと角先が接近したとき、布切れ《ムレータ》をトポの眼前にかませる。タイミングが前後に数分の一秒でもずれると、パロモは、無防備の背を両角の前にさらすことになる。

跫音《あしおと》が接近する。恐怖。心臓が破裂しそうだ。が、耐えて待つ。冷静に間合を読み切る。パロモはふわりとフランネル地の切れを後方に投げた。風をはらんで舞う。ムレータに角先がからんだのを感じた。

赤い風が一瞬静止した。そのあと、ゆるやかにゆるやかに鋭い切先と、死をくるんでもどりはじめた。

第二楽章ラルゴ。

三万余の観客の目には、パロモの手首の返しがあざやかに映った。

陽《ひ》の陰ったコロセウムの中、生と死がもつれ合って弧をえがく。トポは頭を下げつつ、焦点を敵に合わせた。軌道修正を試みた。が、わずかにタイミングを外された。角先は流水のように地面を走り、一掃きして、また、高度をあげる。

長い長い死の軌跡。

四肢を踏ん張り、制動する。赤い光が眼前からかき消えた。死を体内に宿した牡牛《トーロ》は、赤い切れが生の証《あかし》でもあるかのように、飛びついた。が、どこにも生はなかった。

赤い光は幻影だったのか？

大歓声がおこった。

この午後、最高の拍手と床をふみ鳴らす騒ぎがはじまった。

恭助は栄光の門の中にいた。

三階席からよばれた音楽隊が、門の中二階通路に陣どり、禁忌を破る準備を終えていた。

シモン男爵は、友人の隣席に静かに坐《すわ》った。スペインの新国王に予定されているファン・カルロス王子が、ゆったりした台詞《せりふ》まわしで、

「なんだか、今日の闘牛は変わっているな」

と笑った。

「いえ、これからが新趣向でして」

「それは楽しみ」

肚《はら》の中のものが煩しいのか、トポは砂の上に踞《うずくま》り、休みたい様子を見せた。しかし、何百年にもわたって好戦的な血筋だけを継承されてきたビスタエルモウサ種の誇りがそれを許さなかった。

真っ赤な道具を剣の先で広げた闘牛士がまた挑発した。

トポは本能的に突進していた。

その瞬間、タブーが破られた。

マドリード門、通称栄光の門からパソドブレ〝パロモのテーマ〟が流れはじめた。

カルロス王子がシモン男爵の顔を覗《のぞ》きこんだ。

「なにを企《たくら》んでいるんだ」

が、シモンは笑うばかりで答えない。

トポは角を下げ、穴の中をひた走るように体を丸めて突進した。幻影の向こうに潜む実像を攻撃するのだ。が、赤い風を追えば追うほど遠のいていく。粘りつくように腰を沈め、反転した。また、前方に赤い光がある。

オーレ！

叫びが細波《さざなみ》のように場内に広がっていった。

パロモは速度がゆるんだ敵の眼前にとびこんで風車《モリネーテ》を三つ連続してきめた。

祈りはいまや場内を圧して、〝パロモのテーマ〟の調べと混然となり、歓喜の合唱を歌いあげていた。人々は禁忌が破られた場にいる幸せに昂奮《こうふん》していた。

パロモは冷静だった。昨年の再現は無理だ。牡牛が急激に衰えていた。あと一分ともつまい。

タブーがまたひとつ破られた。

闘技の最中だというのに板壁の一郭が割れた。栄光の門へ通じる板扉だ。さらに木戸が……。

マドリード門の正面テンディド2の観客たちには、街へ通じる鉄の門扉がひらくのが真っ先に見えた。ムディハル様式のアーチのトンネルのかなたにがらんとした広場が望めた。

パロモは新世界《ムンド・ヌエバ》を心待ちにしていた。

「男爵、これが新趣向かね」

「はい。十六世紀、マヨル広場をつかっておこなわれた闘牛祭の再現です。場内の昂奮と感動を少しでも街の人々と分かち合いたいと思いましてね」

闘牛場内に衝撃が走った。

祈り《オーレ》が中断された。

パロモは、技《パセ》を変えた。

パセ・ナチュラル。

飾りひとつない基本の技。左手にもったムレータで左から右に、右から左に誘い、送るだけの技。

オーレ！

の叫びがおこった。

パウリーノとプリエトはバスの屋根に這い登った。アルカラ大通り、奇妙な新闘牛場、うす暗い栄光の門の向こうに闘牛士と牡牛があらわれた。ズック袋からM203グレネード・ランチャーを引き出すと、伏射の姿勢でかまえた。

無風、距離は約二〇〇メートル。

赤い布切れが一閃《いっせん》し、牡牛が門の下に走りこんできた。

パウリーノは、赤と黒のからむ真中を狙って撃った。その瞬間、いっせいに警笛が鳴り響いた。引金に思わず力が入り、銃口がぶれた。擲弾《てきだん》は二〇〇メートルとぶ間に三メートルほど左に曲がり、入場券売場の窓口にとびこんだ。

プイグ巡査はピエロたちが銃をかまえたとき、道化一流の悪戯《いたずら》だと思った。が、銃口から拳《こぶし》ほどの巨弾が撃ち出され、切符売場を吹きとばした。プイグは望遠スコープの十字マークにピエロのだんだら模様をとらえるのももどかしく、高速弾を発射した。

もうひとりの道化はバスの屋根から飛び下りた。が、着地する道化の体を、三方向からの銃弾がとらえ、上半身と下半身に分離した。

パロモは火箭《かせん》が走ったのを見た。

牡牛が怯えたように栄光の門の中で立ち竦《すく》んだ。

頭上からは闘技中に初めて演奏される〝パロモのテーマ〟が落ちてくる。

トポ！

パロモがトポの角に手をかけた。

恭助は鉄柵とレンガの壁との間の、わずかな隙間に潜りこんで闘牛士が牡牛を誘導してくる情景を凝視していた。

警笛、つづいて銃声がおこり、反対側の壁がふくれあがって崩れ落ちた。

衝撃と爆風。

壁と鉄柵に背中を、つぎには胸を叩きつけられ、一瞬意識を失った。

パロモは左手で角を触ったまま、トポと向き合っていた。背にまわしたムレータを左に右にふる。まるで時計の振子のように同じ間隔とスピードで動かす。

トポは前後に揺れる赤い光が気になった。光は闘牛士の背後を通過する間、一瞬かき消える。が、直後、反対側にふりあげられる。眠りに誘いこまれるように、いつしか点滅する光を右に左に追っていた。

パロモは牡牛が首を動かしはじめたのを見計らって、突然、タイミングを変えた。体の右横に突きだすムレータをわずかに早め、左手で牡牛の右角を叩いた。

牡牛は赤い光に食いついた。

恭助は頭をふり、意識をはっきりさせようとした。目をあけると眼前にパロモとトポがいた。

夕暮れの残光がかすかに舞う広場に一歩出た牡牛は歩みを完全にとめた。

広々としたペーブメントの広場。警笛が不快に鳴っている。

小磯信樹の立つバルコニー下から牡牛の角が、

にゅっ

とあらわれた。新生スペイン計画《ブラノ・デ・エスパニア・ヌエバ》の望みを託した牡牛の背が数メートルのところにあった。

警笛に驚いたか、牡牛は止まった。

(どこで手抜かりを犯したか?)

小磯信樹は逃げ出そうと思った。が、観客席から移動してきた物見高い男たちがバルコニーに殺到し、彼をバルコニーの手摺に押しつけた。

「キョウ、カポーテを持ってきてくれ!」

端上の姿を認めたパロモが叫んだ。

闘牛士は小さな動きしか誘発できない赤い布切れ《ムレータ》からピンクのカポーテに換えたがっている。

恭助は鉄柵の陰から再び閉じられた木戸口に走った。

「開けろ! カポーテをくれ」

木戸が細くあいた。蒼白い、太った幽鬼のようなコルベジェが立っていた。

「コルベジェ、怪我《けが》は……」

「大したことない。八針ばかり縫ったがかすり傷だ。おれの闘牛士はどこにいる」

「パロモがカポーテを欲しがっている。牡牛の力が尽きかけているんだ」

左大腿部をぐるぐると白いバンソウコウで巻いたコルベジェの姿が消えた。再び、顔を見せたとき、小脇にカポーテを抱えていた。

恭助はコルベジェを連れて、パロモのところに走りもどった。瀕死《ひんし》の牡牛の眼前で目くらましの道具が交換された。パロモはカポーテの襟を両手でもって立った。


ベロニカ。

ゴルゴダの丘を十字架を背負って登りゆく殉教者の額の血と汗を白いハンカチでぬぐった少女ベロニカ。イエス・キリストが歩み去ったあと、少女がハンカチを広げると、そこにはたったいま通りすぎた聖人の顔が浮かんでいた。

この技の由来だ。

パロモの口から優しい声がもれた。それはまるで原始からの誘いかけのように響いた。

ヒョーヒョー……。

土竜《トポ》が目を開いた。鈍い光が宿っている。

トーロ、トーロ！

トポが走り出した。

恭助は栄光の門《プエルタ・デラ・グロリア》の下から、新しい闘牛場の中央にVCキラーをうめこまれたトポが到達したのを見た。

パロモがあらためて足場を固めた。半身になってカポーテを構え直した。

「パロモ、英雄になるんじゃあない！」

恭助は警笛に抗して叫んだ。

淡紅色のカポーテが広がって、視界を塞《ふさ》がれたトポは、四肢に力を入れた。風が舞う。

トポは本能的に動いた。頭を下げ、光を追った。捉《つか》まえた、光を捕らえた。うす紅色の光に黒い体がつつまれた。陶酔の時に身をゆだね、動いた。

唐突に光が消えた。

光を、陶酔を探し求めて反転する。

オーレ！

防毒マスクを首にかけた警官たちの間から叫びがこぼれた。闘牛場正面のバルコニーに鈴なりになって見物する観客たちも呼応した。

小磯も栄光の門のバルコニーに押しつけられ、敗北感と絶望感にさいなまれつつ眺めていた。

オーレ！

ベロニカは四度くりかえされた。パロモもトポも、耐えがたいばかりの警笛も、オーレ！の叫びも耳に入らなかった。ただ、戦うことのみに全力を傾注し、没頭していた。たゆたう時間の流れは、永遠につづくように思われた。

パロモは五度目のベロニカの終わりをそれまでのように遠くに送らず、小粋に体の背後にたくしこんで戦いを止めた。

光は永久に消えた。

完璧《かんぺき》な決め、メディア・ベロニカ。

戦いは終わったと、恭助は安堵《あんど》した。が、パロモはコルベジェを呼び、道具を交換した。剣とムレータを手にしたパロモは、コルベジェを囲いの外に退がらせた。

牡牛は大きく喘《あえ》いでいた。

もし、トポがうずくまり、VCキラーの集音マイクが五二一キロの巨体に押しつぶされたら、いくら警笛の音が騒がしかろうと音は遮断される。

恭助は牡牛と一緒にパロモが四散する幻影を見た。

パロモは剣を構えた。

(なにを考えているのだ)

トポが頭を下げ、迎撃のポーズをとった。トポは最後の一雫《ひとしずく》まで力を出し切っていた。構えたのは勇敢な牡牛《トーロ・ブラボー》の血のなせる業だ。

パロモは布を牡牛の眼前に突き出し、腰を引いた。動きを止めた。

テロリスト梟《ブーホ》が狙った真実の瞬間だが静寂はおとずれなかった。人間の神経を逆なでするような警笛を裂いて、パロモ・リナレスの裂帛《れっぱく》の気合がひびきわたった。

白い鳩《パロモ》が翔《と》んだ。剣も宙をとんだ。

トポの頭が迫《せ》りあがってきて、白い衣裳を裂いた。

が、剣先が一瞬早くトポの背に刺さりこんでいた。

パロモは砂場に転んだ。が、すぐに起き上がり、恭助の立つ栄光の門に駆けてきた。

小磯は愕然《がくぜん》とした。

破綻《はたん》は、スペインの闘牛士たちの心意気を過小に評価していたことではないか。

闘牛士と牡牛の激突を小磯は魅入られたように見詰めていた。刺し合いは、ほとんど相撃ちのように見えた。が、剣が角を制した。

闘牛場の真中で勇敢な牡牛《トーロ・ブラボー》のトポがゆらゆらと揺らめいていった。よたよたと前進した。が、トポは四肢で立っていた。

パロモが恭助のそばに滑りこんだ。

観客は呆然《ぼうぜん》としていた。警官が防毒マスクをつけている。恭助とパロモは地面に落ちていたムレータで鼻と口をおおった。

小磯は死の恐怖に怯えた。ハンカチを顔にあて、外した。

「どいてくれ、おれを出してくれ！」

警笛が止んだ。

わずかにコロセウムから歓声が潮騒《しおさい》のように伝わってくる。

トポは蹌踉《よろめ》きながら不思議そうな顔で晩秋の黄昏《たそがれ》を眺めあげた。

闘牛場の歓声も消えた。静謐《せいひつ》なときがラス・ベンタス一帯をつつんだ。

が、なにも起こらなかった。

トポの黒い背を真っ赤な血が流れ、剣が三分の二ほど体の中に沈んでいた。

小高い丘の頂きにたつ十字架、そんな風に剣は見えた。

再び、トポが揺らめいた。前肢を折り、血を吐いた。

パロモが恭助を見た。

（おれは考えすぎたか）

恭助はうずくまる牡牛を凝視した。そのとき、黒い牡牛の体が急激に膨張した。まず、十字架が弾《はじ》けとんだ。黒い表皮と赤い肉が四散し、蒼白い光が走った。

恭助はパロモと絡み合って後方に吹きとばされ、鼻が一瞬息苦しさに閉ざされるのを感じた。布切れを顔に押しあて、呼吸を止めた。

「どいてくれ！」

小磯は叫んでいた。

が、十重《とえ》二十重《はたえ》と鈴なりにバルコニーに詰めかけた男たちは、固唾《かたず》をのんで、牡牛の死を見ていた。

牡牛は西の空を眺め上げ、身震いしながら小さな声で鳴いた。

その直後、爆発がおこった。

剣が宙に舞い、牡牛の頭部が千切れとび、両角が意志あるもののように、空を駆けた。

閃光《せんこう》と異臭と激痛……意識はそこで途絶した。

マヌエル・ヒメネス警視は囲みの外の指揮官車の中から爆発を目撃した。

牡牛の巨体がジグソー・パズルの断片のように分裂し、飛び散った。天に透明な光が放たれ、白い靄《もや》が広がり、牡牛の立っていた地面がもちあがるのを見た。

爆発と閃光は同時に起こった。

自重八トンの警察車輛《しゃりょう》が浮きあがり、ごろりと横倒しになった。それも三台も四台も……信じられない光景だった。防弾ガラスをはめこんだ指揮官車の窓ガラスに細い亀《き》裂《れつ》が走り、惨劇は見えなくなった。

恭助は意識を失っていた。はげしい頭痛に意識をとりもどした。

「おい、あれを見ろよ」

パロモが呆然と呟《つぶや》くのを聴いた。

新闘牛場のペーブメントに巨大な穴があいていた。直径三〇メートル、深さは一メートルもあろうかという破壊の跡だ。囲いの警察車輛、路線バスの窓ガラスは完全に割れとんで四台の車が横転していた。

青酸性のガスは空に消えた。あちこちから呻《うめ》き声が聞こえた。

「パロモ、なぜ、トポを剣で刺し殺す危険をおかしたんだ？」

「彼は戦うために飼育された牡牛だ。テロリストの爆弾なんかで死なせたくなかった。闘牛士の手であの世に送ってやりたかった」

「また伝説を作ったな」

「尾《ラボ》っぽをもらえるかな」

「ああ、もらえるとも。ただし見つかればの話だがね」

二人は勇敢なスペインの牡牛トポが天に昇っていく光景を期せずして幻想した。

皇太子夫妻、王子夫妻の四殿下の周辺を、身を挺《てい》して御楯《みたて》になる覚悟の警官たちがとり巻き、壁を作っていた。

シモン男爵は若者たちを円周通路《カイエホン》に下がらせた。

「男爵、あのギャラじゃあ、安かったよ」

ファン・カルロス王子の役を見事に演じ終えた俳優のアンドレ・ボルヒアが蒼白い顔でぼそりと言った。彼はスペインの王位継承者になりきるため、動作、言葉づかい、癖など秘密の訓練をうけた。それはほぼぶっつけ本番の芝居だった。

「殿下、まだ芝居の幕は下りていませんぞ」

シモンがじろりと王子を、そして、戦慄《せんりつ》を体中に残した理容師の王妃を睨んだ。

駐スペイン大使木内彦四郎《きうちひこしろう》が震える膝頭《ひざがしら》を両手で押さえつけ、前方に身をのり出すと、美智子妃に、ご苦労さんでしたと言った。

「でぇれえ、おびゃあがった。これ、どうしたん……」

驚愕《きょうがく》した妃殿下川喜田陽子《かわきたようこ》が岡山方言丸出しで驚きを語った。

皇太子山口宏幹《やまぐちひろみき》は唇を咬《か》みしめ、黙していた。地元の代議士を通じ、秘密裡《り》に皇太子夫妻の身代りを依頼されたものの、二人は事件がほんとに起こるなど信じていなかったのだ。

はげしい爆発音と閃光に闘牛場の観客は仰天し、言葉を失った。が、放心のときが過ぎるとスペイン人らしい派手な反応を見せ、喚きながら立ち上がった。

パニック！　とビクトル警部が身構えたとき、心をときめかす調べとともにディエゴが一世一代の闘牛を再開した。

「ペドロ、この男の頬《ほお》に刺さっているのは、牡牛の角先だぞ」

遠くでだれかが喋《しゃべ》っている。金属の触れ合う音。鈍痛、白い闇。

「くそっ、何人手術すりゃあ、済むんだ。まるでベトナムの野戦病院じゃあないか」

意識がもどってきたのは、ストレッチャーのゴムの車輪が廊下のリノリウムにこすれ合う音でだ。目蓋《まぶた》を細くひらく。病院の廊下、負傷者が治療の順番を待っている……。

病室に運びこまれ、ベッドに移された。疲れきり怒りをふくんだような看護婦の声が聞こえた。

「この人、東洋人だと思わない？」

別の声が応じた。

「警察じゃあ、日本人を探しているそうよ」

「知らせておこうか、アナ」

アナは答えなかった。視線を感じた。ドアの開閉する物音がひびき、女たちの気配が消えた。

小磯信樹は起きた。頭がふらついた。視界が歪《ゆが》んでいる。洋服は着ていた。ベッドを下りた。裸足《はだし》。這うようにドアに近づき、細目にあけた。緑の明りが滲んでいる。

非常用出口。

小磯は廊下をふらつく足でよたよた走り、鉄のドアを押した。赤錆《あかさび》のういた階段の手摺にすがって降りる。踊り場で二度休んだ。地上につくとそこは職員用の駐車場だった。十四、五台、スペイン製のセアットやルノーが停まっていた。車の間をよろめきながら幸運を探した。八台目、軽自動車セアット600のキーがつけられたままだ。運転席に潜りこみ、バックミラーを調節した。鏡に白い顔が映っている。充血した目がどろりとした光を宿していた。包帯でぐるぐる巻きにされた顔。一瞬、びくりとした。が、それが自分自身の顔であることに気づき、小磯は深い吐息をついた。

エンジンを始動した。軽々しい音がして、座席がふるえた。ギアをローに入れた。

暗殺者はヘッドライトを消したまま、フランシスコ・シルベラ救急病院の構内から、夜のマドリードへ出ていった。

午後九時三十二分
カンタブリコ海を遊弋《ゆうよく》する大型ヨットが舳先《へさき》を公海に向けた。
霧笛を等間隔に鳴らしながら、アルゼンチンのラ・プラタ港を最終目的地とする大西洋周遊航海に出発していった。

雪が烈《はげ》しさを増したピレネー山中の僧院の書斎では、司祭館第一秘書リゴベルト・ヒロンが暖炉の中に、つぎつぎと書類をくべていた。
燃えあがる書類の表紙がめくれた。
新生スペイン計画《プラノ・デ・エスパニア・ヌエバ》
黒い活字が白く変わり、火風にそり返ったあと、こなごなに砕けて散った。

午後十時過ぎ。

ファン・カルロス王子主催の、日本の両殿下の送別パーティが内々のうちにサルスエラ宮殿で催された。

ラス・ベンタス闘牛場で活躍した三人の闘牛士パコ・カミノ、ディエゴ・プエルタ、セバスチャン・パロモ・リナレスも招かれ、スペインと日本の皇太子ご夫妻より直接、お言葉を賜った。

マヌエル・ヒメネス警視、ビクトル・ヘーニォ警部、丹下《たんげ》龍明《たつあき》、端上恭助の四人は、宮殿内の王子執務室に呼ばれていた。

宮殿は深閑として物音ひとつなかった。供されたシェリー酒はテーブルにおかれたままで、だれも口をつけていなかった。

ドアが突然、開いた。四人は弾《はじ》かれたように椅子《いす》から立ち上がった。

シモン男爵に案内されて、スペインの王位第一継承者ドン・ファン・カルロス王子が入ってきた。

男爵が二人の日本人と二名の捜査官を王子に紹介した。一人ひとりに頷いたファン・カルロス王子は、テロの被害が最小限に食いとめられたことへの感謝の言葉を述べ、四人の労をねぎらった。

「あの大爆発でひとりの死者も出なかったなんて、私は信じられないよ」

シモン男爵が大きく首肯《しゅこう》した。

「負傷者は警官、観客を含めて百十二名、王子のおっしゃられるように生命に別状はございません。被害者の治療は、すべて政府の手でおこなわれます。なお、テロリストの犠牲になった牧場主ルセロの家族は無事保護されました」

「それはよかった」

といった王子は恭助に握手を求めた。

「私はあなたのご家族を襲った不幸をお悔やみ申しあげます。ハシガミ、現在のスペインでは、私の哀《かな》しみも、あなたのご家族の死の真相もふせざるをえません。どうかいま少し時間をください」

王子は端上の妻と娘の悲劇も、闘牛場を襲った狂気の背後に父上の影があることも識《し》っていた。沈鬱《ちんうつ》な顔にある決意がみなぎっていた。

「私の国は三十数年前、不幸にも同胞《どうほう》が二つに分かれて血を流す体験をもちました。また、再び、この地が不寛容と憎悪と破壊に支配されるのを許してはならないのです。あの内乱の経験をいまこそ生かさねばならない。それがあの戦争で死んだ人々への唯一の供養です。ハシガミ、近い将来、スペインは生まれ変わります。そのとき、民主スペインの生みの苦しみの中で犠牲になった二人の日本女性の名が、死の原因とともに公表されるでしょう。タカコとナツコの名は、新生スペインの礎として、永遠に記憶されるでしょう」

端上は厳粛な気持でファン・カルロス王子の言葉を聴いた。

「内乱を知らない私が王位に就くことによって、大地に流された血と恨みは消え、永遠の祖国が生まれるのです。そうしなければならないのです」

厳格な表情で自分に言い聴かせるように呟いたファン・カルロス王子は、いま一度、端上の手を握り、宴《うたげ》の席へもどっていった。

ふうっと重い吐息をついた丹下龍明が日本語で言った。

「恭助、気づかなかったか。私たちはいま初めて殿下にお目にかかったのだよ」

「どういう意味です？」

「闘牛場の皇太子ご夫妻も王子ご夫妻も身代りだったたってことだ」

「えっ！」

恭助は呆然と丹下を見た。そして、シモン男爵に視線を移した。彼は日本語の会話が完全に理解できたかのように、
にたりと笑った。

「おれもさっき大使から耳打ちされた。皇太子殿下は奈良の神主さんだ。美智子妃は、岡山県の小学校の先生。カルロス王子はマドリードの役者で、王妃役はバレンシアの理容師だそうだ。私たちの知らないところで四殿下影武者作戦がひそかに進行していたってわけだ」

言葉がなかった。感情がどこかに消えた。

「一週間程前、日本側からスペイン側へ誘いかけられた。両政府のトップの間で承認されたあと、四殿下に似た人物探しがはじまった。日本の二人がマドリードに到着したのが二日前、大使私邸で皇太子ご夫妻役をつとめる特訓がなされたそうだ」

「驚きましたね」

ようやく平静をとりもどした恭助は憮然《ぶぜん》と言った。

「梟《ブーホ》は生命を賭《か》けて身代りの王子を狙った」

「そうだ」

「私たちは偽の王族方を守って戦った」

丹下龍明は哀《かな》しげに頷いた。

「だが、それは重要なことではない。テロが最小限の被害で押さえられたことが大事なんだ。恭助、これは永遠の秘密だぞ。おれたちはほんとうの四殿下と多くの人々のために戦った。それでいいじゃあないか」

丹下の顔はますます哀しげに見えた。シモン男爵が日本語の会話を断ち切った。

「梟《ブーホ》が病院の駐車場から盗んだセアット600がブルゴスに向かう国道一号線でついいましがた発見されたそうだ。殺戮者梟《さつりくしゃセニョール・ブーホ》おじさんは逃げた。ビクトル、君は当分、私の下でテロリストを追う戦いをすることになる」

終章、そして、第二の序章

十二月二十日午前十一時三分。

スペイン首相カレロ・ブランコを乗せた公用車が教会の玄関をはなれ、定例閣僚会議に向かうため、セラノ通りに出た。

運転手は前方に濃紺のシトロエンが二重駐車しているのを目にとめた。そこで中央車線にコースを変更した。

シトロエンのかたわらを走り抜けようとしたとき、首相、護衛官、運転手を乗せたリムジンは床に猛烈な衝撃を感じ、宙に浮いた。六階建ての建物を越えた乗用車は中庭に墜落し、三名のスペイン人は死亡した。

近くのアトリエで二人の抽象画家が作品の完成を祝って固い抱擁を交わした。

同日正午。

フランス南西部のバイヨンヌの町でETA（バスクの祖国と自由）の覆面をした幹部が記者会見し、「フランコ体制を継承するカレロ・ブランコ首相の暗殺はETAの手によって決行された」と発表した。

端上恭助《はしがみきようすけ》はカントーハ村の酒場のテレビで首相暗殺を知った。国家警察の駐在所に走り、マドリードの警察庁に電話を入れ、未だ梟《ブーホ》の行方を追うビクトル・ヘーニャ警部を呼んだ。

「おお、ちょうどよかった。おれも君に電話しようとしていたところだ」

久しぶりに聞く声は敗北感に打ちのめされ、強い緊張も伝わってきた。

「テレビを見た」

「彼らは何か月も前から首相暗殺を準備していたのだ。ETAのメンバーと思われる二人が画家を装い、古い建物の一階と地下を借りた。彼らは毎日通りの中央に向かってトンネルを掘り進み、大量のプラスチック爆弾をしかけて、リモコンで爆破させた」

「サラゴサの米軍基地から盗まれたプラスチック爆薬だね」

「間違いない」

「ETAはぼくがピレネーの釣宿で、あの二人と会う以前から準備をはじめていた」

「コイソ・イニァキのグループはETA本隊が首相暗殺計画にかかりっきりになる時期を選んで裏切り行動に出た」

「見事にやられた」

恭助はピレネーの暗い部屋で聞いた日本人の言葉を思いおこしていた。

「われわれが連合する可能性をもつグループは内部抗争などしている暇はないほど重大な時期を迎えているのです。いま、不用意な行動はいっさいしたくない」

あのとき、恭助は、

「新たな計画に向かってですね」

と問い返した。

だが、答えはなかった。

沈黙を肯定と推測した恭助の考えは正しかったのだ。

「日本赤軍の影はありますか？」

「いや。いまのところその痕跡《こんせき》はない」

「新生スペイン計画が首相暗殺計画の陽動作戦となりましたね」

「梟《ブーホ》らには不本意だろう」

「ビクトル、まさか小磯らの真の目的は、首相暗殺だったのではないでしょうね？」

「…………」

沈黙があった。アンダルシアの村とマドリードの警察庁、六〇〇キロ余りの電話線に様々な思いが静寂のうちに交錯した。

「キョウスケ、私は首相が爆破された現場から、たったいま警察庁に呼びもどされたところだ。これから新たな殺人現場に向かうよう、男爵に命ぜられた」

ビクトルはここで言葉を切った。そして、話を継いだ。

「マンサナーレス河に若い日本人男性らしい死体が浮いているそうだ」

「小磯、ですか?」

「黒っぽいカーディガン、茶のズボンをはいている。キョウスケ、急いで上京してくれんかね?」

太陽門広場《プエルタ・デル・ソル》にあるスペイン警察庁の死体置場には、賑《にぎ》やかなジングル・ベルの調べが街の雑踏のざわめきと一緒に流れてきた。あと三日でクリスマス・イブだ。

恭助は複雑な思いを抱いて死体と対面した。腐敗した遺体の外見的特徴から小磯信樹と断定することは不可能だった。

「どこか他の場所で銃殺され、二十日以上も温かい場所に放置してあったと推定される。腐敗の進行が早いからな」

衣類はワイシャツの上に黒のカーディガン。君田《きみた》の名前が入っていた。おそらく岐阜の衣料問屋君田治助《じすけ》が小磯信樹に貸しあたえたものだろう。下はスペイン製のブリーフに英国製のツイードのズボン。靴下ははいていたが靴はない。

「血液型はコイソと同じAB型」

「骨格、君田のネーム入りの衣類、血液型から判断して小磯と考えるのが妥当でしょうね。しかし、だれが射殺したのか？」

「ETAだよ。首相暗殺計画を破綻《はたん》に導きかねない裏切りを行った報復に殺された」

「となると小磯らのテロ計画は、首相暗殺作戦の陽動ではなかった」

「と、おれは見るね。ETAは首相爆殺を成功させたと同時に、この死体をマンサナーレス河に投げこんだ。これこそ、ETAの犯行声明とうけとれんかね。この腐爛《ふらん》死体は梟《ブーホ》だよ、キョウスケ」

ビクトル警部が断言する声が地下の死体置場の天井に寒々と木霊《こだま》した。


一九七四年一月四日。

暗殺されたカレロ・ブランコ首相の後任に、フランコ夫人カルメン・ポロに強く推されたアリアス・ナバロが就任した。

ナバロ新首相はモンクロアの首相官邸における記者会見で、

「私はカレロ・ブランコ前首相の政治路線を忠実に継承する」

と言明した。が、組閣名簿が発表されたとき、前任者の内閣と大きく異なる点があることに内外の新聞記者たちは気づかされた。

この十数年、フランコ体制を主導してきたオプス・ディ系の閣僚はだれひとり入閣していなかった。当然のことながら記者の興味はこの点に集中した。新首相は、

「他意はありません。新人を登用した結果、たまたまこういう人選になっただけです」

と答え、次の質問をうながした。

一九七五年十一月二十日。

終身元首フランシスコ・フランコ・バーモンデが死んだ。

二日後の十一月二十二日。

ドン・ファン・カルロス王子が新生ブルボン朝ファン・カルロス一世として即位した。

カルロス新国王は、国王としての最初の任務、メッセージをスペイン国民に贈った。その中で新元首はまずフランコ総統の市民戦争以後の政治を称《たた》えた。さらに実父バルセロナ伯を差しおいて国王の座に就いたことを、

「スペインの内外の政治状況を熟慮した末の決断でありました。どうか私の僭越《せんえつ》な行動を理解してほしいのです……」

と切々と謝罪した。そして最後に格調高く、

「われわれの将来は全国民の総意に基づいて選択される。私はそのための調停者となりたい」

と、民主スペイン宣言を行った。

夏の太陽はゆっくりゆっくりと地平線に落ちていった。

カントーハ村は蘇《よみがえ》り、ざわめきが風にのって伝わってくる。

二つの十字架の前で追憶にふけり、長い不在をわびていた男が麻の背広の内ポケットから一枚の新聞の切抜きを出した。

一九八八年四月二十日、ピカソの大作「ゲルニカ」の飾られているプラド美術館分館を、武装したゲリラたちが占拠した。

彼らは「ゲルニカ」をバスク民族の心の故郷ゲルニカの町に移すことを要求していた。

男が土饅頭《どまんじゅう》の上においた新聞の切抜きには写真が添えられてあった。

プラド美術館分館を真っ正面から撮影した写真だ。警官隊が建物をとり囲み、さらに警備陣の輪の外に野次馬が群れていた。

アルフォンソ十二世通りをはさんでレティロ公園から写された横長の画面の、右寄りにひとりの日本人が偶然にも写しこまれていた。

横向きの全身像。首筋、背筋、足先にいたるまでぴーんと伸びている。かるく握られた左の拳《こぶし》は、黒っぽいズボンの縫目におかれている。七・三になでつけられた頭髪、黒メガネ、きっちり引かれた顎《あご》。全身から、なにか特殊な軍事教練をうけた者のみが放つ、危険な死臭が発散していた。

「貴子《たかこ》、奈津子《なつこ》……」

端上恭助は、十字架に向かって語りかけた。

「梟《ブーホ》が生きていた。小磯信樹は生きのびて、この十五年、スペインの地に隠れ潜んでいたのだ。貴子、奈津子、奴《やつ》が生き永らえていることはなんとしても許しがたい。私が哀《かな》しみの地に戻ってきた理由だよ。私はこの手で暗殺者梟《ブーホ》の息の根をとめるため、スペインに帰ってきた」

陽《ひ》がすとんと沈んだ。壮大な夕焼けがアンダルシアの白い村々を赤く染めた。

端上恭助は立ち上がった。

「小磯信樹を探し出す。そして、罪を贖《あがな》ってもらう。そのとき、また会いに来るよ」

男は新聞の切抜きをとりあげ、十五年前、この村で殺された妻と娘の墓所をあとにした。

一九八八年夏。

端上恭助の新しい復讐《ふくしゆう》がはじまった。

本作品は2005年7月、KKベストセラーズより刊行
されたものを、文庫化に際し加筆訂正しました。
（初出は、1989年7月カドカワ　ノベルズ刊行）

双葉文庫

さ-19-30

ユダの季節《きせつ》

2008年10月19日　第1刷発行
2008年11月11日　第2刷発行

【著者】
佐伯泰英《さえきやすひで》
【発行者】
赤坂了生
【発行所】
株式会社双葉社
〒162-8540 東京都新宿区東五軒町3番28号
[電話]03-5261-4818(営業) 03-5261-4833(編集)
http://www.futabasha.co.jp/
(双葉社の書籍・コミックが買えます)
【印刷所】
株式会社亨有堂印刷所
【製本所】
株式会社ダイワビーツー

【表紙・扉絵】南伸坊
【フォーマット・デザイン】日下潤一
【フォーマットデジタル印字】飯塚隆士

ISBN978-4-575-51231-1 C0193